馬踏天下
卷7
暗潮激蕩
槍手一號
著

目錄
CONTENTS

第一章
第二戰場

開闢第二戰場更大的作用是牽制，只要自己在這裡，巴雅爾就必須集中力量將自己拔除，存在就是威脅，過山風對目前這種局勢認識得很清楚，所以當他到達和林格爾時，一眼便相中了這個地方，進可攻，退可守。

小半個時辰後，這場遭遇戰便宣告結束，李生智喘著粗氣，坐倒在一匹被射死的馬肚子上，身上的鎧甲裂開了數道口子，鮮血正在向外滲出來，士兵們則歡呼著將繳獲的馬聚到一起，還有一些人正在尋找戰死的己方同袍。

「死了多少？」李生智將佩刀上的鮮血在馬肚子上抹乾淨，還刀入鞘，站起來道。

「咱們死了二十多，還有二十幾個受傷！」

「媽的！」李生智狠狠地吐了口唾沫，「老子算知道前幾天友軍是怎麼吃虧的了，這些小狼崽子還真是難纏得很，這麼打都讓老子死了二十幾個弟兄！收拾好弟兄們的遺體，咱們回去！」

百多匹戰馬從對面奔騰過來，立即引起這邊大營的警覺，營門洞開，一彪騎兵迎了上來，但迅即發現對面來的居然是友軍，看到掛在馬脖子上、拎在手裡的一個個蠻兵首級，營裡一下子沸騰了，這可是近幾天來少有的大勝啊！

李生智趾高氣揚地帶著他的士兵奔進大營，招搖過市，一直到了魏鑫的大帳前。

看到魏鑫正摸著山羊鬍子在冷笑，他身邊，一臉委屈的醫官正惡狠狠地盯著他，身上一下子冒出冷汗，趕緊翻身下馬，小跑幾步到魏鑫面前，啪地行了個軍禮，喊道：「魏將軍，卑職奉令出擊，得勝歸來！」

看著堆積如小山般的蠻兵腦袋，魏鑫笑道：「不錯啊，不但有這麼多首級，還繳了百多匹戰馬回來，賞，要重賞！」

李生智大喜，連聲道謝。

魏鑫回過頭來，似笑非笑，「醫官告你偷了酒來著？有這回事嗎？」

李生智乾咳兩聲，尷尬地道：「這個……主要是夜晚出去太冷了，弄點酒讓弟兄們活活血，不然凍僵了就沒法幹活了。」

「軍規有令，偷酒者該怎麼處罰？」

李生智的臉變得慘白，支唔道：「將軍，我……我也是為了打勝仗啊，這酒可不是嘴饞，為了喝酒才偷的，我好言去向醫官借，但他不幹，我才偷一點的。」

魏鑫喝道：「我當然知道你是為了打仗才偷的，否則一見你，我就會直接捆了你，一頓大棒打得你幾天下不了床了！怎麼，你還要賞嗎？你說我要賞你多少棒子？」

「不要了，不要了！」李生智連連搖頭。

「你是不要了，但你麾下的士兵我還是要賞的！」魏鑫看著一臉惶恐的李生智，笑道：「而且剛剛呂將軍派人來，說是要見見你，看來對你這一仗還挺欣賞的啊！」

「呂將軍要見我？」李生智又驚又喜。

桃花小築如今的防護是更加森嚴了，以前的霽月小姐現在升級為大帥的如夫人，大帥過來的次數也比以前要多得多，加之桃花小築又在城外，警衛便成了一個大問題。

路一鳴、尚海波多次要求李清將霽月夫人遷到城內來，但霽月在這個問題上執拗得緊，就是不挪窩，兩人沒辦法，只能多派人手護衛桃花小築。

桃花小築周邊也多了數十戶人家，隱隱地將桃花小築包在中間，這些人家自然不是一般人，都是由茗煙自軍情調查司裡抽調出來的精幹人物。

劉強也由雲麾校尉升了一級，變成了鷹揚校尉，手下人多了兩倍。小築內外遍布明崗暗哨，雖然今兒天氣乾冷乾冷的，風吹在臉上，像小刀在割一般，但劉強仍然守在桃花小築門口，剛剛已有通知，大帥今夜要過來。

外面傳來馬蹄聲，門樓上的衛兵探出身子，叫道：「劉校尉，大帥來了！」

劉強忙指揮士兵打開大門，門剛開，李清和他的隨身護衛便一陣風般地掠了進來。

看著大帥等人進去，劉強下令道：「今天大帥會歇在這兒，都給我警醒一點，分成兩班輪值，晚上沒有睡覺的，明天我放他假，讓他到城裡去快活一天，夫人那邊肯定也會有賞賜，要是出了丁點岔子，你就不用在這兒待了，都聽清楚了嗎？」

士兵們一齊喊道：「聽清楚了，校尉！」

霽月在房中聽到馬蹄聲，滿心歡喜地站了起來。對她來講，等待李清的過程是一個期待，與李清在一起便是最幸福的事，貼身丫環巧兒會意地打開房門，一股冷風吹來，霽月不由地打了個寒戰，巧兒趕緊拿來披風，要給霽月披上，卻被霽月推開，外面，李清的身影已出現在霽月的眼簾中。

雖然戰事緊迫，諸事多如牛毛，但李清還是隔三岔五地便來桃花小築與霽月小聚，也只有在這裡，聽著霽月的軟言溫語，清澈毫無雜質的琴音，看著霽月翩翩起舞的曼妙身姿，李清才覺得自己能真正放鬆，享受難得地平靜。

「霽月，外面這麼冷，你站在門口作甚，還不進去！」看到霽月衣著單薄，倚門而望，李清不由心疼地大步走到霽月面前，拉起一雙冰冷的小手。

霽月嬌笑道：「大哥過來，霽月心裡高興著呢！」

李清搖搖頭，回顧道：「虎子，你這些天也累了，好好歇歇吧，這裡交給劉強即可！」

唐虎道：「大帥，我得去巡視一遍才能放心。」

房門關上，將乾冷的天氣也一併關在了門外，霽月牽著李清的手進了內室，暖洋洋的熱氣撲面而來。

屋中銅盆裡的炭火燒得正旺，她替李清脫掉披風，取下佩刀，將之一一掛在牆上，笑道：「大哥，我準備了熱水，先燙燙腳去去乏，再小酌幾杯，去去寒氣可好？」

李清笑道：「既來到了你這兒，自然是聽你安排。先燙腳，再喝酒！」

巧兒從外屋端進熱水，霽月將李清按在椅上坐好，自己蹲了下來，親自為李清脫靴脫襪。腳沒入水面，一股熱流順著腳板心流轉全身，李清舒服地吁了口氣。霽月替李清按摩著雙腳，麻麻癢癢的。

趁著這當口，巧兒將幾樣精緻的小菜和一壺溫好的酒端了進來，然後輕手輕腳地走了出去。

一邊按摩著李清腳上的穴位，霽月抬起頭問道：「大哥，以後你還會經常來桃花小築麼？」

李清詫異地道：「霽月，你這是說什麼話啊？」

霽月抿著嘴，低聲道：「傾城公主要來了。」

原來這丫頭是擔心這個啊！李清笑道：「當然會來，和現在一樣，總得來看看我的小霽月啊！」伸手在她的小臉上輕輕扭了一把。

「可我知道傾城公主是很厲害的！大哥，你想想，能把宮衛軍那群凶漢整治得服服貼貼，可見公主是很有手段的，我好害怕。你們大婚後，我還要去拜見她，要是她不喜歡我怎麼辦？」霽月面有憂色。

李清嘿嘿一笑，「這個嘛，見是一定要見的，這是規矩嘛，何況以後你們還要相處呢！傾城這個人應當不壞，就是脾氣有點不好，嘿嘿，公主嘛，自然是有點架子的，你小心應付就是。要是處得來，便多走動，處不來，你便待在桃花小築好了，她總不能跑到這裡來找你的麻煩。」

霽月應道：「那我去拜見她後，便待在桃花小築吧，我可不去你那鎮西侯府哦。」

「行，行！」李清溺愛地拍了拍霽月的頭，「只要你喜歡，想在那裡都行。對了，明天我讓虎子把有關傾城公主的案卷給你送來，你好好琢磨琢磨傾城的性子，說不定你們會處得很好呢！」

「啊！」霽月驚道：「大哥，這些案卷應當是機密吧，拿到我這裡，會不會不太好？要是尚先生他們知道了，一定會不高興的。」

李清很喜歡霽月的這種謹慎小心的態度，「放心吧，這是我拿給你的，不告訴他們便行，你看完後，我再讓虎子拿回來，以你的聰明，應當可以看出傾城是個什麼樣的人。」

「那就謝謝大哥了！好了，大哥，我們喝酒吧！」霽月替李清擦乾腳上的水，快活地站了起來。

天氣一天天變冷起來，尚海波被李清派到了烏顏巴托，天氣愈冷，便代表定州軍與虎赫狼奔的決戰愈近。

李清思忖再三，擔心呂大臨無法有效地指揮王啟年等人，因而尚海波此去，不是為了接管指揮權，而是在一定程度上為呂大臨撐腰，協調兩大軍隊之間的配合。尚海波的到來讓呂大臨有些惶恐，起初還以為是大帥對自己被阻烏顏巴托有些不滿，所以派尚海波過來，但在與尚海波一席密談之後，呂大臨終於將一顆心放到了肚子裡。

決戰在即！呂大臨伸出手，看著手心裡落下的幾粒雪籽，笑顧尚海波，「狼奔雖勇，但被我們在這裡拖了一兩個月，他們的後勤輜重已不堪重負，糧草後繼無力，恐怕虎赫已在考慮怎麼將軍隊更多地帶回蠻族老巢了！」

尚海波點頭道：「虎赫是勁敵，這一次我們有絕好的機會將他留下來，便一定要抓住他！呂將軍，你有何考慮？」

呂大臨沉吟道：「雙方十幾萬軍隊交戰，虎赫如果想跑，倒還真是一個難題，我的目標是盡可能地殲滅狼奔的有生力量，這樣即使虎赫走脫，但狼奔全滅，他對我們的威脅也不大了。」

尚海波不認同地說：「虎赫此人性情，要麼帶著狼奔走脫，要麼便會與我們死戰，絕不會拋下部隊輕騎而去，呂將軍，你考慮過這個問題嗎？」

呂大臨呼了一口氣：「我也正在想，**如果我是虎赫，會怎麼做？**」

「你想出來了嗎？」

「派一支部隊繞過烏顏巴托，到蒙魯截住他的退路。」

尚海波點點頭，「這是一個方法，但派出去的這員大將必須要能隨機應變，根據戰勢調整部署，你這只是提出一種可能，虎赫不見得會這麼做。」

「是啊！」呂大臨嘆道：「這是最為難的地方，這支軍隊人數不可能太多，又要能打硬仗，能在堵住虎赫後，支撐到我們主力部隊趕到，我軍之中勇將很多，但這樣的智將太少啊！」

「我可以推薦一人，你考慮考慮！」

「尚先生請講！」

「橫刀立馬，唯我關大將軍！」尚海波笑吟道。

「獨臂將軍關興龍！」呂大臨脫口而出。

狂風夾雜著雪籽，鋪天蓋地，讓人難以睜眼，天地間一片昏暗，半天過後，雪花紛紛揚揚地飄下，終於在視野中全是一片茫茫的白色，沉寂多日的定州軍營在這樣的天氣下，反而更加地忙碌起來。

如此的大雪，加上刺骨的寒風，也許一夜之後，前面的沼澤濕地便將是一片坦途，進攻將要開始了。

各營的士兵們顯然也都清楚這一時刻，溫暖的帳篷裡，炭火熊熊燃燒，士兵們圍坐在炭火邊，正在往矛杆上及刀把上綁纏布條，以免在出擊時因為濕滑而使不上全力。

士兵們始終保持著高昂的鬥志。各營的將軍們巡視著自己的士兵，不停地向士兵們打著氣。

與之相比，數十里外的虎赫狼奔軍，情況就淒涼得多，將軍貴族們的大帳裡，還能有火堆取暖，有皮裘獸草，有馬奶酒，但普通的士兵不得不擠在冰冷的大帳裡，凍得瑟瑟發抖。

草原變族從沒有打過持續時間如此長的仗，往年這個時候，是他們貓冬的時間，在草原上自己溫暖的帳篷裡喝著馬奶酒，啃著肉骨頭，睡著大頭覺；但今年，他們被強行拖長到冬季作戰，缺少準備的士兵們甚至連越冬的衣服都沒有備齊，大營裡，每日都有凍傷凍死的士兵被掩埋。

「決戰就要開始了！」虎赫側耳傾聽著帳外呼嘯的寒風，石雕般的臉上寫滿了堅毅。「各位，這一戰關乎著我們元武帝國的國運，對方有近十萬人馬，而我們只有六萬人；對方有精良的器械和裝備，我們只有一腔的熱血！我們不能退卻，也不能失敗，敗則意味我們將失去我們的家園，我們的子民將淪為對方的奴隸，我們的財產將成為敵人的戰利品。將軍們，**你們有戰勝敵人的勇氣嗎？**」

「打敗他們，殺光他們！」群情激昂地吼叫聲充斥著營帳。

「很好！」虎赫一拍桌子，站了起來，「我們是戰無不勝的狼奔，自狼奔成軍以來，我們還沒有失敗過，雖然我們在後勤上遇到了極大的困難，但定州軍勞師遠征，深入草原數百里，補給線長達數百里，他們比我們更加難過，所以，堅持到底，勝利就將屬於我們。」

「各將聽令！」虎赫大聲喝道。

轟的一聲，數十名將領齊刷刷地站了起來。

一天的大雪，一夜的寒風，又一個白天到來的時候，原本枯黃的草地全都披上了素裝，放眼望去，皚皚的白雪中，除了那些尚在空中飛揚的各色旗幟，再無其他顏色。

上百匹戰馬從營中衝了出來，縱橫馳騁在被白雪覆蓋的草原上，凍得堅硬的積雪被馬蹄踩上，發出喀喀的聲音，成片的崩碎，但卻成功地支撐著戰馬和馬上全副武裝的騎士，遠遠地奔出數里。

戰馬繞了一個大圈，又向著大營奔了回來。隔著老遠，便看見他們歡呼雀躍地大喊道：「行了，完全凍實了，大軍通過毫無問題，可以幹死那些蠻子了。」

聽到他們的呼喊，大營裡爆發出一陣陣的歡呼聲，在這冰天雪地裡窩了這麼多天，終於可以痛痛快快地打仗了。

號角聲悠揚的響起，各個營盤裡，士兵們在基層軍官的帶領下，開始作戰前的最後準備。帳篷被放倒收起，這裡將不再是他們紮營所在，他們的下一站將直接推進到蠻族的大營前。

弓弩兵們檢查著弓弦是否完好，輜重營的士兵們最為辛苦，龐大的投石機、弩車、蠍子炮將在雪地中行進數十里地，在這樣的天氣和地形下，是一項巨大的工程。

雙方劍拔弩張，一天後，定州兵推進到了蠻族大營十里之外，森嚴的軍陣後，士兵們正飛快地立營，木樁在一聲聲吆喝聲中被錘進地面，隨即柵欄被豎起，拒馬、鹿角一層層地堆放到營外，高大的刁斗在一群士兵的呼喝聲中豎了起來，一名士兵手腳麻利地攀爬上去，很快，一連串的旗語便從刁斗上發出。向左右各營發出指令。

呂大臨中軍，左翼是王啟年的啟年師，右翼有常勝營、選鋒營。

虎赫率領狼奔立於轅門前，看著遠處雖然顯得很小，但格外清晰的定州軍營逐漸從遠到近，不到一個時辰，一座標準的軍營便出現在一片白雪皚皚的空地上。

「豪格，出擊！」

虎赫厲聲下令，定州軍大模大樣地在陣前立營，**挑釁的不僅是虎赫的尊嚴，更是整個草原的尊嚴**，如果不予以還擊，則士兵必將受創。

豪格獰然一笑，大聲回道：「得令！」一提手中的大刀，旋即，數千騎兵呼嘯而出，地上的積雪瞬間被紛飛的馬蹄踩得四散分揚，陣陣白色的霧氣包裹住衝鋒的馬隊。

戰鼓聲隆隆響起，王啟年哈哈大笑，「好，這小王八衝著我們來了，天雷營，出擊！」

天雷營是啟年師的王牌部隊，被稱為定州軍中步卒第一，以步破騎，正是這支軍隊的拿手好戲。聽到命令，天雷營現任營官，參將韓冬霍地舉起手中長矛，尖厲的哨聲隨即在天雷營中此起彼伏，一列列整齊的隊伍從定州軍左翼排眾而出，大踏步迎上對面奔湧而來的蠻族鐵騎。

長達百人的橫隊在行進中不斷地變幻隊形，當與豪格的鐵騎尚有千米的距離時，天雷營數千士兵的大陣已經變成十數個方陣，方陣之間錯落有致，形成一個個相互照應的三角形。

「滯！」韓冬狂吼。

令旗招展，利箭上弦，弩機張開，瞬間空中便布滿箭雨，幾乎在同時，豪格的騎兵們也在馬上彎弓搭箭，雙方在百步開外展開了對射。

「阻！」韓冬再次下令。

一品弓高高揚起，長箭射向敵騎的中部，企圖將延綿不絕的敵騎隔斷，豪格也在瞬間變陣，長龍般的騎兵隊伍陡然間像炸鍋一般，四散而開，一時間，視野中似乎都是狼奔騎兵，而緊緊聚在一起的天雷營士兵倒像是汪洋大海中的一葉孤舟，隨時都有被淹沒的可能。

「迎！」韓冬長矛前指，凝立不動的步卒發出一聲整齊的殺聲，邁開步伐，向前推進。

「姜兄弟！」王啟年回顧姜奎，「等一會兒你出動旋風營，側擊豪格那龜兒子。」

姜奎笑道：「我倒是想，但只怕還等不到我出擊，虎赫便要收兵了。」

說話間，豪格的部隊已與天雷營開始了正面接觸，順著方陣之間的縫隙，騎兵蜂湧而入，周邊卻又不停地繞著方陣奔射，試圖打開缺口，然後擊破方陣。

天雷營方陣之中，矛兵緊握長槍，在長官的命令下整齊的刺出，在他們身後，弓手和弩手不停地向外射擊，刀盾兵則遊走不定，專注於偶爾破陣而入的對方單兵。

一般能在這種情況下破陣而入的蠻兵，都是武力驍勇之輩，一旦有這種情況發生，刀盾兵們便會一湧而上，亂刀齊下。

韓冬睜大眼睛，不停地調整隊形，試圖將狼奔騎卒捲入天雷一個個的小方陣之中，但很顯然，狼奔對於天雷營的戰術研究得很透，豪格也甚是滑溜，大部隊總是繞著天雷營不停地奔射，偶爾派出一小股騎兵試圖撕破方陣。

雙方激戰小半個時辰，都對對方無可奈何。韓冬找不到機會將敵騎捲進步卒方陣，以迫使他們降下速度，豪格對於面前刺蝟般的天雷營也是無計可施，雙方更多的還是靠弓弩對射。

狼奔射得準，但天雷營卻射得快，射得密，雙方一直呈膠著之狀。

姜奎見此情形，一提馬韁道：「我去逼逼這龜兒子！」

旋風營在姜奎的帶領下，風一般地掠向戰場，距離雙方交戰之地還有一段距離時，對面的軍陣中已傳來收兵的號角聲，豪格掉轉馬頭，看了一眼正奔騰而來的旋風營士兵，眼中露出一絲遺憾之色。

作為一名騎兵將領，他最喜歡的還是與旋風營這種騎兵部隊對衝砍殺，那才有味道，而這種刺蝟一般的步卒方陣，著實令人討厭。

「收兵！」他大聲下令。

狼奔軍忽地收攏彙集，在姜奎趕到前，輕鬆地脫離了戰場。

烏顏巴托之戰從一開始便陷入了膠著，方圓十數里的戰場上，積雪早被雙方的將士踐踏得無影無蹤，帶著腥紅血跡的泥漿，一夜過後又被凍得堅硬，只是顏色與戰場外那一片潔白相比，顯得格外刺目。

交戰數天，雙方誰也占不著便宜，定州軍人多勢眾，武器精良，特別是遠端武器，將狼奔軍壓制得抬不起頭來，往往要付出極大的代價後方能與對方接戰。但是戰場上的臨機變動，指揮技巧，虎赫遠在呂大臨之上，往往呂大臨剛剛露出一個破綻，或者即將露出破綻的時候，虎赫便能準確地抓住，施以針對性地打擊。

呂大臨在吃了幾次虧後，便改變策略，穩打穩紮，任你虎赫露出千般破綻，埋下萬樣陷阱，我只以一法應對，便是大軍泰山般地壓來，以拙破巧，不貪功，不取巧，一步一步地壓縮對手的生存空間。在呂大臨看似極笨的打法下，虎赫也是無可奈何。

雙方戰力對比，狼奔騎卒的四萬戰兵比定州軍的騎兵的確要強上一籌，在定州軍，只有旋風營、常勝營這兩營旗兵能與之抗衡，但在步卒方面，定州兵卻勝出太多，即使以步對騎，定州兵也絲毫不落下風。

發現這個事實之後，呂大臨迅速作出改變，左翼以王啟年部天雷營為首的部卒全部被抽調到中央戰場，輔以呂師的兩萬騎兵，用來對抗虎赫的狼奔，而呂師另外的萬餘名騎兵則被調往左翼。

狼奔軍分營三處，正中間是虎赫的中軍，這裡彙集著狼奔的三萬餘主力，而相距數里開外的左右兩營分別為諾其阿與豪格領軍，三軍互為犄角，互相策應，牽制對方的進攻。

但開戰以來，呂大臨根本就對兩翼沒有發動什麼大的進攻，只令王啟年與楊一刀盯住對手，而他的中軍則盯準了虎赫的中軍全力猛攻。這種不講理的蠻橫打法讓虎赫難受之餘，也只能奮起全力對抗，伺機反攻。

諾其阿與豪格也很難受，頂在他們面前的是定州軍赫赫有名的旋風營、常勝營，這兩支騎兵即便對上龍嘯、狼奔也不落下風，而他們手中，只有以數千名狼奔為骨幹的雜牌軍，更別提他們那精良的裝備。

有時候看著對方那精良的鐵甲，昂貴的手弩（在草原上，即便是狼奔也不可能每名士兵都配上手弩），再看看自己手下那些雜牌軍，能有一身皮甲就不錯了。諾其阿便不由得從心底裡泛起一股悲涼，這仗還怎麼打啊，當真如同虎帥說的那樣，我們在面對定州軍的時候，只剩下一腔熱血和悍不畏死的精神?!

數次交鋒都無法突破常勝營的封鎖，其實根本談不上突破，而是對方根本沒有用全力，只是牢牢地將自己擋在側面戰場，讓自己無法對虎帥形成有力的支援，自己也不敢孤注一擲，因為常勝營的身側，還站著楊一刀的選鋒營，如果自己孤注一擲的話，即便突破常勝營的封鎖，但有極大的可能丟掉左大營，得不償失。

在另一邊，豪格面臨著同樣的問題。手裡的數千狼奔軍只有在前面頂不住的情況下，方才放出去穩定戰場情勢，維持雙方的均勢，他根本不敢讓狼奔軍傾巢而出，一旦手裡這幾千狼奔軍損失過大的話，對方大軍壓來，憑手裡這兩萬雜牌軍根本無法抵擋得住對方的衝擊。

看著又出現在視野中對方那密密麻麻的戰車，豪格頭皮陣陣發麻，他不怕與敵人騎兵對衝砍殺，卻怕定州軍的這種打法，步卒以戰車為掩護，以弓弩開道，步步逼近，騎兵兩側游弋，稍微露出一點破綻，他便瘋狗一般地撲上來，撕掉你一塊肉去，當你聚集力量要與他對衝時，他卻又縮到了步兵一側。

怎樣打破對方步卒的戰車方陣，豪格想破腦袋也沒有想出招來，假如手中有足夠的大型武器，例如八牛弩之類，或許還可一試，但現在，除了用人命來填，沒有絲毫辦法，偏偏草原現在最缺的就是人命。即便突破了眼前的步卒，也改變不了戰爭的被動。

諾其阿與豪格一籌莫展，眼睜睜地看著呂大臨好整以暇地集中優勢兵力，一點點蠶食著中軍。

呂大臨現在就是與虎赫打**消耗戰**，天又開始下雪了，呂大臨很高興，越是這樣的天氣，便越能突顯定州在物資方面的優勢。

虎赫以為幾百里的後勤補給線會給定州軍造成極大的困擾，那就大錯特錯了，對這場冬季作戰，定州軍籌備已久，各種突發狀況早就事先考慮到了，將影響降到最低。

在他們的身後，動員了數萬民夫為前線送急需的物資，用大帥的話來說，定州要打一場**全民戰爭**，戰士兵在前線對敵，百姓們也要動員起來，支援前線，當然，定州州府也會支付一定的報酬。

雖然報酬不多，但定州與蠻族數百年來的恩怨讓定州百姓熱情高漲，整日有絡驛不絕的人群從定州送來各種東西。

好比眼前的這個奇形怪狀的傢伙，大帥叫他雪橇車，沒有輪子，在雪地裡，這個東西比馬車要有用得多，打磨光滑的底板在雪地上不用費多大的勁便跑了起來，這讓呂大臨見了嘖嘖稱奇。

雪橇車來時拉著滿車的物資，回去時也沒有空著，戰死的士兵遺體和傷兵們隨著雪橇車被運回定州。

雙方的激戰給定州軍帶來了極大的損失，光是戰死的士兵已有數千人，再加上受傷的，十萬定州軍已減員萬餘人，但呂大臨相信，虎赫付出的代價不會比自己低，而這些自己承受得起，虎赫卻承受不起。

虎赫會選擇退兵嗎？呂大臨在心裡反覆權衡，如果他退後，那自己先前派出去的關興龍將會起到很大的作用；但如果虎赫不退兵呢？關興龍隨軍帶的軍資可支持不了多長時間，他會怎麼應對這種局面呢？

「我們絕不能後退！」虎赫斷然拒絕了手下將領的建議。

「我們無路可退！」虎赫坐在大案後，斬釘截鐵地道：「如果我們後退，會將這十萬敵軍放入草原，我們能退到那裡去，只能退回王庭，那樣的結果便是將戰火燒到王庭，現在皇帝陛下正在集中全力對付室韋人，如果我們將這股敵人引去，大家想過是什麼後果嗎？現在皇帝陛下將室韋人打得沒什麼還手之力了，我們一退，會讓敵人緩過氣來，讓這兩股敵人合流，那我們所有的打算都將落空。」

「但是虎帥，如果不退的話，我們離覆滅便不遠了！」一名將領激動地站了起來，「虎帥，您聽到了嗎？我們的大營中，傷兵哀號而得不到治療，正在痛苦地死去；我們的戰刀砍折了口子，卻得不到補充；我們的戰馬因為缺少糧食已變得萎靡不振，虎帥，我們怎麼還堅持得下去啊！」

虎赫冷酷地道：「糧食沒了，我們殺馬；傷兵們如果不能好轉，便給他們一個痛快！刀折了，我們還有兩隻手，總之，我們必須待在烏顏巴托，等到皇帝陛下來救援我們，或者覆滅在此！」

將領們震驚地看著虎赫，確認虎赫是很認真地說這件事，都有些呆了，殺馬？這在以前根本是想都不會想的事。

虎赫放棄出戰而選擇了堅守，一夜之間，虎赫的大營前立起了一排排的柵欄，柵欄之間填上泥土，再澆上水，一道亮晶晶的冰牆出現在大營之前，而在這道冰牆之後，更多的土壘正在被士兵瘋狂地修築著。

看到這一切，呂大臨與尚海波對視一眼，**虎赫這是要作困獸之鬥了**，他壓根沒有撤退的打算。

「尚先生，關興龍那裡，是不是要他撤回來？他再待在蒙魯已毫無意義了。」呂大臨問。

尚海波搖頭，「**與其讓他回來，不如讓他打出去。**」

和林格爾，大草原上一個名不見經傳的小地方，一條小河蜿蜒流向遠方，兩丈餘寬的河面早已結冰，亮晶晶的小河宛如一條玉帶，鑲嵌在這一片土地上。一道隆起的小山梁上原本長滿了粗壯的白楊樹，現在已全被砍光了，這裡便是過山風移山師的大本營。

過山風破關而入之後，所向披靡，趁著草原猝不及防之機，一路擊破無數部落，兵鋒直指白族王庭，當巴雅爾手忙腳亂調集齊軍隊時，過山風已到了和林格爾，與巴雅爾的王庭直線距離僅僅只有百餘里地而已了。

過山風停了下來，選定和林格爾作為駐營地，與鐵尼格的欣喜若狂、自以為勝券在握相比，**過山風很清楚自己現在已身處虎狼群中，一個不小心便會全軍覆沒**。

開闢第二戰場的目的不是為了殲敵多少，更大的作用是**牽制**，只要自己在這裡，巴雅爾就必須集中力量將自己拔除，否則無法去全力支持虎赫，**存在就是威脅**，過山風對目前這種局勢認識得很清楚，所以當他到達和林格爾時，一眼便相中了這個地方，進可攻，退可守。

移山師全軍停了下來，每天只做一件事，如何讓自己的營壘更加堅固。於是和林格爾這片土地長得稍微粗一些的樹木都被砍得乾乾淨淨，連樹根都被刨起來帶走，樹枝樹葉當然也不能落下，在過山風的要求下，和林格爾被掃得乾乾淨淨。

底下將士們不清楚這場戰事要打多長時間，但過山風等一眾將領可是心知肚明，在擊敗虎赫之前，自已這支軍隊將成為孤軍，必須要堅持到隆冬季節甚至更久，因而所有能收集到的有用的東西當然不能放過。

後勤補給是最讓過山風頭疼的問題，鄧鵬的水師雖然運送了大量的補給到室韋港口，但隨著軍隊的日益深入，補給線越拉越長，到達和林格爾之後，得到的補給已是相當困難，鐵尼格派出了一萬餘人的軍隊專司這條補給線的安全，但過山風知道，隨著戰事的深入，這條補給線隨時會被巴雅爾切斷。

屯集物資成了過山風這段時間最主要的任務。當和林格爾大營建成，看著可以供大軍消耗約兩個月的補給，過山風終於鬆了口氣。

相比於過山風的匆容不迫，鐵尼格則顯得有些患得患失起來，從初入關之時的不可一世，鐵騎所過之處，橫掃六荒八合，到後來的日漸困頓，當他對上了巴雅爾的龍嘯軍後，終於知道了室韋鐵騎與草原鐵騎的區別。連戰連敗之下，鐵尼格終於正視現實，率軍靠攏過山風，再也不敢在草原上橫衝直撞了。

鐵尼格的大營與過山風的大營相隔約五里，都是背靠山梁，面向那條小河立寨，與過山風的大營防禦體系不同的是，鐵尼格的大營在防守上相對地簡略得多，室韋人對於自己的野戰能力有著足夠的自信。更何況在他們的側面，還有過山風部屏障，巴雅爾想要進攻任何一個大營，都必須同時應付來自側翼的襲擊。

和林格爾大營建成不久，巴雅爾終於調集了足夠的軍隊，向這支深入草原的孤軍展開進攻，一個多月的血戰，讓和林格爾的每一寸土地都染滿了鮮血，但大營依然屹立不倒，過山風前期儲備的物資發揮了巨大的作用。

巴雅爾首先選擇進攻的是過山風的大營，在付出極大的代價後，也沒能拿下對手，戰事陷入膠著。巴雅爾唯一的收穫是終於切斷了這支軍隊的後勤補給線，現在這兩個大營已不可能從後方得到任何的援助了。

巴雅爾明顯變憔悴了，長達大半年的戰事讓新成立的元武帝國筋疲力盡，青部藍部相繼覆滅，紅部叛變，自己手中的實力急劇下降，兩個兒子納吉納奔相繼陣亡，自己與李清的決鬥落在了下風，眼下這一關更是關係到元武帝國的生存，**如果不能在東線虎赫被擊敗之前拿下眼前的敵人，那元武帝國滅國可期。**

但眼前的敵人便像汪洋中的兩塊礁石，雖然被風浪打得千瘡百孔，仍然如同一根刺般地扎在自己心頭。

天氣變得更加惡劣起來，這些天來不間斷的大雪，讓整個和林格爾的積雪深達尺餘，這讓作戰變得更加困難，但巴雅爾不能停下來，任何一天的耽擱都可能造成毀滅性的結果。

策馬立於軍陣前，任由飄飛的雪花落滿身體，巴雅爾盯著小河那頭略顯模糊的營壘，嘶啞著聲音道：「進攻！」

冒著大雪，一批批的草原步卒艱難地踩著幾乎淹到膝蓋的積雪向前挺進。經過昨天一天激戰，被踩破的小河積冰剛剛重新封凍，但馬上又被成千上萬隻大腳踩上去，發出一陣喀吱喀吱的聲音後，再一次地碎裂。

亮晶晶的冰碴子附著在士兵的腿上，身上，像是綴上了一層晶片，閃閃發亮。刺骨的寒冷浸蝕著步卒的身體，定州軍營中的投石機開始還擊。

很明顯的，對方的投石機已經沒有多少，石彈也已枯竭了，投擲來的是一個個的冰彈，這是定州人將小石子和水凝結在一起，利用眼下的氣溫做成的。與前些時候密如雨下的石彈相比，這等程度的進攻已幾等於無了。

側翼戰鼓擂響，鐵尼格騎兵出營，作出側擊蠻兵的態勢，而早有準備的伯顏立即揮軍迎上。

「定州人也已成強弩之末了！」巴雅爾沉聲道：「拿下定州人，室韋人就會軍心盡失。」

第二章

紅旗報捷

唐虎剛策馬跑沒幾步，城樓上便傳來震天的歡呼聲。

「紅旗報捷，紅旗報捷！我們又打勝仗啦！」

李清與尚海波幾人對望一眼，臉上露出喜色，這時候傳來的捷報，肯定是烏顏巴托一仗打勝了，就是不知道戰果如何？

定州軍大營內，過山風立於營牆之上，他那根恐怖的狼牙棒就豎在身邊。看著一步步逼近大營的蠻兵。

「姜黑牛！」

「末將在！」

「熊德武！」

「末將在！」

「打開營門，出擊！」

大營左右兩個營門忽地打開，定州兵如潮水般地湧出，撲向來襲的蠻兵，與此同時，大營中的投石機、強弩加大力度，向著攻上來的蠻兵後方射去，這一招，是定州軍最擅長使用的**隔斷戰術**，阻絕後軍，集中優勢兵力殲滅前敵。

血戰再一次爆發。敵我雙方上萬人在冰天雪地中絞殺在一起，不是你死，就是我亡。一股股鮮血噴濺，將積雪染紅，旋即又被無數雙大腳踏下，變成腥紅的泥漿。

與此同時，相距和林格爾數百里，白族王庭的東側，一支軍隊正在艱難地行軍，為首一人，正是被李清讚為橫刀立馬的關興龍！

在蒙魯空等了多天之後，關興龍和他的橫刀營總算接到了呂大臨的命令，向前挺前，直插白族王庭。

這是關興龍從軍以來最為艱難的一次行軍，大雪迷漫，放眼望去，盡是一片雪白，想要辨清方向都極難，幸虧軍中有在邊疆長大的士卒，雖然數次迷路，但在跌跌撞撞中，還是一步步地靠近了白族王庭所在。

橫刀營出發時的五千人馬此時只有四千餘人了，風雪中，掉隊的，體力不支的，足足有數百人，但關興龍顧不得他們了，所有的馬匹都被用來拉輜重物資，連關興龍自己，也與普通士兵一樣，在厚厚的積雪中艱難行進。

「這狗娘養的大雪，下到什麼時候才是個頭啊？」關興龍摸了把臉上的雪水，眉毛髮際之間已結了冰，手一摸，疼得直皺眉頭。

「將軍，前面發現一個蠻族聚居地！」幾名探路的斥候連滾帶爬地跑了過來。

關興龍精神一振，「多大？有多少人？」

「大人，不多，最多只有數百帳。」斥候道。

關興龍哈哈一笑，數百帳，最多有幾千人，被巴雅爾徵集之後，這些部族中，只怕戰士已不多，就算裡面的每個人都能作戰，但**這樣的大雪天氣，有誰會想到一支定州軍會突然出現在這裡？**

「兒郎們！」關興龍獨臂揮舞著大刀，「拿下前面的敵人，咱們就能喝一口熱湯，睡一個好覺，然後去打他們的王庭。」

一連數天的行軍，關興龍的軍隊已是疲憊不堪，聽到關興龍的話，一個個眼中冒出綠光，喝口熱湯，睡個好覺，對此刻的他們來說是最大的誘惑，橫刀營迅速將戰馬從雪橇車上解下來，騎營士兵整理裝備，上馬，在斥候的引導下從兩側繞過去，步卒則從正面襲擊。

戰事毫無懸念，完全是一面倒的戰鬥，這個部族之中成年男子已全部被抽走，當如狼似虎的定州兵衝入這個聚居地時，映入他們眼簾的是一個個面露驚恐之色的老弱婦孺。

王庭百里之外又出現了一支定州軍！當巴雅爾聽到這個消息的時候，簡直不敢相信自己的耳朵，這些定州軍是怎麼來的？在烏顏巴托，虎赫還牢牢地盯在那裡，怎麼可能有定州兵潛過來，**難道是虎赫兵敗了**？一股不祥的預感讓巴雅爾坐臥不安。

「有多少人？」巴雅爾緊緊盯著來報信的使者問道，帳裡的各部酋長、大將們也都豎起了耳朵，緊張地看著這名信使。

「陛下，那個部族裡都是些婦孺，定州兵的出現嚇壞了他們，他們根本搞不清楚敵人有多大的規模，只是說很多，很多。」

信使這話一出，大多數人都變了顏色。「很多」是一個可大可小的概念，但總之，這絕對不是一支小部隊。無論這支部隊是幾千人還是幾萬人，一旦出現在王庭之下，草原的安危命懸一線。

「陛下，我們必須派兵回王庭！」伯顏站了起來：「所有的精銳我們都帶了出來，王庭守衛空虛，一旦讓這支定州兵到了王庭，後果不堪設想！」

「是啊，陛下，王庭乃我朝根本，不容有失啊！」大將們紛紛附和。

巴雅爾心裡沮喪到了極點，他能夠看出，在小河的那邊，無論是定州過山風，還是室韋騎兵，已到了山窮水盡的地步，只要自己再加把勁，也許再攻上三五天，對方就會潰敗，但長生天這一次真的沒有站在他這一邊。

「**難道長生天已經拋棄了我嗎？拋棄了敬他奉他的子民了麼？**」巴雅爾在心底痛苦地大吼道。

機不可失，這一次失去了痛擊敵人的機會，自己還會有這樣的機會嗎？不，不會再有了。

但他不能不回去，王庭不僅是他的老巢，他手下這些部將、酋長們的家眷、財富都在那裡；更讓人放心不下的是，那裡還是草原各族祖先們的棲息地，如若有失，那他巴雅爾將是草原的罪人，各部族必然棄他而去。

「傳令，全軍撤退！」巴雅爾閉上眼睛，沉重地宣布。

眾人都默不作聲，但他們的心裡都明白，**元武帝國大勢去矣**。

巴雅爾連夜撤軍，十數萬大軍悄無聲息地退走，但在撤退的途中，卻有十數個部落將領不告而別，帶著他們的部族消失在茫茫的雪原中。

肆虐的風雪成了巴雅爾撤軍最好的掩護，當第二天天剛放亮，風雪乍停的時候，定州軍的斥候張大了嘴巴，不敢相信地看著距他們不遠的蠻軍大營的駐紮地，只見一片狼藉，蠻族十餘萬大軍不翼而飛。

「快回去稟告將軍！」一名斥候大聲叫道。數十名斥候當即分成數撥，一騎飛馬奔向自己的大營，有幾個則大著膽子，策馬奔向前方，想要一探究竟。

「你說什麼？」過山風摸著自己的鬍子，有些不敢相信斥候的話，「你說蠻子跑了？不應該啊！」蠻子正占上風呢，怎麼會無緣無故地退走了呢？

「難道大帥已破了虎赫的狼奔，大軍直逼對方老巢了？」過山風思來想去，心道只有這一個可能了。

「將軍，我們馬上揮兵追趕，從屁股後面打他！」熊德武興奮地道。

過山風搖頭，「巴雅爾還有十餘萬兵力，我們追上去，說不準是我們打他還是他打我們呢，搞不好他正布了一個口袋，等著我們一頭鑽進去呢！不要慌，不管是什麼原因，咱們等上一兩天便可一清二楚，如果是大帥揮軍逼近了對方老巢，也不在乎我們晚上一天兩天的，我們這段時間打得辛苦，正好休整一下。同時將斥候給我多多地灑出去，儘量搞清楚情況！」

正說時，一名將領衝了進來，激動地道：「過將軍，室韋人看到蠻子跑了，鐵尼格王子帶著部隊已追出去了，派信使來通知我們。」

過山風呸了一口，「這個鐵尼格，不碰一鼻子灰不甘休！黑牛，派人去追上他，告訴他小心點，不要中了敵人圈套。」

姜黑牛應聲，轉身欲走，過山風又叫住了他，「算了，那小子估計也聽不進我們的話，還會以為我們怕他得了大功，讓他去！有收穫固然好，被收拾了正好讓他明白，這支軍隊到底是誰作主。」

不出過山風所料，天黑的時候，鐵尼格灰頭土臉地回來了，巴雅爾在撤退的路上伏下了兩支軍隊，鐵尼格興沖沖地追上去的時候，左右兩側一個齊襲，打得鐵尼格潰不成軍，損失了數千人馬，狼狽不堪地逃了回來。

過山風說不得還得好好地撫慰他一番，安慰一下鐵尼格受傷的心靈，同時還要鼓舞起他昂揚的鬥志和復仇的心態，這仗，還有得打呢！

過山風小心翼翼地整頓兵馬，打探虛實的時候，獨臂將軍關興龍在虛晃一槍進逼王城之後，已掉轉馬頭，轉而向南方進發。

「關將軍，咱們為什麼不直接去打蠻族的王庭啊？」

部將王剛很是疑惑，斥候已探明了王庭裡只不過數千守軍，出其不意之下，應當能一舉拿下對方的王庭，這該是多大的功勞啊！

關興龍瞟了他一眼，用刀背敲了一下他的頭盔，沒好氣地道：「打王庭？你小子想立功想瘋了嗎？不要命啦？咱多少人，不到五千人馬你就想去啃對方的王庭，你當蠻子都是泥捏紙糊的啊！對方王庭裡哪怕只有幾千守軍，也不是我們能攻得下來的。我估計現在巴雅爾應當派兵來追我們了，我們得想法子逃命了！」

王剛摸摸腦袋，道：「關將軍，巴雅爾對面有過將軍和室韋人，就算分出兵馬來，又能有多少，咱可不怕他！既然來了，不好好地幹一仗，豈不氣悶！」

關興龍哈哈一笑，「那是當然，不過嘛，咱們就不去捋巴雅爾的虎鬚了，咱們現在往南方跑，你知道前邊是什麼地方嗎？」

王剛想了一下，「馬王集啊，斥候不是早就探明了嗎？」

「對，咱就去打馬王集！聽說那裡是蠻子最大的互易之地，應當有不少好東西，咱去搶他媽的。」關興龍嘿嘿笑道。

關興龍一開始就沒有想過要去攻打對方的王庭，他手裡這點兵馬還不夠對手塞牙縫的，**他的目的是要在對手的王庭四周四處搶掠，形成一股恐慌的氣息，然後尋摸機會去與過山風會合**。

事實上，行蹤飄忽不定的關興龍的確讓巴雅爾困擾不已，惡劣的天氣又幫了他的大忙，巴雅爾始終沒有抓住關興龍這支部隊的蹤跡，關興龍在王庭四周肆意搶掠了十數天之後，終於聯繫上了過山風，兩支定州軍在和林格爾勝利會師。

巴雅爾退回王庭，而在烏顏巴托的虎赫狼奔則陷入了絕境，尚不知巴雅爾已退回王庭，放棄了殲滅過山風與室韋軍隊，而巴雅爾的信使又還沒有趕到，虎赫仍在苦苦支撐。

三天前，豪格大營被破，豪格身死當場，一天前，諾其阿大營被破，整個大營僅僅逃出了諾其阿及千餘名狼奔，現在虎赫的中軍已陷入三面包圍之中。

糧食極度缺乏，狼奔軍也不得不開始殺馬來維持，每每聽到戰馬被殺前的慘嘶，虎赫的心裡便陣陣的心痛。

寒冷的天氣是比饑餓更可怕的敵人，大營裡取暖的木柴早已用光，能用來取暖的東西也全燒光了，士兵只能靠互相擠在一起來取暖，不少的士兵便在睡夢中被生生地凍死。

「撤退吧，虎帥！」腦袋裹得跟個粽子似的諾其阿，聲淚俱下地道：「虎帥，再堅持下去，狼奔就全完了，虎帥，現在撤退還來得及啊！」

虎赫呆呆地坐在大案後，是啊，是該撤退了，但現在想撤退，只怕也不是一件容易事了，這麼多人一起走是斷然不可能的，自己該做出決斷，能為草原保留一點實力便保留一點吧。

「好吧，陛下一直沒有消息，我們撤回王庭，或許還能助陛下一臂之力。」

聽到虎赫答應撤退，諾其阿幾乎落下淚來，狼奔總算看到了一線生機。

「我的計畫是這樣的！」虎赫對諾其阿講起他的突圍計畫。

雪仍在下著，風發出嗚嗚的怪聲，不時有大團大團的雪花被風捲進高高的哨樓。

刁大毛裹緊披風，蜷縮在哨樓的一角，長矛斜倚在一邊，睜大眼睛看著被風捲起的雪團打在哨樓上那盞氣死風燈上，燈籠劇烈地晃來晃去，彷彿隨時都會掉下來。

這該死的鬼天氣！刁大毛在心裡恨恨地罵著，雖然穿著厚實，但在這麼高的地方，簡直會將人凍僵，自己上來值勤應當有一個時辰了吧，還得再堅持一個時辰才能換崗呢！他將脖子縮了縮，思念起溫暖的帳篷。

風中似乎傳來馬嘶聲，刁大毛伸長腦袋，外面黑沉沉的，什麼也看不到，他努力睜大眼睛，想搞清楚剛剛是不是幻覺。

他馬上意識到這不是幻覺，整個哨樓都在顫抖，不，**不是哨樓在抖，而是大地在顫抖**，那是大匹奔馬才能造成的效果，刁大毛一把抓起錘子，重重地敲在哨樓上那面巨大的金鑼上。

「敵襲，敵襲！」伴隨著清脆的鑼聲，刁大毛狂吼著。

差不多在同時，中軍大營裡其他的哨樓也響起了報警的鑼聲，本來安靜的大營頓時沸騰起來。

刁大毛抓起長弓，震顫愈來愈強烈，天雖然還是那樣的黑，但已可看到對面的人影，他拉開弓弦，一支利箭嘯的一聲飛了出去。

不知道能不能射中一個蠻子？刁大毛暗道，對方的隊形那麼密集，應當會射中吧！心裡想著，手裡又摸了一支羽箭，嗖的一聲，再次射出，這一次刁大毛清楚地看見隨著弦聲，一個騎在馬上的蠻子應聲掉下馬來。回望身後，戰友們正奔出帳篷，排成隊列。

潮水般的蠻子如同地獄中逃出來的魔鬼，瘋狂地撲向大營，刁大毛在哨樓上俯著身子，一次又一次地拉開弓弦。

哨樓劇烈的晃動起來，刁大毛聽到令人毛骨悚然的格格聲，然後眼睜睜地看著哨樓向一邊傾倒，他也隨著哨樓一齊倒了下去。

呂大臨想不到虎赫會選擇在這時候前來襲營，而且從前營遭到的攻擊強度來看，**這不是一般的襲營，虎赫似乎是傾巢而出，他想幹什麼？**

「將軍！」一名部將奔了進來。

「怎麼樣？」呂大臨冷靜地問道。

「前營士兵就地抵擋，中軍部隊正在集結，但敵人攻勢太猛，前營擋不住了。」部將聲音有些發抖。

呂大臨哼了聲，拔出戰刀，大步向外走去。

「將軍，是不是召左右兩營王將軍他們？」

「暫時不要。」呂大臨道：「黑夜中，清況不明，萬一虎赫設了什麼陷阱，他們貿然來援，會吃大虧的。」

倉促集結的前營士兵有些單薄的陣形無法阻擋亡命衝擊的蠻兵，很快便被擊破，從中間撕開了一條大口子，潮水般湧來的蠻兵沿著這道口子向前衝擊而去。

被擊散的前營士兵循著一聲聲尖厲的哨聲分向左右退開，很快便在左右各自形成了一個千人的方陣，兩個方陣同時發力，衝向這道被撕開的縫隙。

虎赫沒有費多大力氣便撕開了第一道防線，大軍衝向呂大臨的中軍，這一瞬間，虎赫腦中泛起一個念頭，**如果今天能一舉成功地殺死或抓到呂大臨的話，那麼這場戰鬥自己或許能將不可能變為可能，將大敗變為大勝。**

但這個念想只在腦中持續了短短幾秒鐘便消逝得無影無蹤，越向裡面，他遇到的阻力越大，現在已幾乎不能前進了，大營中千萬支火把燃了起來，將夜空照得亮如白晝，虎赫甚至可以看到不遠處那層層方陣後呂大臨那略顯憤怒的臉龐。

定州兵的反應速度讓虎赫既在意料之中，又在意料之外，前營明明已被自己擊潰，但自己還在中軍激戰，定州軍的前營居然又恢復了建制，猛攻自己的尾翼。

呂大臨甚至沒有召喚左右兩個大營的援兵，不管他是因為不屑為之，還是不明情況下的小心，總之，當這兩大營的援軍出現之際，就是自己滅亡的時候了。

「進攻，殺進去！」虎赫抽刀怒吼，率著他的親衛，向呂大臨的所在一步一步艱難地殺進。

定州軍左右兩大營，王啟年軍已集結完畢。

韓冬急切地道：「將軍，我們什麼時候出發，去救援中軍？」

王啟年搖搖頭，「呂將軍沒有發出號令，我們不能擅動，虎赫多智，小心他設下什麼圈套。現在幾更了？」

「快四更了！」

「好，呂將軍那裡不是那麼好打的，只要等到天亮，我們便可以清楚地知道虎赫到底想幹什麼了。韓冬，多派斥候，小心警戒！」

「鬍子！你說虎赫想幹什麼？」姜奎縱馬奔來。「剛剛斥候回報，說這次進攻是虎赫親自帶隊。」

王啟年訝道：「虎赫親自進攻？難道他想自殺？」

姜奎嘿嘿一笑，「大帥不常說這個虎赫算是個英雄嘛，說不定英雄就是這樣，**也說不定他犧牲自己是為了達到什麼目的呢！**」

王啟年兩眼一閃，「你說什麼？」

姜奎道：「我只是有一種很奇怪的感覺，這種感覺就像當時我們在白登山上一般，只不過彼此換了角色而已，鬍子，你說這虎赫是不是用自己來吸引我們的注意力，暗底裡在打別的主意？」

王啟年一拍大腿，「老姜，你說得有道理，這虎赫絕不是做事毫無目的的人，**他一定想掩蓋什麼！**姜兄弟，你有沒有膽子去虎赫的大營那裡探探風？」

姜奎哈哈一笑，「你可別激我，不就是去虎赫的大營嗎？我去瞧瞧。」

虎赫大營，諾其阿率領著一萬狼奔精銳，靜靜地矗立在夜色裡。

虎赫搜盡全軍，也只配齊了十天的乾糧，而從這裡到王庭，便是天氣甚好也要個十幾天，現在這個天氣，天知道要幾天才能到達，而且背後肯定會有敵人的追兵。

虎帥的這次攻擊，至少可以為自己爭取一到兩天的時間。

遠處的火光照亮了半邊天，隱隱可聽到喊殺聲。諾其阿含淚看了眼大營，下令道：「我們走！」一萬狼奔軍趁著夜色向遠處悄悄遁去。

諾其阿率軍離開大營後不到一個時辰，姜奎的旋風營便趕到。

看到黑沉沉的大營，姜奎有些疑惑，自己已到了攻擊位置，對方營中居然沒有絲毫的反應。

「派一隊騎兵去試探一下！」姜奎下令道。

一炷香後，姜奎出現在廢棄的大營裡，虎赫竟然放棄了他的大營，展開一次心知肚明的無去無回的攻擊，他根本就沒有想著回來。

「將軍，抓住了一批受傷的蠻子！」一名士兵跑來向姜奎報告。

「走，看看去！」姜奎決定審問這些俘虜，或許能得到點有用的消息。

天色漸明，**呂大臨終於確認虎赫是來自殺的，他根本沒有什麼後招**。

臉色難看之極的呂大臨下令道：「命令左右兩大營，合圍殲滅虎赫！」

當王啟年部與王琰、楊一刀部投入戰場後，戰事已無任何懸念，激戰了半夜的狼奔軍疲憊不堪，很快便被分割，包圍。

天色大亮之時，來襲的虎赫部或被殲滅，或被俘獲，近三萬大軍全軍覆沒。

距離呂大臨所在之地約五十步的地方，虎赫與他的百多名親衛便倒在這裡，呂大臨走到這個大敵面前。

仰面朝天倒在地上的虎赫，身上被強弩破開了幾個大洞，鮮血染紅了盔甲，頭盔摔在一邊，露出一頭花白的髮辮，臉上卻透著一股安詳，一種解脫，嘴角甚至帶著一絲笑意。

「呂將軍！」一騎飛奔而來，翻身下馬，單膝著地，大聲道：「呂將軍，小人是旋風營斥候，我家姜將軍命我前來稟告大人，狼奔約有萬餘人脫離戰場，正在向後撤退，旋風營正在追敵，請大人派兵支援。」

聽完斥候的話，呂大臨苦笑了一下，看著虎赫的遺體，喃喃道：「**你用自殺式的攻擊，就是為了掩護這些人逃離**？很好，不愧是草原第一名將，我不如你。王琰！」

「末將在！」王琰道。

「你率常勝營迅速前往支援旋風營。」

「來人啊，找一副棺材，將虎赫的遺體好好地收斂起來，就葬在烏顏巴托吧！這些蠻子也挖坑掩埋好，讓他們永遠追隨他們的首領吧！」

定州城。

定州要辦喜事了。全城裝扮一新，城牆上掛上了大紅的燈籠，紅色的彩綢在城樓上迎風飄揚，連城樓上站崗的士兵也都換上了簇新的服裝，城門裡，戰士的頭盔上還別著一支紅色的絹花。

城門外已是人山人海，大家都伸長脖子，看著不遠處徐徐行來的大隊人馬。

如此隆重的場面無他，只是為了迎接定州未來的主母，鎮西侯夫人，名滿天下的傾城公主。

距定州城門約百步的地方，搭建了一座臨時營寨，未來幾天，傾城公主將住在這裡，直到新年的第一天，那是李清迎娶她的日子。

路一鳴和許雲峰代表定復兩州最高文職官員迎出百里以外，李清則帶領著定復兩州其餘的高級官員以及兩州的富紳名士，恭敬地在城門外等著公主鑾駕的到來。

定州的高級軍官們，除了馮國，幾乎全都在外征戰，是以李清的身邊幾乎清一色的文職官員。

今天李清穿著全新的鎮西侯官袍，紫色的官袍，前面繡著一隻張牙舞爪的兩腳蟒蛇，一頂侯爺的金冠頂在頭上，讓李清分外不自在。

他倒背著雙手，掃了一眼四周，看到清風站在離自己不遠處，正與身邊的一名官員低聲說著什麼，神態自然，看不出有什麼異樣。

清風似乎感覺到什麼，陡地抬起頭來，與李清四目相對，嫣然一笑，無比燦爛的表情讓李清愕然無語，轉瞬間，清風已回過頭去，與那官員繼續說話。

「他們在說什麼呢？這麼高興？」

李清心裡莫名生起一股淡淡的醋意，他倒不是吃那官員的醋，而是清風那一副事不關己的模樣讓他很不舒服，**她的心裡真的一點也不在乎嗎？**

號角吹響，金鼓齊鳴，公主的鑾駕終於在眾人期待的目光中來到定州城下，尚海波和路一鳴翻身下馬，走到李清面前，向李清交令，李清微笑著向兩人擺擺手，大步走向車隊。

威嚴的儀仗隊兩邊分開，兩騎馬越眾而出，李清抱拳躬身，「李清見過韓王爺，見過二伯！」

頭髮鬍子都已雪白的韓王哈哈大笑，轉頭對李退之道：「退之，李氏有此佳兒，當真是可喜可賀，哈哈哈，李清，不用多禮了。」打量了下四周，又道：「好小子，好大的陣仗啊，聽說你正在打仗，可看定州這模樣，一點也沒有打仗的樣子嘛。」

李清微微一笑，「蠻族不過一跳梁小丑，不足為患。」

韓王爺咧嘴道：「退之，聽聽，聽你這侄兒一說，咱們這些老傢伙可都要羞得找條地縫鑽進去才行了，蠻族在他眼中是跳梁小丑，可這麼多年來，咱們可在他們身上吃夠了苦頭啊！」

李退之微笑道：「小子狂妄無心之語，老王爺不要放在心上。」

李清心中微微一動，聽韓王這口氣，似乎早年也與蠻族打過仗啊。

韓王呵呵笑道：「無妨，他有資格這麼說，聽聞你的軍隊已在烏顏巴托包圍了虎赫，取勝可期！擊敗虎赫，平定草原已成功大半，你當年所說三年平定草原果真要實現了，想當初我可是在心裡罵了你好幾句狂妄呢，現在要向你賠不是了。」

「老王爺說哪裡話，能擊敗蠻族，這也是託了皇上宏福，定復兩州百萬百姓齊心協力，方能有今日之戰果。」李清謙虛地道。

韓王大笑，「小子倒是會說話。哦，退之，你與他說正事吧，我人老了，嘴也雜，說了半天還沒說到正題，可別耽誤了正事！」

李退之在心裡笑話著老韓王居然這時候才想起要說正事，當下正色對李清道：「離大婚之期還有數天，依規矩，公主現在是不能與你見面的，你也不必上前去拜見公主了，我們就在定州城外紮營，一應所需你都準備好了嗎？」

李清點頭道：「全都配備妥當，公主鑾駕逕自入住即可。」

「嗯，那就好，營內警戒自有公主的衛隊擔當，營外就歸你了！」

「二伯放心，一切都已布置妥當！」

「那好，等我們入營安置好後，我與韓王再進城與你商議相關細節，大婚之事，每一個細節都要考慮周全，萬萬不可出一點岔子，定州城內只怕對這禮儀之事懂的人不多，我們特地從京城找來了相關人等。」

李清應道：「一切聽從二伯安排！」

說話間，早有人指引著公主的儀仗開始進營，首先入營的便是充當公主衛隊的宮衛軍，全身著甲的宮衛軍個個高大魁武，便是胯下戰馬也都是千裡挑一，比起定州人常見的戰馬要高上一頭不止，讓圍觀的百姓發出陣陣喝彩聲。

專司保衛的宮衛軍，專業素質的確過硬，乍一入營，片刻間，營寨的各個要點上都已分配好人手，很快便接管了整個營寨。

「看起來還不錯！」李清嘀咕了一句。

「清兒你說什麼？」李退之沒有聽清楚，追問道。

李清道：「侄兒是說宮衛軍很威武，比御林軍強多了！」

李退之和韓王聞聽此言，都是臉色古怪，兩人當然是想起了在洛陽，李清將御林軍打得滿地找牙的往事，**今日李清盯上了宮衛軍，該不會尋個由頭給宮衛軍也來個下馬威吧？**

韓王臉色變幻數次，傾城自從在皇家校場吃了李清的虧後，一直咬牙切齒，私下裡與韓王賭咒，發誓要給李清一個好看，今日一聽李清這話，嘆息一聲，這兩人真是天生一對冤家，自己得盯牢點，婚前萬萬不能讓他兩人打起來，真要打起來，那就是皇室醜聞了。至於婚後，閨房內，夫妻倆打起來那叫閨房之樂，兩者可大不相同。

三人一邊看著龐大的車隊入營，一邊各自想著心事，正相對無語時，遠處突然響起了急驟的馬蹄聲，幾人臉色都是微微一變，唐虎立即率令親衛隊迎了上去。

唐虎剛策馬跑沒幾步，城樓上便傳來震天的歡呼聲，聲音之大，讓城下諸人都是大吃一驚，只見城上本來站得筆挺的士兵們揮舞著武器又叫又跳。

「紅旗報捷，紅旗報捷！我們又打勝仗啦！」

李清與尚海波幾人對望一眼，臉上露出喜色，這時候傳來的捷報，肯定是烏顏巴托一仗打勝了，就是不知道戰果如何？

城下百姓聽到士兵的歡呼聲，也歡呼起來，一時間，眾人目光紛紛從公主的車駕轉移到了馬蹄聲傳來的方向。

「烏顏巴托大捷！烏顏巴托大捷！」信使一面狂奔，一面高呼著。

李退之與韓王對視一眼，這捷報來得也太巧，不知道是不是李清刻意安排，好向公主示威的。

兩人倒是錯怪李清了，李清只知道戰役發起的時間，什麼時候結束他可沒辦法有個準信。

十餘名背插紅旗的信使來到李清面前，領頭一人高喊道：「回稟大帥，烏顏巴托大捷，殲滅蠻族狼奔軍四萬餘人，陣斬蠻酋虎赫。」

「你說什麼？虎赫死了？」李清又驚又喜，能陣斬虎赫，那烏顏巴托這一仗便算是完勝了。

「是，大帥，虎赫已死，現在呂將軍正整頓部隊，準備乘勝進軍，常勝營與旋風營兩軍已先期進發，追逃殲敵。」

「嗯！」李清立即從這句話裡聽出了問題，常勝營與旋風營同時追敵，只能說明一件事，那就是狼奔還有部隊逃走了，不過，現在顯然不是追問軍情的時候，於是他向尚海波使了個眼色，尚海波會意地點點頭。

「賞，重賞！」李清道。

幾名信使歡喜地正準備隨唐虎退下，另一邊卻傳來一個公鴨嗓子的呼叫：「公主懿旨。」

眾人盡皆一愣，就見公主身邊的管事太監黃公公，帶著一隊小太監一路小跑過來。

「公主說，今日剛到定州便有喜訊傳來，不勝欣喜，特賞賜這幾名從前線歸來的勇士，以示公主心意！」

信使們呆立在那裡，眼光不由自主地看向李清，李清微微一笑，點點頭，唐虎吆喝道：「你們還愣著幹什麼，還不趕緊謝公主賞賜！」

信使們這才趕緊拜倒在地，「謝公主賞賜！」

夜已深，但整個定州城卻是一片燈火通明，烏顏巴托大勝，大帥喜期臨近，雙喜臨門，定州城取消了長期以來的宵禁，整個城市陷入了一片歡樂的海洋中。難得有這樣的不夜天，自然要好好地放鬆一下。

「來，清兒，伯父先祝你再獲大勝，平蠻指日可待。」李退之舉起酒杯。

「多謝伯父！伯父千里遠行，數次為了李清的事情奔赴定州，這一次更是頂風冒雪，一路艱辛可想而知，李清感激不盡！」李清道。

李退之呵呵笑了起來，「一家人不說兩家話，清兒這話可就生分了，伯父如此辛苦，不僅是為了你，也是為了李氏一族啊！」

李清笑道：「清兒這兩年專注邊關戰事，對於中原大勢不甚了了，伯父可為我分說分說？」

李退之搖搖頭，夾了一口定州特有的醃肉絲，一邊咀嚼著，一邊拿筷子點了點李清，「清兒此話不盡不實，伯父可還沒有老糊塗，你在定州，前兩年是一門心事地盯著巴雅爾，但今年嘛，只怕你一隻眼睛已看著中原了吧？中原局勢如何你會不清楚？清風的統計調查司如今在大楚聲名赫赫，大小事情又有多少能瞞得過你？」

李清有些尷尬，想不到這個二伯言辭如此犀利，掩飾地舉起酒杯，喝了口酒，又為李退之夾了一箸菜，道：「都是些道聽塗說的消息，哪有伯父知道的詳細。」

「嗯，大致的東西想必你也知道，我不必多說，便跟你講講勢力的分布吧！」李退之道。「大楚有州五十六，宗族豪門勢力盤根錯節，彼此之間利益交纏，但粗略地可劃分為幾大勢力集團，**盤踞南方的寧王，虎踞中部富庶地區的蕭氏與向氏、方氏聯盟，北方的靖安侯呂氏家族，東部的鄭國公曾氏家族**，這其中又各有利益糾葛，實是一言難盡，或許現在還得加上西部的你了。」

李清失笑道：「定州根基淺薄，豈能與這些積累數百年的豪門大閥相提並論。」

李退之搖頭：「你不必妄自菲薄，你佔據定復兩州，麾下精兵強將冠於大楚，平定草原之後，更是有了廣闊的戰略迴旋空間，雖說西地苦寒，歷朝歷代以來，尚沒有西部豪強能擊敗中原大宗的前例，但現在你卻又有所不同了。」

「有何不同？」李清笑問。

「你忘了？你身後還有李氏！」李退之笑著端起酒杯，一飲而盡。

「翼州富庶，卻是四戰之地，無險可守，老爺子接掌家族後，秣馬厲兵，也只能守成而已，根本沒有餘力擴充勢力，如果沒有你的異軍突起，只能在上述幾大勢力之間選擇最有可能成功的一個投靠，以保家族的存續和輝煌，現在則大大不同，李氏如今也是天下間有能力角逐的勢力之一。」

李清笑而不語。

李退之興奮地道：「翼州號稱十州通衢，中原亂象一起，你揮兵入關，打通西部與翼州之間的通道，扼住了南方寧王進攻中原的通道，同時又將中原腹地一隔為二，那時，我們李氏或聯蕭家共擊寧王，或聯寧王討伐蕭氏，**左右逢源，從其中謀取最大利益，不斷壯大自身實力**，到最後……嘿嘿！」

說到這裡，李退之不知是興奮，還是酒意上頭，臉色通紅，盯著李清，一字一頓地道：「清兒，那時便是讓這天地變換，也不是什麼不可能的事吧？」

李清端起酒杯，回敬李退之道：「二伯，目前我們還是先將蠻族滅了再論其他，中原到底會如何，現在還難以看清，也許到時候，那裡的景象會讓我們大吃一驚。」

李退之點點頭，「清兒說得是，眼下我們還得夯實基礎，不可好高騖遠，如果說翼州是我們李氏騰飛之基的話，那這定復兩州則是李氏的翅膀和爪牙，絕對要牢牢地抓好在手中。公主此來，可不僅僅是天啟籠絡你的手段，隨著公主一起來的，是整整一個幕僚團，公主儀仗中文武兼備，清兒，公主是想要掌控復州，你可有應對之策？」

李清哈哈一笑，「伯父但請放心，復州落入我手已近一年，如果我還沒有牢牢將其控制在手心之中，李清豈會有今日成就?!公主帶來這些人，想必是準備安插到復州去的，公主雖然有這個權力，但這些人能做到什麼程度，可就由不得他們了。」

李退之叮囑道：「不要大意，公主幕僚中，為首一人叫**燕南飛**，原是首輔陳西言大人的幕僚，精熟政務，為人圓滑幹練，是個十分難纏的人物，有他輔佐公主，你要小心應對。」

李清點點頭：「伯父放心，我曉得的。」

「原本我不必多說，但臨來前，老爺子有話讓我帶給你，公主看似豪爽，毫無心機，但自有一套凝聚人心的方法，否則也不能執掌大楚第一軍宮衛軍這麼多年，還讓這些強悍的傢伙服服貼貼；再者，老爺子也擔心公主會與清風起衝突，清風對你的忠心倒不用懷疑，但如果與公主對上，說不準會發生什麼衝突，女人心海底針，終是難以預測的。」

聽到李退之提起清風，李清的臉上現出一絲陰霾，白天清風那燦爛的笑容又在腦海裡閃現。

「我知道了！」

「嗯，公主儀仗中的那些重要人物，你宗華叔父都已做了詳細的調查，回頭我就讓人把這些卷宗給你送來，這些人的性格，喜好，社會關係，所擅長的，都一一寫在上面，你自己看著辦吧！」

對於傾城，李清到目前為止，腦袋裡還沒有形成一個完整的印象，只模模糊糊地記得在皇家校場，自己拉下對方的面罩時，那張紅透半天、圓圓的臉龐，至於漂不漂亮，他真的沒有看清楚。

隨著李退之說出有關傾城的事，李清的腦子裡逐漸浮出一個畫面，傾城全副武裝，手提著長槍，戟指李清，喝道：「駙馬，放馬過來，讓為妻看看你的真本事！」不禁打了個寒顫。

正當李退之與李清把酒夜話的時候，城外營寨中，韓王、傾城，還有李退之嘴裡的燕南飛也正聚在一起。

傾城住的這間帳篷極大，看樣子很有可能是李清繳獲的那位草原蠻族酋長的金帳，足足有數十個平方大小，帳內分隔成內外兩間，外間會客，裡間休息。雖然外面天寒地凍，但厚實的大帳卻將寒風隔絕在外，加上帳裡熊熊燒燒的炭火，倒是溫暖如春。

「今日這捷報來得真巧啊！」燕南飛道：「像是給我們一個下馬威似的。韓老王爺，公主，你們看呢？」

韓王撫著雪白的鬍子，沉吟道：「這個倒說不準，也許真的是巧合而已。」

傾城無所謂地道：「不管他是什麼意思，總之能打敗蠻族都是好的，虎赫是草原第一大將，殺死了他，蠻族敗亡已是指日可待，早一日平定蠻族，定復兩州也可早日抽身，這樣才有餘力對洛陽的皇上形成後援力量。」

燕南方眉頭皺道：「公主，李清究竟怎麼想，現在我們仍不清楚，今天我在定州城裡轉了半日，所見所聞卻是不大好，**定州百姓只知李帥，不知朝廷**，言語間，對軍隊的戰鬥力可謂是信心滿滿。再者，我好不容易聯絡上在定州的職方司負責人，可是，嘿嘿！」燕南飛苦笑了一下。

「怎麼？」傾城問。

「定復兩州的職方司已落入統計調查司的控制之中，一舉一動都在他們的眼皮底下，便是今日，那職方司的傢伙也是費盡心思才擺脫了跟蹤，與我會晤不到半個時辰便匆匆離去，聽他的語氣，對統計調查司很是畏懼，看來我們日後是指望不上他們了。」

「他對你說了些什麼？」韓王關心地問。

「他只簡單說了一下，雖然他們接到了朝廷的命令，要他們全力配合我們，但恐怕是有心無力，只要他們的動作稍微出格，便會被統計調查司抓走，據他所言，復州恐怕也被李清經營的如鐵桶一般，自州府以下，縣，鎮，村，包括幾大鹽場，全部被定州心腹把持，公主想要掌控局面，恐怕不是那麼容易。」

傾城咬著牙，很是懷疑地道：「李清拿下復州才多長時間，就已經全盤掌控了嗎？」

燕南飛點點頭，「現在我們已經清楚，當時在復州禍亂的匪患就是李清手下大將過山風，過山風在復州的掃蕩，將舊有官僚體系打得幾乎十不存一，而李清在定復兩州實行的新政，又讓最下層的百姓對他鼎力支持，讓他有了極高的民意。如果光是這樣，我們還可以聯絡士紳，仍是大有可為，但李清接著成立商貿司，與士紳利益均霑，又將兩州的豪紳士族牢牢地綁到了他的戰車上，加上統計調查司的嚴密控制，可以說，定復兩州幾乎水潑不進，而且那職方司的傢伙臨走時，還再三叮囑我，千萬不要招惹統計調查司的那個女魔頭。」

傾城冷笑：「他是說李清的那個女人清風嗎？」

燕南飛默然，韓王也乾咳了兩聲，不再說話。

「不急，事在人為嘛！」傾城一字一頓地道。

第三章 雙鳳會

傾城雖為女子，乍見清風，也為清風容貌所懾，紅顏禍水！不知為什麼，傾城想起了這個詞。

清風隨意地站在那裡，看似弱不禁風，但傾城可以感覺得到她身上散發出來的那股強大自信，這種壓迫感讓傾城極為不舒服。

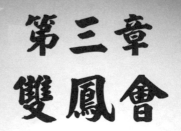

定州軍政兩府在新年即將到來時忙得底朝天，呂大臨部在殲滅虎赫狼奔後，稍事整頓，便全軍直撲蠻族王庭。

如此惡劣的天氣下，為了保證軍隊的戰鬥力，定州所面臨的後勤壓力前所未有的大，通往草原的道路上滿是載滿物資的雪橇車，一批批剛剛走出新兵營的補充兵集中在定州城，等著配發裝備，然後奔赴前線。

在公主儀仗對面，一座新的營盤一夜之間立了起來，秦明站在轅門口，凝視著對面的軍營，在他的身後，一個身材矮小，穿著宮衛軍普通士兵服飾的人，正感興趣地盯著對面的新兵營。

在這個士兵的四周，十幾名宮衛軍四散而立，有意無意地將他圍在中間，既不遮擋他的視線，卻又能在有任何意外發生時，第一時間將他圍在中間，這個士兵，當然便是傾城公主了。

在營裡悶了幾天，傾城終於不耐煩了，聽秦明說一支新兵營在自己營盤的對面立了起來，便出來看熱鬧。

定州兵之精銳，他們見識過了，但當時李清帶去京城的可是百戰之師，到底李清是如何將一些農夫、小販、混混們在短時間內打造成一支精兵，他們還是一無所知，正好有新兵出現在眼前，怎麼能錯過呢！

雞鳴澤新兵訓練營的指揮官，參將陳興岳滿臉春風地出了自己的大帳，上一次大帥去雞鳴澤視察時，因為沒有及時地將雞鳴澤湖鑿冰，吃了好大一個掛落，三年內不能有晉升的機會，眼看對蠻族的大戰就要結束了，陣興岳心裡這個急啊，要是趕不上這一波，那自己可真要等上三年才能更進一步了。

每日心裡像貓抓一般的陳興岳大著膽子跑到大帥府，求見大帥，一番苦苦懇求下，終於打動了大帥，加上有參軍尚海波的幫襯，自己搭上這最後一趟船，得以率領這個補充營支援前線。

這次上前線可得大大地露個臉，否則怎麼對得起大帥給自己的這個機會？只要大大地立上幾個功勞，那三年的期限可就不會再是自己的障礙了。在幾名衛兵的簇擁下，陳興岳大步走到轅門前立定。

傾城奇怪地看著對面的陳興岳，問秦明道：「秦明，這個走出來的人，看氣度應當是個不小的官，怎地這麼隨便，大冬天的，居然只穿著犢鼻褌，而且他的那些衛兵也和他一樣裝束？」

秦明搖搖頭，「公主，我也不知道。」心中卻是微微有些惱怒。這也是傾城公主從小在軍營中廝混長大，後來又一直掌軍，否則這些人在公主的大營前著裝如此不整，換個主子，立馬便會治他們一個無禮之罪了。

「公主，別看了，這些人不知要玩什麼花樣！」秦明回頭對傾城道。

傾城搖搖頭，「不，我倒想看看，定州的兵到底有什麼特別的！」

說話間，對面忽然傳出一聲聲尖厲的哨聲，將秦明等人都嚇了一大跳，隨著哨聲，本來寂靜無聲的大營立時沸騰起來，在傾城等人目瞪口呆中，一排排只穿著犢鼻短褲的士兵從營裡湧了出來，飛快地在轅門處開始集結。

一，二，三，秦明在心裡默默地計數，他想看看這些新兵能在多長時間內集結起來。

秦明在心中默默計數的時候，對面一名士兵口中的哨聲也變得短促起來，彷彿也在計數一般。

讓秦明目瞪口呆的是，他在心中剛剛默數到十九時，對面的軍隊已齊刷刷地橫成列，豎成行，站得整整齊齊了。

傾城和四周的宮衛軍們齊齊發出一聲驚嘆。這可不是一支小部隊，而是整整一個營，足足有五千人啊，看著一片光溜溜地站在冰天雪地裡卻挺胸直立的士兵，傾城和秦明的眼中充滿驚異之色，不禁對看一眼，這是新兵嗎？

五千人矗立在寒風中，凜冽的寒風吹過，卻沒有一點雜音，肅然的氣氛連本來有些嘈雜，正看熱鬧的宮衛軍也受到了感染，不由地安靜下來。

陳興岳卻似乎並不滿意，臉沉似水，叉開兩條腿，手叉在腰間，大聲道：

「今天集結，你們整整慢了四哨，我很不滿意，不要跟我說什麼原因，這裡地方是小了點，但這不能成為你們慢的理由，你們從昨晚紮營時就應當注意到這些，今天更應當早早做好準備，很顯然，你們沒有注意到這一點，其責在軍官，最後完成集結的十名哨長出列。」

隨著他的命令，十名赤膊軍官臉帶愧色，從隊列中一路小跑到了陳興岳面前。

「你們這十哨，今天訓練量加一成，可有意見？」

「沒有！」十人大聲應道。

「很好！」陳興岳喊道：「歸隊！」

秦明牙疼似地抽了一口氣，「這還不滿意？還要受罰？這名軍官治軍好生嚴酷。」

「這人是誰？」傾城問。

秦明搖搖頭，「不認識，李帥手下的名將中好像沒有這個人，看這人統領的人數，應當是一名參將。」

「一個名不見經傳的將領便有如此治軍本領，難怪定州軍如此強悍！」傾城臉上露出一絲笑意。

對面的陳興岳似乎根本沒有注意到在對面的大營裡，有越來越多的宮衛軍聚集在一起，好奇地看著他們。他大臂一揮道：「今日例課開始！」

一聲長哨響起，五千人的新兵隊列齊齊轉向，然後四隊一排，撒開腳丫子，便開始沿著大營奔跑。陳興岳在軍隊前進到一半的時候，也邁開大步加入其中。

這一次繞著大營跑步足足持續了一個時辰，當一聲長長的哨音響起後，光膀子的士兵已個個都是大汗淋漓，渾身上下冒著熱氣。他們重新整好隊伍，被處罰的那十個哨則仍然埋頭奔跑。

此時，陳興岳正隨著士兵們一起在軍令官的呼喊聲中，做著俯地挺身。

「他們這是在幹什麼？」傾城看著這些正做著奇怪動作的士兵問。

「好像也是一種鍛鍊體能的方法！」秦明看了半晌，終於看出了一點門道。

這時，對面的軍令官喊到了一百，陳興岳一躍而起，隨即拉開架式，開始打起拳來，隨著他的動作，下面的士兵也大聲吆喝，跟著做了起來。

「這又是什麼，是一種拳法嗎？」傾城此時已化身好奇寶寶，不停地向秦明問這問那，然而秦明此時也是一問三不知了。

對面幾千人同時打著同一套拳法，動作整齊劃一，連吆喝聲也一致，似乎打到哪個動作便需要吆喝一聲，秦明最後看懂了，原來吆喝一聲的時候，恰恰就是對方發力的一瞬間。

一套拳法打完，哨聲再度響起，散開的隊形再次集結，陳興岳開始訓話，完畢後，士兵們按順序一路小跑奔回軍營。

「秦明，你等會兒去對面的軍營拜會這個軍官，向他討教一番！」傾城道。

「啊？」秦明一臉錯愕。

傾城若有所思地道：「你不覺得這些定州新兵，其精銳程度即便我們大楚很多勁旅也比不上麼？這訓練新兵有什麼秘訣，你難道不應當去討教一番嗎？」

秦明有些為難地道：「公主，這些方法是別人成軍的秘訣，如何肯向我這個外人透露？」

傾城眼睛一瞪，「什麼外人？你就告訴他，是我讓你去的，我是誰？難道是外人麼？要是那個定州軍官不識相，你只管回來告訴我，看我不打上門去！」

秦明連聲稱是，心裡卻叫苦不迭，傾城公主肯定是說話算話的，問題是自己這麼冒昧地上門，對方怎麼會將這些秘密告訴自己呢？難不成真讓公主打上門去，這可真要成笑話了。不行，得去找韓老王爺，也許只有韓老王爺才能讓公主改變心意。

大帥府。

昨夜僅僅休息了兩個時辰的李清剛剛爬起來，尚海波滿臉疲倦地走了進來，看樣子，是一夜沒睡。兩個黑眼圈分外醒目。

「虎子，快給尚先生泡杯茶來！」李清道。

「多謝大帥！」尚海波笑道：「這時候還真需要唐虎的那杯濃茶。」

「昨晚一夜沒睡？」李清問。

「哪有時間睡啊！」尚海波哀嘆道：「陳興岳部昨夜抵達，馬上要配發裝備，補充物資，我忙了整整一夜，總算安頓好了這才回來，兩天後，他們便可以出發趕赴前線了。」

李清點點頭，「嗯，這事是要快一點，馬上要對蠻族王庭合圍了，前線兵力有些捉襟見肘。」

說話間，唐虎泡了杯濃茶來，遞到尚海波手中，尚海波大大地喝了一口，精神果然好多了。

尚海波倦意全消，與李清站在巨大的沙盤前，討論著如何對付白族王庭。

正說得不亦樂乎時，清風推門而入，看到尚海波也在，微微一愣，道：「原來將軍正與先生議事，那清風待會再來！」轉身欲走。

李清招呼道：「進來吧，也沒什麼事了，你今天這麼早便過來，可是有事麼？」

清風點點頭：「是有關於公主殿下的。」

尚海波立即躬身道：「大帥，我還有事情要做，先下去了。」

李清擺擺手，「尚先生，不必如此，你也聽聽吧！」

清風微微一笑：「將軍，公主殿下到定州後……」

李清臉上古井不波，一邊聽清風說著，一邊翻看清風遞來的卷宗，盞茶工夫，清風說完，他也剛好翻完手中的卷宗，看到上面鉅細靡遺的內容，李清失笑道：「清風，你這也有些太過了吧？」

清風神情不變道：「將軍，關於公主和韓王爺，我們統計調查司沒有絲毫不敬，這裡面記錄的是所有人的大小事件，特別是那個叫燕南飛的，頻頻接觸職方司在定州的諜報人員，我已將他列為一級偵測對象，此人的資料，卷宗中也有陳述。」

「此人我知道，首輔陳西言大人的重要幕僚嘛！」李清笑道：「不單如此，隨傾城來的有不少能人啊！」

尚海波冷笑道：「燕南飛名氣不小，但他到了定州，便是條龍也得給我們盤著，是隻虎也得給我們趴著。這裡可不是洛陽，輪不到他們來呼風喚雨！」

「話雖如此，但尚先生，**這些人圖謀的不是我們定州，而是復州**，畢竟復州歸於我手只有區區一年時間，想必還有不少積怨之輩隱藏蟄伏，如果燕南飛等有心，這些人還不趨之若鶩，雖說成不了道行，但總會讓人噁心作嘔的，不是嗎？」

尚海波瞟了眼清風，道：「復州歸於將軍已有一年之久，統計調查司還沒有將這些心懷二心之輩找出來，實是失職！」

清風抿嘴一笑，「先生說得有理，不過現在倒不用擔心了，我有十足的把握很快便將這些人一一剷除，確保復州萬無一失。」

「說得倒輕巧！」尚海波吐嘈道：「一年多都沒有找出來，現在便能很快找出來？」

清風攏攏頭髮，自信地說：「這些沒有找出來的人，隱藏極深，想要發現他們著實有不小的難度，但燕南飛這麼一攪，就為我們省了不少事了。」

「何解？要是這些人被燕南飛名正言順地攏到手下，我們可就難下手了。」

尚海波質疑道。

「現在的燕南飛，就像是一塊蜂蜜，會吸引很多的蒼蠅蚊子往他那裡飛，我只需盯著他就好了！」清風笑道。

李清點點頭，交代道：「清風，我和尚先生這段時間的主力將會放在草原的戰事上，復州的事便有些分身乏術，再者許雲峰方正有餘，機變不足，對付燕南飛恐怕力有未逮，這事你要盯緊一點。」

清風領命道：「將軍放心，清風記下了！」

對於李清的安排，尚海波沒什麼可說的，而且，用清風來對付燕南飛極妙，誰叫你燕南飛是公主的人呢？尚海波在心裡竊笑起來。

「大帥！」唐虎走了進來，在李清耳邊低聲說了幾句。

「什麼?!」李清輕呼道。

「大帥，現在陳將軍的親兵還在外頭等候您的回話呢！」唐虎道。

「大帥，陳興岳出什麼事啦？」尚海波緊張地問，畢竟這個陳興岳可是他作擔保的，要是出了什麼漏子，雖說自己不會吃大帥的掛落，但面子上總是不太好看。

「不是陳興岳出了什麼事，而是宮衛軍副統領秦明去了他那裡，向他索要定州練兵之法，陳興岳自是不肯說，秦明便抬出了傾城，說是傾城讓他來要的，陳興岳無法可施，只得派人來討主意。」

清風冷笑一聲：「練兵之法，不管放在哪裡都是絕大機密，豈能擅自告訴外人。公主本身便是統兵大將，居然開得了這口，當真好笑！」

尚海波卻發愁地說：「話是這麼說，但公主馬上便是要成為定州主母之人，算不得外人，再加上她自己也擅長領兵練兵，比不得一般纖纖弱女子，她若強行索要，倒不好推託啊！」

清風淡淡地道：「尚先生，倘若今日給了她，他日您可不要要求我來堵這口子啊，正如您所說，公主馬上便會成為定州主母，她若存心洩漏，我可堵不住啊。」

尚海波臉色一變，正待反駁，李清卻不知為什麼忽地惱怒起來，臉色陰沉地道：「你們吵什麼吵！練兵之法給她又如何，外人知道了又如何，難不成靠著一本練兵手冊，別人就能練成如我定州這樣的精兵麼？兵練得再好，不上戰場歷練也是廢物，唐虎，你去告訴陳興岳，讓秦明先回去，回頭我讓人將練兵手冊給公主送去！」

唐虎噢了一聲，轉身出去。

「清風，回頭你親自給公主送過去，這些東西在你統計調查司不都有備分麼？」李清吩咐道。

清風有些不敢相信地看著李清，尚海波也張大了嘴，欲言又止。

「將軍……」

清風剛開口，李清已是抬手制止了她繼續說下去，「就這樣吧，下去後便馬上辦，不要讓公主久等，她是個急性子的人。」

清風默然半晌，見李清毫無改變主意的跡象，只得怏怏離去。

「大帥，這怕不妥吧？」尚海波見清風離去，終於開口道。

李清似笑非笑地看著尚海波，「尚先生，你不是與清風一向不和嗎？怎麼這時反而替她擔心起來？」

尚海波苦笑道：「大帥，我與清風的矛盾是公非私，私下裡我還是很佩服清風司長的才能的，您與清風司長的事，公主不會不知道，**您要清風去見公主，這不是讓清風司長難堪麼？**」

李清哼了聲，「我就是想看看，**清風到底是不是像她表面上所表現出來的那般毫不在意？**我又沒有逼她親自去，她大可以派別人去嘛！」

尚海波恍然大悟，心道大帥對清風的寵愛並沒有什麼減退啊，但不知為何卻娶了霽月為如夫人，反倒將清風撇到一邊，只是無奈何探聽不到當時在桃花小築到底發生了什麼事，讓大帥一怒至斯，此時見大帥不過是試探清風而已，懸著的心反倒放了下來。

不過，讓傾城與清風見面，可不是什麼好事，傳聞傾城公主可是眼裡揉不得沙子的，要是她倆起了衝突，讓外人看笑話倒也罷了，萬一影響到目前定州的大好局面可就大大不值。

只希望清風如此聰明的人，不會真的親自跑去送這兵書，自取其辱。

城外，新兵營。

陳興岳坐立不安，卻又不得不陪著笑臉，與坐在上首的秦明有一搭沒一搭地說著閒話。兩人面前的茶水續了幾次後，早已與白開水沒有什麼兩樣，但派去大帥府的親兵居然還沒有回來，想必是大帥也很為難。

一想到這裡，陳興岳便恨不得重重地給自己兩巴掌，早知如此，自己巴巴地早上爬起來練什麼兵啊，這下可好，練出禍事來了，也不知道大帥會怎麼收拾自己，好不容易脫離苦海，這下又得給打下萬丈深淵了。

一念及此，不由幽怨地看了眼從容不迫喝著水的秦明，看他的樣子，今日不得手是誓不甘休了。

帳簾一掀，親兵小跑著奔到陳興岳面前，附耳低聲說了幾句，陳興岳如釋重負，站了起來，「秦將軍！」

鍾靜站在緊閉的房門前，擔心地聽著裡面的聲音。清風從大帥府一回到統計調查司，便將自己關在房內，連鍾靜也被她攆了出來，不知道小姐在大帥府受了什麼刺激，臉色蒼白，身形也搖搖欲墜。

嘩啦一聲脆響，那是茶杯被摔在地上的聲音，接著轟隆一聲，鍾靜立時知道那是桌案便掀翻在地，緊跟著一陣劈裡啪啦的聲音，不知房裡又有什麼東西被清風摔碎在地上。

鍾靜手按上房門，想要敲門，卻又猶豫不決。

清風房裡傳出的動靜極大，統計調查司的人員眼中都是充滿了疑惑，幾位署長也聞訊而來，用詢問的目光看向鍾靜。

這幾位署長除了紀思塵，都是跟著清風從無到有，將統計調查司建設起來的老臣，在他們的印象中，清風從來都是泰山崩於前亦面色不改的人，是他們的定海神針，**他們從來沒有見過清風如此失態。**

紀思塵雖然跟著清風的時間不長，卻極受器重，見鍾靜也是一臉茫然之色，腦子裡閃電般地聯想到了清風上午的去向，**莫不是與大帥嘔了氣？**

一念至此，向幾位署長使了個眼色，又對其他官員道：「沒什麼事了，大家都下去忙自己的去吧！」

房內的聲響慢慢地平靜，眾人卻隱隱地聽到壓抑的哭泣聲，不禁面面相覷。

「小姐，您沒事吧？」在眾人目光的催促下，鍾靜輕輕地叩響房門。

片刻之後，房門打開，清風面帶微笑出現在眾人的面前。要不是清風紅腫的眼睛，還有房間裡一地的雜亂，他們真會以為剛剛發生的一切都是自己的臆想。

「進來吧！」清風淡淡地道，從地上扶起一把椅子，坐了下來。

肖永雄喚來幾名雜役，迅速將零亂的房間恢復原狀。

「永雄，去將練兵手冊從檔案庫中找出來，抄錄一份，下午我要用。」清風吩咐著。

「是！」肖永雄應道，臉上卻露出奇怪的神色，「司長，怎麼突然要這練兵手冊？」

「陳興岳今早在城外練兵，公主見了，便向大帥索要練兵手冊，大帥要我給公主送去。」

紀思塵目光閃動，敏銳地捕捉到清風在說這幾句話時的情緒波動，如果單是公主要這練兵手冊，清風絕不會有這麼大的反應，那問題就是出在最後的一句話上了。

「司長，是派人送過去，還是要您親自送去？」紀思塵才思敏捷，一下便抓住了問題的重點。

清風表情微微一滯，「要我送過去！」

「什麼！」包括鍾靜在內，諸人都是一驚，紛紛怒道：

「怎麼能這樣？」

「大帥太過分了！」

房中之人都是清風的心腹，對李清與清風的事再清楚不過，而且當初李清還為了不能娶清風，搞出了偌大風波，可以說，傾城沒來之前，在很多人眼中，清風就是定州的女主人，**李清此舉，不是存心羞辱清風麼？**

紀思塵也是大感奇怪，**大帥此舉究竟何意？是刺激清風，還是刺激傾城公主？抑或二者兼有？**

在眾人激動的言論中，紀思塵的冷靜引起了清風的注意，「思塵，你怎麼看？」

紀思塵思索道：「司長，這事只怕沒有表面看起來那麼簡單吧？」

「哦，你是怎麼想的？」

「司長，我認為你是**當局者迷**，大帥此舉，**只怕是另有深意**。」紀思塵道。

「有什麼深意？這不是擺明讓小姐去公主那裡受羞辱麼？」鍾靜氣鼓鼓地道。在她看來，這完全是李清為了霽月的事，對清風的一種報復。

紀思塵搖頭道：「司長，您認為大帥是一個重情意的人嗎？」

清風緩緩點頭。

「著啊，司長，你與大帥患難與共，在大帥還一無所有的時候便跟著大帥，一起拼下這偌大的基業，這一路的上的酸甜苦辣，我想在座各位也都深有體會，大帥甚至為了要迎娶您鬧出風波，由此可見，大帥對您用情很深。」

「從來只見新人笑，何曾聽聞舊人哭。」清風面無表情地道。

「不然！」紀思塵言之鑿鑿道：「大帥於您並非薄情，只是因為前些時日霽月小姐之事，與您生出誤會，今日此舉，足可證明大帥對您的心意並未改變。」

「何以見得？」鍾靜不服氣地說。

紀思塵笑道：「公主與大帥的婚姻，本就是一樁政治聯姻，大帥與公主連面都未曾見過，他們之間何有感情可言？他們的關係又豈能與您和大帥的關係比？」

清風的眼睛慢慢亮了起來。

「傾城公主才到定州，手下便頻繁接觸原職方司人員，現在又公然索要練兵手冊，其與定州、與大帥不是一條心已是昭然若揭，而您對大帥、對定州鞠躬盡瘁，大帥又豈會不知？所以我認為，大帥此舉其意有二：一、在試探司長您。」

紀思塵笑瞇瞇地道。

「試探我？」清風先是詫異，接著，臉上飛起一層紅暈。

她本是極聰明之人，只是當局者迷，怒火攻心之下，失去了判斷力，現在經紀思塵剖析，思緒漸漸明朗，立時反應過來。

「想必清風司長的反應會讓大帥非常高興，而且，如果我所料不錯的話，此時大帥應該已經知道了調查司中發生的一切了。」

此話一出，房中王琦等人臉色微變，紀思塵此言無異是說統計調查司中有大帥的眼線，雖然大家都心知肚明，卻從沒有人敢說出來。

「其二，恐怕便是**為了刺激傾城公主**。」紀思塵悠悠道：「其實司長沒有必要非得親自去公主那裡，有時使使性子，效果反而更好，要不，司長，我替您跑這一趟吧！想必大帥不會為這點事怪罪我的。」

「不！」清風果斷地道：「我去！思塵，過猶不及的道理，你應當懂得。」

鍾靜叫屈道：「小姐，何必如此苦了自己，你就算不去，大帥又能怎樣？」

清風笑道：「此去可不是為了賭氣，而是有正經事要辦，而且，公主好大的名頭，我也想見識見識，以後還有不少交道要打呢。」

此時的清風已完全冷靜下來，眼中露出一絲厲色。

「鍾靜，紀先生，你二人下午隨我去傾城營中！」

大帥府。

李清正在用餐，一葷兩素加一個湯，十分簡單，一邊吃著，還一邊看著軍報。

如果不是親眼見到，恐怕任誰也不會想到定復兩州的最高統治者，生活是如此的簡單。

正吃時，唐虎奔了進來，在李清耳邊低語幾句，李清嘴角上翹，臉上露出笑容。

「虎子，去拿壺酒，拿兩個杯子，我們兩人喝幾杯！」

虎頓時笑開了花，「好耶！」唐虎獨眼放光，一溜煙地便跑去拿酒，生怕跑得慢了，大帥又改了主意。

午後，一輛特別醒目的馬車，在一隊黑衣衛兵的護衛下，來到了城外傾城公主的大營外。

在李清特地為傾城公主準備的那頂大得出奇的帳篷內，韓老王爺、秦明、燕南飛以及隨同傾城而來的文人幕僚們，正在熱議在定州這些天的所見所聞。

傾城礙於禮法，不能出營，不能入城，韓老王爺自然也不好意思一個人跑出去；至於李退之，早早地便進城去張羅李清的婚禮，渾然忘了自己只是送親使。

不過大家也能理解，畢竟在定州，李清也只有李退之這麼一個宗族長輩了，而且這位李大帥又是從小離家，幾乎算是在軍中長大的人，對於一些禮儀只怕不太通曉，也的確要有人去指點一番。

在眾人看來，定州比之洛陽，那是荒僻了不只一星半點，蠻子口中的雄城，在這些人眼裡實在不值一哂，騎馬繞城牆跑上一圈不用一個時辰，這樣的城也能算雄城？

給這些人印象特別深的，反而是定州的百姓。一個最顯著的特色便是青壯男子很少，老人，婦孺居多，不像在中原內地，女子大多是居家相夫教子，這裡的婦女，丈夫大多是軍卒，所以家中的活計幾乎全靠她們。

然而看似凋蔽的定州，給人的感覺卻特別充實，街上的百姓們雖然腳步匆匆，卻是言笑晏晏，努力幹活的同時，輕鬆地談論著前線的戰事，這幾天談論的內容大多圍繞在李清的大婚上。

傾城沒有露過面，卻不妨礙老百姓的好奇心和對八卦的興趣，於是在口耳相傳下，成了傾國傾城的大美人。

這幾天，秦明等宮衛軍也是分批放假去探訪家人，緊鄰鎮西侯府的公主坊便是軍眷所在之地。

定州對這些宮衛軍家屬的照顧很是用心，糧食、炭火早早便分到各家，比起他們在洛陽時的待遇高了不止一個檔次，這也讓那些因為背井離鄉而感傷的軍屬們稍稍減了點思鄉之情。

「李清收攬人心的確很下功夫，而且相當有成效！」這些天跑得最勤的燕南方沉聲道。他能看得出，定州人對李清的愛戴是發自內心的，而非是迫於其淫威。

「定州歷年戰爭，人丁損失慘重，李清吸納流民，無償授田，提供耕牛、種籽以及過渡期間的糧食，只要耕種三年以上，此田就歸屬個人，百姓開耕的荒田，三年之內不用納稅，第四年納五成，第五年納八成，其後才全額繳納，此舉吸引了大批流民湧入定州，緩解了定州的人荒……」

燕南飛滔滔不絕將定州新政一一講來，帳中各人卻是神色各異，有驚訝，有敬佩，有不屑，不一而足。

「如果復州也是同樣情況，公主殿下，我們想要掌控復州恐怕有相當的阻力！」燕南飛總結道。

「復州歸於李清不過一年餘，李清在那裡應當還沒有如此厚實的基礎，對了，復州的現任知州是誰？」傾城問。

「是許雲峰，此人……」

燕南飛正待向傾城介紹許雲峰的經歷，大帳掀開，一名宮衛軍踏進帳來，向眾人行了個軍禮後，稟道：「王爺，公主殿下，營外有人自稱清風，求見公主殿下！」

「你說什麼？」燕南飛不敢置信地說。

「來人自稱清風，哦，是個女的。」士兵補充了一句。這名宮衛軍只是一名普通士兵，並不清楚清風是何許人。

她來做什麼？眾人的目光齊刷刷地看向傾城。

傾城臉色亦是一變，看到眾人看她的神色，心中不由一陣惱怒，好你個清風，**這是來向我示威的麼？**當我好欺負不成。

「不見」兩個字幾乎脫口而出，馬上又想到，如果不見，豈不是在向眾人說明自己怕了她！堂堂的傾城公主，鎮西侯名正言順的夫人，定州未來的主母，被自己丈夫的一個……姘頭情婦逼上門來，居然避而不見，傳出去，豈不成為笑柄，**天家顏面何在？自己顏面又何在？**

「傳！」傾城昂頭揚聲道。

大帳的帳簾被衛兵們兩邊分開，頭束金環、身披狐裘的清風含笑而入，眾人都是一陣昏眩。

什麼是傾國傾城，眼前便是，吹彈可破的肌膚如凝脂玉膏，在淡淡的紅暈相襯之下愈發醒目，妖嬈身段一路行來似弱柳扶風，如果說還有什麼缺點的話，就是那雙眼睛不經意地一瞥間，總有銳利的光芒閃現，似乎能刺透人心一樣。

原來名震天下的統計調查司的主人，就是眼前這個看起來弱不禁風的絕色佳人，如果不是親眼所見，實在是很難將二者聯繫起來。

英雄難過美人關啊！難怪李清為了她不惜得罪王室，實在是我見猶憐。

清風身後跟著一男一女，男子約有四十餘歲，身著大楚五品官袍，便是統計調查司統計與策劃署署長紀思塵；女子也是正當妙齡，穿著定州軍服，看服色，居然是振武校尉，只差一步便是將軍了，雖然手無寸鐵，但武功極高的秦明卻從這個女人身上嗅到一絲淡淡的危險氣息。

這個女人對帳中之人明顯懷著一分敵意，秦明不由暗自警覺起來。鍾靜在秦明注視她的那一刻，側頭瞥了他一眼，秦明便如被針扎了一下，右手不自覺地扶上了刀柄。

傾城雖為女子，乍見清風，也為清風容貌所懾，傾城容貌並不差，也從不為容貌苦惱，但今日一見清風，居然從心裡泛起一股自慚形穢的感覺，偏偏這人還是**自己的情敵，自己未來丈夫的女人！**

紅顏禍水！不知為什麼，傾城想起了這個詞。

清風隨意地站在那裡，看似弱不禁風，但傾城可以感覺得到她身上散發出來的那股強大自信，這種壓迫感讓傾城極為不舒服。

「清風見過王爺，見過公主殿下！」清風作揖行禮。

按正規禮節來說，清風雖然手握統計司大權，卻從未被正式授官，身分上仍是草民一個，應行跪拜大禮，但眾人為她氣勢所懾，居然沒有人想起來。

「清風？」傾城身子微微前探，似乎想將她看得更清楚一點。「今日前來有何事？」

清風微微一笑，身後的紀思塵向前一步，手中端著一個盒子。

「聽聞公主很欣賞定州的練兵之道，將軍特地讓我為公主送來！」

「將軍？」傾城心裡一陣氣苦，還道是清風來挑釁，原來是李清在向我示威呢，臉色更是難看，揮揮手，侍立一邊的黃公公走近，從紀思塵手中取走小木盒。

「公主殿下，此練兵手冊是將軍親著，也是我定州精銳士卒訓練秘密所在，還請公主妥善保存，不要洩露了。」清風笑道。

「這還需你來提醒?! 李清即將成為我的夫君，自家之物，我自會妥善處置。」傾城寒著臉，冷冷地道。

「如此甚好！」清風不以為意。

清風進帳來已有一小會兒了，依著清風在定州的地位，傾城早應賜座，上茶，溫言撫慰一番才對，但傾城卻任由清風站在大帳中央，毫無請她入座的意思。

韓王爺的兩隻眼擠得都有些酸了，只能放棄；燕南飛連著乾咳了幾聲，最後也只得草草收場。帳中有坐位的，有好幾個比清風身後站著的兩人官職還要低，這已是存心在給人難堪了。

「這小丫頭！」韓王爺在心裡長嘆一聲。

「哎，公主終究還是沉不住氣，比起這個清風，氣度上已是輸了一籌了！」燕南飛暗道。

鍾靜臉上已微顯怒意，雙手拳頭握緊。但清風安之若素，婷婷立於帳中，看樣子，倒似她坐著，眾人站著一般。

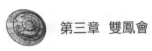

傾城臉上忽然露出一絲促狹的笑容，「清風司長，久聞大名了，聽聞你是鎮西侯從蠻族手中救回來的女奴？」

不好！帳內幾個明白人都同時暗叫起來。

清風的身世雖然沒幾個人知道，但偏生知道的人在這帳中便有好幾個，眾人皆知，如果說清風有逆鱗的話，那這絕對是**最致命的逆鱗**。韓王爺與燕南飛同時變色。

就見清風的臉色瞬間由紅變白，鍾靜抬起頭，一股殺意霎時蔓延開來，秦明猛地站了起來。

紀思塵則是一臉的震驚，有些詫異地看著傾城，從資料中得到的訊息，公主不是如此淺薄之人啊，為何如此失態？抬頭看了眼傾城，再看一眼清風的背影，若有所悟，不由搖頭。

「正是，清風身遭大難，孤苦無依，幸得將軍所救，所以發誓此生為將軍效勞，萬死不辭！」

清風的聲音初始如帶寒霜，聽得眾人心頭發寒，隨著一個字一個字的吐出來，到最後已與往常無異。

「清風司長遭遇之離奇，實是令人嘆息，但禍兮福所倚，若非如此，你又如何能得遇鎮西侯，不但成為名震天下的統計司司長，更成了將軍的紅顏知己呢。」

「承蒙將軍錯愛！」清風淡淡地回道。

「傾傾！」韓老王爺終於忍不住了。

「公主殿下！」燕南飛站了起來。

「二位怎麼了？」傾城故作詫異地看了眼兩人，「我與清風司長聊些家常，為何你們如此緊張？清風司長不是外人，論起來，我還得叫她一聲姐姐呢！」一邊說著，一邊斜睨著清風。

鍾靜眼中的怒火已不可遏制了，清風瞥了她一眼，鍾靜強自按捺下來，額上青筋跳動，已到爆發邊緣。

居然是因為妒火中燒而失去了應有的風度與頭腦，紀思塵嘴角牽出一絲笑意，傾城如此容易激動，倒是好對付多了；也許是與大頭兵在一起待久了，智商也下降了吧？

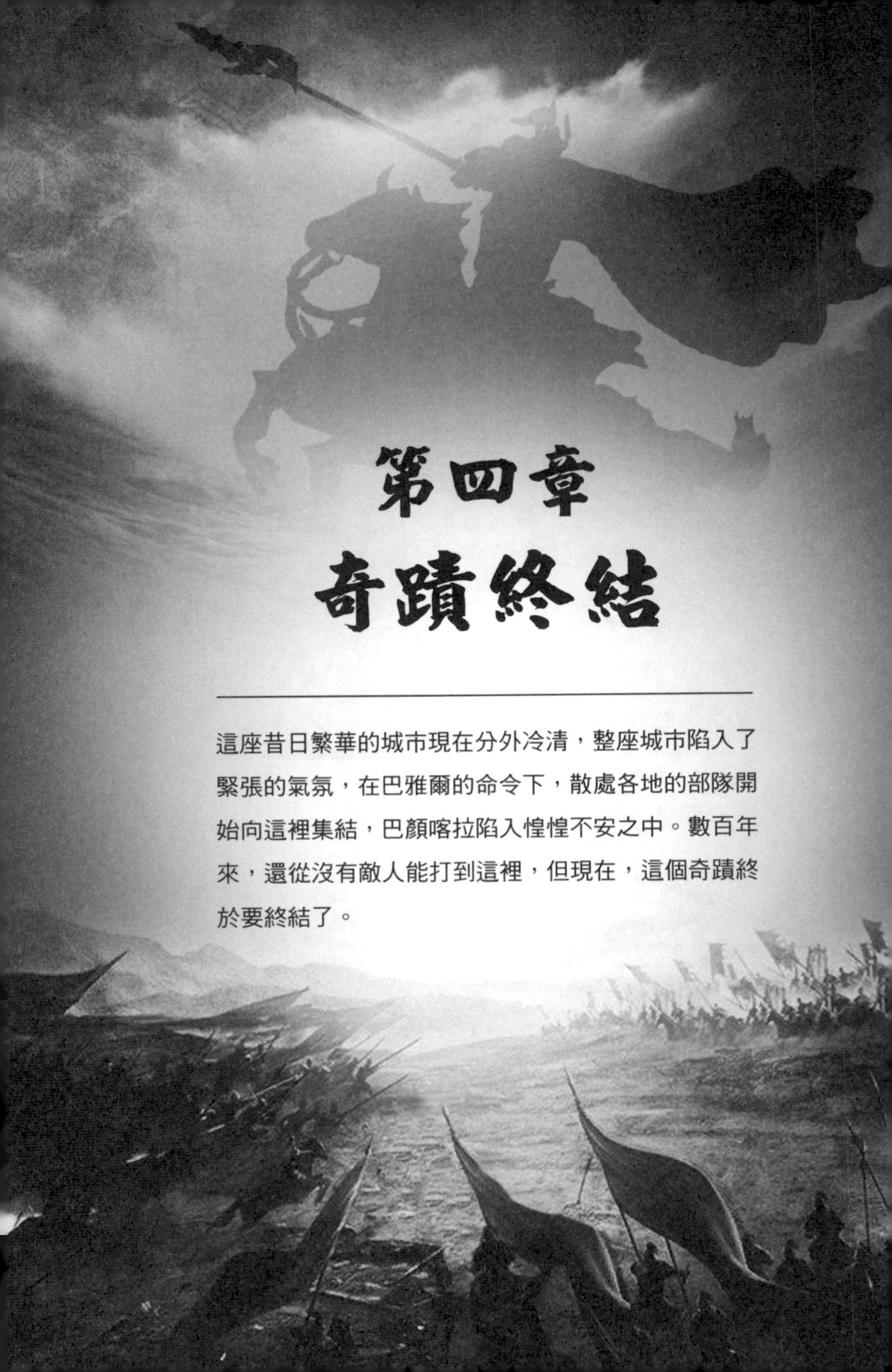

第四章
奇蹟終結

這座昔日繁華的城市現在分外冷清，整座城市陷入了緊張的氣氛，在巴雅爾的命令下，散處各地的部隊開始向這裡集結，巴顏喀拉陷入惶惶不安之中。數百年來，還從沒有敵人能打到這裡，但現在，這個奇蹟終於要終結了。

出乎李清與尚海波的預料，清風竟然真的親自去了傾城的大營。

定州城裡有資格知道此事的人，都關切地注視著傾城的大營，但眾人預料中的天雷碰地火的火爆場景並沒有出現，清風很平靜地從大營裡出來，登上她那輛特製的馬車，就這樣離開了。

李清聽到這個消息後，先是愕然，然後笑了，在他看來，這不是麻煩；但在尚海波看來，這就是天大的麻煩。

不管李清或尚海波怎樣看待這件事，此時，在茫茫的草原上，一片白雪皚皚之間，化身為游擊隊長的獨臂大將軍關興龍倒是遇到了真正的麻煩。

第一個麻煩是，他迷路了。

按計畫進軍馬王集，然後在巴雅爾援兵到來之際逃之夭夭，但一天後，關興龍發現自己不知道身處何方，放眼望去，四面盡是茫茫一片，連個地標物都找不到。本想去找過山風，與之會合，然而連所處方位都不知道，談何會合？

關興龍只好就地紮營，再派出斥候四下打探，士兵們雖然不知道為什麼要駐紮在這前不靠村後不著店的地方，但只要有關將軍在，又愁個什麼呢？

但就在這天的中午，關興龍赫然發現，**原來迷路還不是最麻煩的事**，雖然迷路，但部隊在馬王集搶到了足夠的補給，只要不給巴雅爾的大隊人馬撞上，支撐個十來天絲毫不成問題，但現在，哨樓上的瞭望兵竟發現**大營的東方出現大批的騎兵**。

狗娘養的！關興龍狠狠地罵著。怕什麼偏來什麼，但願不是什麼大隊人馬，眼下避是避不開了，只能打上一仗，如果來的人不多，自己吃了它，馬上便跑。

營裡號角聲聲，不一會兒，全副武裝的士兵們便在大營前集結成戰鬥隊形，關興龍看著自己手下千多名騎兵，心裡委實沒有多大的信心。

在關興龍的對面，滾滾而來的騎兵並不是巴雅爾派出的部隊，風雪固然讓關興龍迷了路，但同樣，風雪也讓蠻族部隊停下了腳步。

不像定州兵，對冬季作戰準備充足，士兵們禦寒衣物、手套一應俱全，弓弩清一色的鋼絲弦，蠻族就不行了，在這樣大的風雪中，他們的戰力能發揮個三四成便不錯了，而且弓箭因為雨雪的侵蝕而損壞，帶隊的將領不得不停下腳步，等待風雪過去。

這支部隊原來是**從烏顏巴托逃脫的諾其阿部**，不幸的是，虎赫千算萬算，也沒有算出呂大臨居然硬挺著，沒有招呼左右大營的支援，哪怕中軍付出了極大的代價；更沒有算出還在戰事進行之中，旋風營居然會放任中軍大營不管，而去抄他的老巢，所以諾其阿部脫離戰場不久，便發現身後旋風營遠遠地追了上來。

在發現無法擺脫旋風營的追蹤後，諾其阿仗著兵力的優勢，決定與旋風營硬打上一仗，不奢望幹掉對手，只要讓對手遭到一定的損失，從而喪失追擊自己的勇氣就可以了。

但姜奎十分難捉摸，每當諾其阿大舉撲上時，他卻輕飄飄地從對方的側翼一掠而過，想與他正面交鋒，門兒都沒有，雙方糾纏了四五天，諾其阿每天只能前進數十里。

直到常勝營攜帶著大量的給養出現在旋風營的身後，輪到姜奎想找諾其阿正面決戰了，諾其阿卻要拼命地躲避。

經過十多天的糾纏，諾其阿部的給養快要耗盡，不得不與旋風營、常勝營正面對戰了一次，以期能擺脫對手，天可憐見，一場突如其來的大風雪打斷了兩支部隊的激戰，一米之內，已經看不清對面是友是敵的場面，讓雙方不約而同的收兵。

藉此機會，諾其阿率領部隊倉皇逃離，但還是有將近三千人失去了聯繫，諾其阿已經不奢望他們還能歸來了。

風雪對常勝營和旋風營來說是大敵，不熟悉草原地理的他們終於被諾其阿擺脫，只能一步步徐徐行來。而生於斯長於斯的諾其阿卻是熟門熟路，哪怕是在大風雪中，他也能大概地找出位置，向馬王集逕自而來。

諾其阿知道，那裡可以給彈盡糧絕的自己急需要的補充。能將一萬狼奔帶出七千人來，諾其阿已是竭盡了全力。

「敵人！」

身邊一名將領的驚呼讓諾其阿如墜冰窖，姜奎和王琰這麼快就追上來了麼？

但馬上他就發現，遠處出現的，並不是與他打了十幾天的對手，而是另一支定州部隊，對方是以步卒為主。

這裡怎麼會出現定州人的？諾其阿呆若木雞，他們橫亙在通往馬王集的道路上，在風雪中高高飄揚的定州軍旗張牙舞爪，如同死神的長袍。

數千人困馬乏的騎兵停了下來，靜悄悄地一片，絕望浮上他們的心頭，他們已經斷糧一天了，胯下的戰馬早已疲累不堪，如此境況下如何作戰？再看對面的敵人，明顯是養精蓄銳，倒似正好在這裡等著他們一般。

「諾將軍，怎麼辦？」副將聲音顫抖。

諾其阿臉色灰白，饑餓，恐懼，絕望，幾乎壓垮了神經堅韌的他，他緩緩地抽出刀來，「狹路相逢勇者勝，為了活下去，為了不讓虎帥的犧牲白費，我們要衝過去！」

「破陣！」諾其阿聲嘶力竭地狂喊一聲，一馬當先，衝上前面森嚴的軍陣。

看到風雪中狂奔而來的敵騎，關興龍破口大罵：「他媽的，這哪裡只有五千騎兵，分明有七八千！」

但旋即關興龍便發現了對方的衝擊好像並沒有想像中的那樣快，不對，有些蠻兵怎麼跑著跑著，就馬失前蹄一頭栽下去了？

很快地，關興龍便在風雪中看到熟悉的旗幟，哈哈，原來是從烏顏巴托逃出來的狼奔兵，看他們的樣子，分明便是疲累到了極點，多好的機會，痛打落水狗啊！神佛你可真是保佑我關某啊，**居然迷路也能撞到立大功的機會**！剛剛在心底痛罵了數十遍的神佛立刻便上升到了一個新的高度。

「汪澎，看到了嗎？我們的對面是一支疲軍，一支被呂帥打得屁滾尿流、狼奔逃竄的軍隊，別看他們人多，其實不堪一擊。你來指揮部卒進攻，我率領騎兵衝陣！」關興龍興奮地大叫。

「是，關將軍！」汪澎應道，他也發現了對方軍隊的異常。

「騎翼，隨我衝鋒！」關興龍獨臂揮舞著大刀，狂呼亂叫率領千餘人的騎兵繞了一個小彎，從側翼切牛油一般地扎入了蜂湧而來的狼奔軍中。

被疲累饑餓拖垮的狼奔，此時戰力連平時一半也不曾剩下，千餘人的定州騎兵衝入敵陣之後，甫一交手，便發覺對手居然變成了軟腳蝦，關興龍兩腳控馬，獨臂舞刀，一軍**神擋殺神，佛擋殺佛**，輕而易舉地就鑿穿了狼奔的大陣，在狼奔軍中開出了一條血糊糊的道路。

汪澎指揮著部卒，喊著整齊的口號，在弓弩的掩護下，大踏步向前，森森的長矛此起彼落，將洶湧而來的騎兵浪濤一波一波地拍碎在礁石之上。

諾其阿的心在滴血，他不敢回頭，只能狼狽而逃，在他的身後，被打散的狼奔軍四散奔逃。關興龍的千餘名騎兵連續幾個來回便將狼奔攪得不成模樣，失去了隊形，失去了速度，弓矢幾乎耗盡的狼奔除了亡命逃竄，基本上已沒有什麼別的可做了。

勝利來得太簡單，讓關興龍都不敢置信。

「將軍，我們追吧！」汪澎興奮地道。

「追個屁！」關興龍道：「看到沒有，那些蠻子逃的方向，狼奔還真是精銳，被打成這樣了，居然這麼快便又恢復了建制。」

在他們眼中正在變小的狼奔散兵游勇，正在逐漸向諾其阿的大旗靠攏，隨著距離越來越遠，彙集的人也越來越多。

「那些蠻子熟悉地形，他們逃去的方向肯定便是馬王集，奶奶的，老子總算有了一點方向感！」關興龍道：「收拾東西，準備逃跑！很快蠻子的援兵就要追來了！咱們在這裡意外地滅了狼奔兩千人，太幸福了，可不能樂極生悲，轉頭便讓別人滅了！」

時來運轉的關興龍，領著他剩下的三千多士卒，馬拉雪橇上還拖著數百傷兵，至於死難的弟兄，他只能選一個地方先埋下去，等戰後再將他們的屍骸移回定州，好在現在天寒地凍，遺體一時也不會有什麼損壞。

三天後，他們在草原上畫了一個半圓，終於找到了過山風的移山師。

當自己的斥候帶著過山風前來迎接的一哨騎翼時，關興龍激動得差點流淚。

半天後，關興龍的橫刀營出現在過山風大營外，兩部的勝利會師意味著定州對蠻族王庭的東西兩條戰線都已被打通，從名義上說，白族王庭已被合圍。

過山風心中極為激動，移山師孤處西線近一年，從開始的勢如破竹，到最後的艱難苦撐，不僅是麾下士兵，便是過山風自己也有強烈的思鄉情結，盼望能早日結束戰爭，返回定州，那裡有他們的親人，兄弟，朋友。當關興龍的橫刀營出現時，便意味著**這一切將不再是希望，而是很快要變成現實了**。

兩營士兵歡聲雷動，除去負責警戒哨探的一個營外，其餘的士兵都湧出了軍營，看著那正自遠處快速向這邊奔來的橫刀營。

關興龍快馬前行，別看他只有一隻手臂，但馭馬輕鬆之極，到過山風面前十數步時，飛身下馬，邊走邊道：「末將關興龍見過過將軍！」

過山風哈哈大笑，大步向前，張開兩臂，狠狠地給了關興龍一個熊抱，「好兄弟，哥哥我想死你們了。」

關興龍右臂也繞過去，兩人狠勁一擁，站在過山風身後的姜黑牛聽到兩人的盔甲都發出咯吱咯吱的聲響，不由駭然，這兩個變態好大的力氣，過將軍倒也罷了，這關興龍只剩下一隻獨臂，居然也如此強悍。

其實過山風與關興龍並不是很熟，但在這西出陽關無故人的地方，看到戰友，哪有不激動的道理。

「來，我給你介紹一下，姜黑牛，銳健營指揮！」過山風指著姜黑牛道：「黑牛，這可是鼎鼎大名，大帥親讚的橫刀營指揮關興龍將軍！」

「關兄弟！」姜黑牛抱拳道。

兩人級別相當，年紀也差不多，姜黑牛成名比關興龍更早，這聲兄弟叫得倒也不錯，關興龍手重重地拍在姜黑牛的肩膀上，「橫掃御林軍的姜將軍，久仰！」

說話間，橫刀營已全營抵達，巨大的歡呼聲中，移山師的官兵們迎了上去，兩支軍隊在大營前歡呼著，擁抱著，無數的頭盔飛上天空，便是遠處看哨的那營士兵，雖然受軍紀所限，不敢妄動，也將手中的長矛、戰刀高高舉起，勝利的歡呼聲響徹雲霄。

「關兄弟，你是另立一營，還是進駐我移山師營地？」過山風問道。

這話看似平常，但包含的意義很多，橫刀營並非過山風屬下，另立一營，雙方則是友軍，但進駐移山師大營，則表示關興龍認同由過山風來指揮，臨時併入移山師了。

關興龍沉吟一下，「過將軍，橫刀營雖然不屬移山師編制，但說實話，我已經完全失去了呂師的消息，按照定州軍制，我理應接受過將軍的指揮。」

過山風大喜，關興龍這等驍將，哪個帶兵的將領不喜歡，這下子算是將他拐來了，想再從自己手裡將他弄走，嘿嘿，想也別想！呂將軍，這回可對不起了，反正移山師這次損失也頗大，戰後也是要補充人員的，自己開口向大帥要關興龍，大帥肯定會賞自己這個面子的。

「走，咱們喝酒去！」過山風開心地大笑起來。

「有酒喝？」

關興龍大喜過望，好久沒喝過酒了，在定州，酒基本上屬於稀罕物，一是州府嚴禁私自釀酒，而官釀的烈酒卻又大部分送進了醫營，市面上偶有出售，也不知兌了多少水，像關興龍這些高級將領，也是難得喝上一次。

肚子裡早已奄奄一息的酒蟲精神大振，關興龍吞了口口水，問道：「哪裡來的酒？」

過山風知道關興龍的心思，大笑道：「知道你們在定州饞壞了，這是從蠻子那裡搶來的馬奶酒，雖然不如定州那酒烈，但也別有一番風味，走走走，今天管夠，你不喝醉可不許離開我的大帳。黑牛，你先去安頓橫刀營的弟兄，然後也來。」

「遵命！」姜黑牛微笑地看著過山風勾著關興龍的肩膀向大營內走去，心裡暗笑，這關興龍算是上了將軍的賊船了。

一袋袋的馬奶酒被提了進來，關興龍與汪澎兩人都是兩眼發亮，雖然酒色有些渾濁，不比定州燒酒清洌，但此時在這兩個久不知酒味的傢伙看來，簡直堪比瓊漿玉液了。

大碗公裡倒滿了馬奶酒，一隻燒好的全羊被親兵抬了上來，架在大營正中間，一名親兵手執利刃把肉割開，將眾人面前的盤子盛滿。

「來，慶祝我們東西兩線勝利會師，平定蠻族指日可待！」過山風兩手捧起大碗道。

帳內眾人大聲應和，端起大碗互相示意，接著便迫不及待地送到嘴邊，咕嘟咕嘟地一飲而盡。

「痛快！」放下大碗，關興龍大叫一聲。

「滿上！」過山風吩咐。

大帳之中，都是些驍勇善戰之將，酒量也是令人咋舌，一碗酒下肚，居然都是面不改色心不跳。

關興龍端起酒碗站了起來，道：「過將軍，你久處西線，可能不知傾城公主已到定州，大帥不日就要大婚，可惜我們是趕不上親自去為大帥慶賀了，這一碗，我們就祝大帥新婚大吉，早早為我們生下少主！」

「不錯！」過山風大笑道：「大帥之喜，也是我們定州所有人的喜事，來，祝大帥新婚大吉，早生貴子，定州大業後繼有人！」

兩人相視而笑，一切都在不語中。

一邊喝酒吃肉，一邊聽關興龍講述東西局勢，聽到狼奔被殲，虎赫授首，過山風拍案大呼：「妙哉，當浮一大白！」

虎赫的狼奔是白登山之圍的主要策劃者，那一役，定州軍遭受到自成軍以來最大的一次慘敗，損兵折將，上萬精銳灰飛煙滅，姜奎等人險死還生，現在虎赫授首，大仇得報，當真是不亦快哉！

再聽到關興龍意外碰上狼奔殘軍，打了諾其阿一個屁滾尿流，過山風更是大笑三聲，連呼關興龍運道之佳，世所罕見，當連飲三碗。

酒過三巡，眾人已微有醺意，過山風笑罵道：「姜黑牛那小子，讓他快些來喝酒，居然這個時辰還不來，看來是自忖酒量不濟，不敢來獻醜。」

眾人正大笑間，帳門被掀開，一股冷風吹進來，讓眾人打了個寒戰。

說曹操，曹操便到，姜黑牛大步跨進帳來，關興龍正想打趣幾句，忽地發現姜黑牛臉色不是很好，在他的身後，還跟著一個腰大膀闊、身著參將服色的人，不由一愣，當下便閉上了嘴。

姜黑牛走到過山風面前低語幾句，過山風臉色大變，砰地一聲將酒碗重重地頓在大案上，「狗娘養的，還真蹬鼻子上臉了！」

關興龍奇怪地看了眼過山風，道：「過將軍，出什麼事了？」

過山風哼了一聲，道：「關兄弟，也不瞞你，我們入關以來，一直與室韋軍隊聯合作戰，初始還好，現在大勝可期，鐵尼格居然越來越囂張了，當真不知分寸。」

姜黑牛解釋道：「關將軍，你有所不知，我們的後勤補給一直靠水師千里迢迢運來，這幾個月，我們被巴雅爾斬斷了後勤線，便一直得不到補充，但你揮師東進，東線大勝，迫使巴雅爾撤回王城，補給線被重新打通，因為我軍人數有限，這後勤運輸便一直是室韋人在負責，以往後勤補給運到後，先交給我們，然後再由我們統一分配，但這次運來的後勤，鐵尼格竟先扣下了三分之二，只給我們三分之一。熊德武將軍與他們力爭，被鐵尼格逐了回來。」

熊德武抱拳向關興龍一揖，「沒有去迎接關將軍，將軍勿怪！」

關興龍聽聞此事大怒，「室韋蠻子安敢如此無禮！」

過山風恨恨道：「人心不足蛇吞象，當初我們初進室韋時，室韋人還是刀耕火種，士兵有身皮甲就算是精銳了，跟著我們打了一年仗，大都披上了鐵甲，更打進了他們夢寐以求的蔥嶺關，不思感激，反而恃功而驕，不將我們放在眼裡！」

「過將軍，那眼前之事怎麼處理？」關興龍問，現在正是決戰前夕，如果與室韋鬧翻，對大局可不利。

過山風忽地笑了，道：「放心吧，關兄弟，此事我會處理，喝完給你的接風宴，我便去搞定此事。」過山風端起酒碗：「來，關兄弟，我再敬你一碗！」

鐵尼格志得意滿地策馬立於一座小山包上，看著山包下綿延數里的室韋大軍營帳，那裡有他的十萬大軍。

起初，過山風為鐵尼格武裝了六萬精銳，自蔥嶺關外一路殺來，到得和林格爾之後，數場大戰，損失不小，六萬大軍只剩下四萬餘人，後勤補給被截斷，巴雅爾大軍雲集，圍追堵截，將他們堵在和林格爾後。

鐵尼格驚慌不已，決定一旦形勢不妙時，便立即拋下過山風部，向蔥嶺關外轉移，反正他全是騎卒，過山風大都是步卒，只要跑得比過山風快就好了。

但隨著東線出現定州軍隊，巴雅爾匆忙撤軍，鐵尼格又不禁為當時自己決定再堅持數天的決定慶幸不已，如今，蠻族已被合圍，勝利可期。

形勢逆轉，後勤補給線被打通，鐵尼格立即徵召自己的族人入伍，下至十五，上至六十，很快又徵集了六萬大軍。

這些沒有經過什麼軍事訓練的室韋人，打仗時除了搖旗吶喊，做不了別的什麼，但鐵尼格不在乎，他要的是定州人的裝備，當初過山風承諾過會武裝自己的軍隊，現在自己為了打敗巴雅爾，徵召了這麼多的軍隊，定州人也當履行承諾，為自己的軍隊裝備武器。想起那六萬套鐵甲、長矛、戰刀，鐵尼格不由得心花怒放。

「薩滿，你看這富饒的草原，很快就將成我們室韋人的樂園了！」鐵尼格揚起馬鞭，指點著眼前的茫茫雪原，「千年以前，我們被蠻族逐出這片樂土，但現在，我們回來了！」

鐵尼格意氣風發，自己做為千年來唯一一個做到這一點的室韋乞引莫咄賀，必將永載室韋史冊。

「尊敬的乞引莫咄賀！」室韋大薩滿莫霍提醒道：「在您偉岸的身軀一邊，還站著一位巨人，我們要取得這片樂土，恐怕還要與他們商議！」

鐵尼格笑道：「薩滿，我當然明白，沒有定州人的幫助，我們不可能站在這裡，但同理，沒有我們的幫助，定州人也不可能打敗巴雅爾，我們是合則兩利，分則兩敗，我現在的要求並不高，我準備向定州李帥要求，自白族王庭向西歸我室韋人統治，向東，則歸屬定州人。」

莫霍臉有憂色，看著興奮的鐵尼格，欲言又止。

鐵尼格沒有注意到他的表情，繼續道：「大楚人習慣據城而居，茫茫草原顯然並不適合他們，他們對付巴雅爾，只是因為巴雅爾對他們不恭順，他們一向自居為天朝上國，莫霍，我們要吸取這個教訓，在我們的實力沒有達到比現在的巴雅爾強得多的地步時，或者這個東方巨人沒有衰弱到一定的程度，我們絕不能冒犯他。看看巴雅爾吧，他自以為現在的大楚不行了，有機可趁了，但出了一個李清，便將他打得萬劫不復。」

莫霍本以為鐵尼格已被眼前巨大的利益沖昏了頭，但聽他現在這番談吐，顯然還是相當理智的，但為什麼要在這個時候冒犯那個凶恨的定州將軍呢？那可不是一個善人。

「尊敬的乞引莫咄賀，既然您認識到我們現在不能冒犯大楚，但為什麼您今天又要扣下那些裝備呢？按照協議，我們應當先將裝備輜重交給他們，然後由那位過將軍根據我們的需要來統籌安排。您這樣做，會不會觸怒那位過將軍？」

鐵尼格哈哈大笑，「我的薩滿，這你不明白麼？我們雖然與定州聯軍，但相對而言，我們的實力要遠遠超過那位過將軍的部隊，我們有十萬大軍，而他們現在已不足三萬了，也就是說，在那位李清大帥規劃的西線戰區，我們才是主力，這時候，他們是絕對不會為了這點東西與我們鬧僵的，何況我們的確也需要這批裝備。那位過將軍看似粗豪，其實是相當精明的人，絕不會看不到這一點，所以，他雖然會生氣，也只能吞下這口氣，只要我在戰後向他們表示足夠的尊重和恭順，他們會選擇忘記這件事情的。

「薩滿，大楚人以農業為主，即便他們征服了巴雅爾，對這片草原的統治也會相當的薄弱，我們或許有機會慢慢地蠶食整個草原，那個時候，我們室韋人的力量將會飛速增長，**也許我們也能建立一個偉大的，足以與他們媲美的帝國。**」

鐵尼格抬首看著遠方，目光中充滿了憧憬。

「王爺，定州人過來了！」一名衛兵指著前方，一彪人馬正滾滾而來，飄揚的大旗表明了來人的身分，那是定州軍主帥，過山風。

「他肯定是來討要輜重的！」薩滿憂心忡忡地道。鐵尼格雖然信心滿滿，但誰知道定州的這位將軍是如何想的呢？

「放心吧，我的薩滿，我會很好地處理這件事情的。」鐵尼格笑道。

過山風騎在馬上，酒氣熏天，不過明亮的雙眼卻顯示其實他的狀態極為清醒，在他的身後，跟著熊德武、關興龍，一行數十騎到了鐵尼格所在的位置，翻身下馬，向鐵尼格走來。

鐵尼格笑著迎了上來。

「我的鐵尼格兄弟，原來你在這裡，倒是讓我好找！」過山風大力地擁抱著鐵尼格，強勁的手臂和熏人的酒氣讓鐵尼格皺起了眉頭。

「過將軍，百忙之中移駕前來，相必是有事要找我？」鐵尼格試探地問。

過山風打了個酒嗝，鬆開鐵尼格，腳下一個趔趄，險些摔倒，鐵尼格眼急手快，趕忙扶了一把過山風，心道這位過將軍喝得真不少，平常極少見這位將軍喝成這樣，難不成今日有什麼喜事不成？不對啊，他應當很不高興才對啊！

此時過山風的眼睛看起來渾濁不堪，顯得有些迷糊地回過頭，看著熊德武問道：「對了，我過來是有事情的，是什麼事啊？老熊！」他用力地敲著腦袋。

熊德武苦笑跨前幾步，「過將軍，我們是來找鐵尼格王子商量關於輜重的分配問題的，這一次鐵尼格王子交給我們的輜重數量不對！」

「哦，想起來了！」過山風用馬鞭輕敲著自己的頭盔，「嗯，是有這麼回事，不過這是小事，來來來，鐵尼格王子，我先來為你介紹一位好朋友，好兄弟！」

「關兄弟！」過山風大叫道。

關興龍此時終於明白過山風要幹什麼了，微笑著走上前去，向鐵尼格躬身一揖，「尊敬的室韋王子，鐵尼格殿下，末將關興龍，隸屬定州東部戰區呂大臨將軍麾下！」

「久仰久仰，關將軍，你是……」鐵尼格滿臉笑容向前跨出一步，雙手去拉關興龍，手伸到一半，陡地聽到關興龍的後半截話，笑容頓時在臉上凝結，「你是東部戰區呂大臨將軍麾下？」

關興龍笑道：「正是。」

過山風笑道：「鐵尼格王子，你還不知道吧，我們在東線已擊破虎赫大軍，狼奔，就是那個將你們牢牢擋在蔥嶺關外的狼奔軍，已經在烏顏巴托被我們東線部隊全線擊垮了，虎赫也被我們殺死了，哇哈哈，痛快！」

鐵尼格臉上堆滿笑容，但怎麼看都覺得這笑容有些勉強，「這可真是大喜事啊，確是值得高興，那關將軍怎麼會出現在這裡呢？」

關興龍笑道：「李大帥考慮到過將軍這裡兵力不足，有鑑於已對蠻族實現了合圍，東西交通線全線貫通，所以命令從東線抽調數萬部隊支援過將軍，我只不過是最先達到的一批罷了。」

鐵尼格失聲道：「數萬軍隊，那東線豈不是空虛了？」

關興龍搖搖頭：「我大楚軍隊眾多，這一點算什麼，不瞞王子，東線部隊在我們走後，很快就會重新配齊，並將大舉西進，完成真正意義上對蠻族王庭的合圍，到時，雲集在蠻族王庭的定州軍隊將不下二十萬，而且大帥也將親自前來指揮對蠻族的最後一戰！」

一邊的熊德武瞄瞄過山風，再看看關興龍，心中這個佩服啊，這兩位將軍說起謊來，當真是臉不紅，心不跳，煞有介事，連自己也有些迷糊，**要不是知道實**

情，單聽這二人一唱一合，也會信以為真。

過山風歪歪扭扭地走了過來，勾著關興龍的肩膀，道：「王子，你還不太瞭解關將軍吧，這可是我們定州有名的猛將，李大帥親批『橫刀立馬，唯我關大將軍』，在來與我們會合的途中，關將軍還在馬王集附近全殲了從烏顏巴托逃脫的諾其阿所率狼奔一部，聽說只有諾其阿單騎逃走了，是吧？」

關興龍點頭道：「要不是風雪太大，那個諾其阿又熟悉地形，哪能讓他跑掉，說起這事便讓人惱火呢！」

「我們今兒來呢，就是向王子，我們忠實的朋友通報這個好消息，另外，那批輜重本來不算什麼，但我們馬上有大批部隊到達，王子殿下，請將輜重先還給我們，我們會根據需要再分配給你們，我們定州人怎麼也不會虧待我們忠實的朋友的，是吧，王子殿下?!這一次來援的將領中，可是有大帥的嫡系大將姜奎將軍，要是他到了，我卻不能為他配發他所損耗的軍械，這個，對大帥可不好交代啊！」

說完，也不等鐵尼格的反應，便搖搖晃晃地走向自己的馬匹，上馬道：「王子殿下，呃，等他們到了，我請你去喝酒，給你介紹我們定州的英雄好漢！」

關興龍與熊德武亦向鐵尼格躬身行了禮，上馬一齊離去。

「乞引莫咄賀，怎麼辦？」莫霍問。

鐵尼格鐵青著臉，恨恨道：「將扣下的輜重再給他們送去一半，告訴過將軍，就說其餘的已分配給室韋各部，實是不好意思再收回來了，請過將軍原諒，等李大帥到後，我會親自向李大帥請罪的。」

過山風雖然有所誇大，但這個時間，定州先期出發追蹤諾其阿的旋風營與常勝營兩營騎兵，的確已到了離馬王集數十里處，那一場大風雪，讓他們失去了諾其阿的蹤跡，等風雪過後，姜奎與王琰這才整軍出發，深入草原。

兩人都是小心翼翼，他們兩個騎兵營合起來共一萬餘騎，在兵力上與草原蠻族相比，處於絕對的劣勢，是以雖然蠻族剛剛大敗，兩人卻不敢有絲毫的大意。

「將軍！」幾名斥候飛馬到姜奎與王琰的面前，「前面發現大量的狼奔軍屍體，好像不久前這裡剛剛發生了一場激戰！」

「什麼？」姜奎與王琰十分驚訝，諾其阿的狼奔已經從他們手裡脫逃，怎麼會在這裡發生大規模的戰鬥呢。

兩人打馬來到斥候所說的地點，果然，兩人的面前，無數的人屍馬屍倒伏在地，雪雖然大，卻還沒有將他們完全埋住，折斷的兵器，倒伏的旗幟，都顯示出這裡曾經有過一場相當激烈的戰鬥。

「四面仔細搜索！」姜奎下令，與王琰對視一眼，兩人的腦子裡立時閃過一個人的名字！

過山風的部隊是不可能出現在這裡的，那麼，能在這裡出現的，便只有一支部隊了，關興龍！關興龍與大部隊失去聯繫已經有相當長一段時間了。

「找到了！」

有士兵叫喊起來，在他們的面前，有一處雪堆高高聳起，前面插著一面橫刀營的旗幟和一塊豎立的木板，上面寫著「橫刀營戰歿將士之墓」！

看著這個土堆，王琰與姜奎兩人眼中都有著淡淡的憂色，關興龍出發時只有五千餘人，就算完好無損，碰上諾其阿也絕對是處於下風。

「姜兄，我看不用多慮，你瞧瞧，這裡遍地倒著狼奔的屍體，而關將軍還能好整以暇的掩埋戰歿將士的屍體，**那這一仗肯定是關將軍勝了！**」王琰分析道。

「我知道，**但關興龍到那裡去了呢？**斥候已探明四周百里之內，除了敵人，根本找不著他的人啊！」

「不用著急，關將軍機智過人，一定有他的辦法，我們不必替他擔心，姜兄，我們就在這裡紮營，等待呂將軍大部隊上來吧！」王琰道。

蠻族王庭。

一心想要仿照大楚制度的巴雅爾，一直想把原先白族的王庭也建成一座類似洛陽古都那種天下聞名的雄城。

雖然草原在人力、物力等資源上無法與大楚相比，但幾十年下來，白族王庭依然有一定的規模，這座被命名為「巴顏喀拉」的城市分為內城、外城和坊區，內城主要是供白族的貴族們居住，巴雅爾一統草原之後，各大部落的首領們也被強行遷來此處，是草原蠻族的政治軍事核心區域，戒備森嚴。

外城則是一般的普通蠻族居住，至於坊區，則是供勞作的奴隸，或者破產的蠻族人居住，整座城市，等級森嚴，低一級的居民很難進入高一級的區域。

這座昔日繁華的城市現在分外冷清，昔日的交易市區門可羅雀，城市東西兩面都已出現了敵人的部隊，在巴雅爾的命令下，散處各地的大量部隊開始向這裡集結，巴顏喀拉整座城市都陷入惶惶不安之中。數百年來，還從沒有敵人能打到這裡，但現在，這個奇蹟終於要終結了。

一統草原，建立元武帝國的草原首任皇帝巴雅爾，已不復當初的意氣風發，**連續的打擊從內到外擊垮了這個堅強的草原男人**，兩個兒子先後命喪定州軍之手，連屍骸都不能得歸故里，軍事上的失敗更導致了本就缺乏凝聚力的內部動盪不安。

不管是作為父親，還是作為皇帝，都讓巴雅爾感到深深地痛苦，至少巴雅爾知道，已有不少部落首領們心生去意，或者認為只要率部逃離，或許可以躲過這一次的劫難。

對於這些部落首領，巴雅爾給他們的評價只有兩個字，**愚蠢！皮之不存，毛將焉附，如果這最後一仗輸了，輸的不僅是自己，還有整個蠻族，李清難道會放過他們嗎？**不要忘了，李清的手中還有室韋人這些同樣生長在馬背上的民族。

只要龍嘯軍還在，這些人都翻不起大浪來！

巴雅爾疲乏地靠在龍椅上，花白的頭髮垂在肩頭，日夜操勞的他，看起來似乎已是年過花甲的老人，但實際上，他才剛過五十。

他在擔憂，與狼奔失去聯繫已經有很多天了，東面出現了定州軍隊，是不是意味著虎赫在烏顏巴托已經失敗？他不敢相信縱橫草原數十年的虎赫就這樣敗在定州那個黃口孺子之手！如果是這樣，那元武帝國真的就到最後關頭了。

「陛下！」伯顏臉色蒼白，帶著一個渾身是血的將領走了進來。

巴雅爾一看那個渾身血跡的將領，霍地站了起來，血氣上湧，眼前一陣發黑，搖搖欲墜，身帝的侍衛趕緊上前扶住他。

諾其阿撲倒在地，四肢著地，號哭道：「陛下，**狼奔軍沒有了，虎帥也沒有了！**」

噗通一聲，巴雅爾跌坐回到龍椅上，看著渾身是血的諾其阿，一言不發。**自己的預感果真成為現實**，那個與自己從小玩到大，一起殺敵的無敵將軍終於棄自己而去了。

伯顏上前一步道：「陛下，馬王集駐軍回報，離馬王集數十里處，發現了大量定州騎兵，和林格爾的定州軍與室韋聯軍也蠢蠢欲動，恐怕將進逼巴顏喀拉，我們要做最後的準備了。」

巴雅爾閉上眼睛，兩行清淚順著蒼老的臉頰滑下，「伯顏，宣各旗旗主、各部官員前來議事！」

伯顏長嘆一聲，轉身離去。

「諾其阿！」殿內忽地傳來一聲尖叫，納芙出現在大殿側門處。

「衛兵說你回來了，你怎麼弄成了這個樣子？為什麼只有你一個人回來，虎赫叔叔呢？」納芙急切地問道。

諾其阿垂下頭去，「公主，我們敗了，狼奔沒有了，虎帥也沒有了！」

「你撒謊！」納芙撲了上去，一把抓住諾其阿的肩頭拼命地搖晃著，「你撒謊，虎赫叔叔何等厲害，怎麼會輸？你在撒謊！」

諾其阿渾身傷痕累累，疲勞交加，被納芙這麼拼命一搖晃，劇痛入骨，險些暈了過去，但他忍著痛，眼中滿是淚水，沉痛地道：「公主，虎帥沒有了！」

納芙兩眼瞪視著諾其阿，喉嚨中發出一聲嗚咽，整個人直直地向後倒去。

諾其阿一把抱住暈倒的納芙，大喊道：「內侍，內侍！」

虎赫兵敗，狼奔覆滅，隨著諾其阿奔逃回巴顏喀拉，這個消息便如同長了翅膀一般飛向巴顏喀拉的每一個角落。整座城市在沉寂了一天之後，忽地沸騰了起來。

巴雅爾頒下詔令，所有草原蠻族，十五歲以上，六十歲以下男丁全部徵召入伍，各家奴隸也全部用來修築城坊，建造軍械；城內所有糧食、酒肉等等，亦全數徵集統一管理，每日按量供給。

雖然貴族們怨聲載道，卻也只能乖乖地照章辦事，因為隨著詔令的下達，整個巴顏喀拉城布滿了龍嘯軍和伯顏的兩黃旗軍隊。

短短數天之內，巴顏喀拉城內，除了女人小孩，便只剩下了奴隸和軍隊。除了不斷修建完善城防之外，巴雅爾以馬王集、赤城、庫倫、集寧為據點，形成一個防禦體系，以拱衛巴顏喀拉。

就在巴雅爾忙於構築防禦體系，準備迎接即將到來的殘酷戰爭之際，烏顏巴托的呂大臨已經整軍完畢，六萬大軍拔營，冒著風雪向巴顏喀拉挺進。

看著一條條隊伍從自己面前經過，然後消失在遠處的風雪之中，鮮紅的呂字將旗下，呂大臨感慨萬千，多年心願終於得償。

「我們走！」呂大臨馬鞭揚起，重重落下，馬兒踏起一路雪粉，向前奔去。

呂師、啟年師、選鋒營，一部接著一部，踏上了平定蠻族的最後一戰。

在他們的身後，陳興岳也是興奮莫名，他終於趕上了最後一戰，雖然他的第一個任務只是率領這群菜鳥們押運糧草輜重，但陳興岳相信，到了巴顏喀拉，一定會有自己的用武之地。

「弟兄們，出發啦！」陳興岳吆喝著，在士兵的護衛下，數不清的雪橇車載著糧食、箭支，以及被拆成無數個零件的投石車，百發弩，雲梯，跟在大部隊的後面向前挺進。

第五章

大喜之日

李清笑意盈盈，畢竟是自己大喜的日子，說不高興那是假的。李清向觀禮的百姓點頭示意，定州城門已是在望，宮衛軍士兵們身上披著紅綢，便連手中執著的武器也被紅綢裹上，少了凶厲之氣，倒是透出幾分喜色來。

隨著新年的一天天逼近，離李清大婚的日子也越來越近了，忙碌的定州城中喜慶的色彩也越來越濃。

對李清而言，每天忙著處理數不完的政務外，還要固定抽出一個時辰的時間，去聽禮部的官員講述大婚的各項禮節，在李清看來，真是太浪費時間了，不就是結個婚嘛，那有這麼麻煩的，光是那繁瑣的程序已讓他有些頭昏腦脹了。

對李清的怠慢，鬚髮皆白的那位禮部老官極為不滿，找來了李退之教訓李清：「前聖繼天立極之道，莫大於禮；後聖垂世立教之書，亦莫先於禮。禮儀三百，威儀三千，孰非精神心術之所寓，故能與天地同其節……」

面對著李退之半真半假，似怒似笑的訓斥，聽著那繞口令般的禮節，李清立即表示投降。「伯父，不用說了，我知錯了，保證認真聽這位老大人的講述，一定不會失禮。」

李退之很滿意，旋即轉身道：「今天的禮儀講述就到這裡吧，我還有關於大婚的一些細節與李帥商議，你先下去吧！」

白鬍子老大人從李退之那裡獲得了相當的滿足感，滿意地告辭離去。

看著那佝僂的背影，李清叫苦不迭，「伯父，這也太麻煩了，我部下也有好多成婚不久的，哪有這麼多繁雜的規矩啊。」

李退之笑道：「這還麻煩？這還是因為在邊關，而且是在戰時，如果你身在洛陽或是翼州，比這還要麻煩十倍呢！別忘了，你是李氏子弟，定州之主，而且娶的還是當今大楚公主！你的部下？就那些貧民子弟出身的將領官員們，又有幾個懂得禮法?!」

李退之毫不避諱的嘲笑著李清的大將軍，這讓李清心裡很不高興。

也許是注意到了李清的臉色，李退之笑道：「洞房花燭夜，金榜題名時，是男人的兩大樂事，可是對於我們這些世家的人來說，這兩項卻算不得什麼樂事，特別是第一項，你可知道伯父的洞房花燭夜是怎麼過的麼？」

李清臉色古怪地道：「伯父，這個我不好問吧？」

李退之大笑，「我結婚時，光是那些繁瑣的儀式便足足進行了數天，那幾天，我就像一個提線木偶一般地被人擺弄，身心俱疲，洞房花燭夜睡得跟死豬一般，絲毫沒有感到這是什麼樂事！」

李清不由大笑起來，想不到李退之還有這麼幽默的一面。

「但是清兒，雖然很累，卻不得不做，因為這是**做給別人看的，是你的顏面，更是家族的顏面**，特別是你，**還關乎著皇家的顏面**，所以這些禮不可廢，我看了路一鳴的預算清單，大大不夠啊！」

「什麼？」李清苦著臉，哀叫道：「二伯，為了這個婚禮，我準備了五萬兩銀子還不夠，再加上修建鎮西侯府用了近十萬兩，都十五萬兩了，這麼多銀子，我可以打造多少鎧甲、箭矢啊！二伯，銀子著實是沒有了，您也知道，現在我們定州正在打仗，每日花錢如流水，財政上十分吃緊，再說，我身為定州主帥，治下百姓日子還清苦得很，花費如此多的銀子大辦婚禮，這不招人罵嗎？」

「看來老爺子算得還真準！」李退之似笑非笑，「就知道你不會花這個錢，罷了，本來還想瞞下這筆銀子，看來是不可能了！」從懷裡掏出一疊銀票，笑道：「這是老爺子給你的。」

李清接過來，粗粗一數，竟有二十萬兩，心裡大喜，「早知有這麼多銀子，我那麼節儉幹什麼，二伯，回頭我修書一封，您回頭替我呈給老爺子，這可要大大的感謝老爺子。」

李退之提醒道：「這錢可是要用在婚禮上的，你不能挪作他用啊。」

李清忙不迭地答應著，心裡卻在打著另外的算盤，這二十萬兩算是白撿的，用一半在婚禮上已經相當奢侈了，另外一半嘛，開年之後，定州用錢的地方多著呢。

「大帥，大帥！」外面傳來唐虎焦急的聲音，隨著咚咚的腳步聲，唐虎出現在房門外。

「什麼事？慌慌張張的！」李清問。

「打起來了，打起來了！」唐虎喘著氣，手指著外面，「尚先生、路大人他們都來了。」

李清和李退之都是一驚，李清厲聲道：「什麼打起來了？哪裡打起來了？說清楚一點！」蠻族早已被逼退到王庭，定州城裡怎麼會打起來？

「是翼州兵和宮衛軍打起來了！」唐虎終於把話說完整了。

「翼州兵和宮衛軍打起來了？」李清詫異地看了眼李退之，對方也一臉不明所以地看著他，「他們兩個怎麼打起來了？」

唐虎搖搖頭，「不知道，不過打鬥的人都被馮國將軍抓了起來，押到了大帥府，尚先生說，雙方的身分都有些特殊，馮將軍不敢隨意處置，請大帥過去呢。」

「走，看看去！」

李清與李退之不敢怠慢，拔腳便行，翼州兵是李氏私兵，宮衛軍則是公主護衛，雙方的身分著實很敏感。

大帥府外，一群鼻青臉腫，衣衫被撕得稀爛的傢伙，被衛戍定州城的磐石營士兵倒剪雙手，一溜地捆著跪倒在地，即使如此，雙方仍在不停地互罵，要不是中間站著兩排磐石營士兵，估計這群精力旺盛的大頭兵還會跳起來飛腳踢人，而前邊，馮國一臉無奈地站在那裡。

兩人匆匆趕到，掃了一眼，先放下一大半心來，還好雙方總算知道分寸，沒有舞刀弄槍，只是單純地拳腳相交，這在性質上來說就輕得多了。

就在此時，知道了消息的翼州兵首領李鋒，和宮衛軍統領秦明也匆匆地趕到了。

一番審問下來，眾人才明白了雙方打架的緣由。起因很簡單，今天翼州兵剛好押運一批輜重去前線後返回，一群中低級軍官便趁著休整的當口，到定州城一家酒樓喝酒，雖然這酒樓的酒淡得跟水一般，但在定州目前能有這種水也算很難得了。

這時候，宮衛軍一群軍官也在這裡喝酒。喝酒時，翼州兵們不免談起了正在前線的戰事。

這些翼州兵們在定州磨練了幾個月，雖說沒有正經八百地打上一仗，但與小股蠻軍的遭遇戰卻是打了不少，幾場血鬥下來，身上的嬌氣都被磨沒了，頗有些強兵悍將的味道。

親身的經歷讓他們對定州兵的戰鬥力是佩服得五體投地，言談間便將定州兵稱做天下第一兵，道大楚難有第二支軍隊能與之媲美。

這話如果是定州其他人聽著了，那肯定是認為天經地義，但偏生讓宮衛軍軍官聽到了，宮衛軍才是天下公認的第一軍，再加上定州軍曾經在京中狠狠地折辱了一番御林軍，連帶著宮衛軍也受到了質疑，本就不太服氣的宮衛軍一聽這話，不免有人陰陽怪氣地諷刺上幾句，狠狠地貶低一番定州軍。

已經將自己視為是定州軍一員的翼州兵們這可不幹了，雙方先是口水大戰，然後不知是誰一個盤子飛過去，口水戰立馬升級為全面武鬥。

宮衛軍是在大楚各地精選的強兵，個人武力超強，而翼州兵從小便接受正規的武術訓練，比起宮衛軍來絲毫不差，雙方一開打，首當其衝遭殃的便是這家酒樓，當時的場景是碗碟與板凳齊飛，拳頭與大腳共舞，從酒樓裡一直打到大街上。

聞訊而來的翼州兵與宮衛軍越來越多，看到自家人與別人打架，根本不問緣由，擼起袖子便衝了進去。規模便愈來愈大了。

這事說大不大，說小卻也不小，往大了說，在定州如今的形勢下，這便是嚴重地違反了軍紀，按照定州軍法，便是砍了腦袋也不為過；往小了說，就是一群大頭兵喝多了打架鬥毆，如果是定州兵自己這麼幹，多半是由軍法司各抽一頓鞭子，連帶著他們的長官吃一頓掛落也就罷了，軍中大多為熱血漢子，打架是家常便飯，只是今天交手的雙方身分比較特殊，李清倒有些犯難。

尚海波笑瞇瞇地坐在李清一側，路一鳴則是滿臉怒氣，李退之正與李鋒低聲說著什麼，秦明則正在詢問一個綁在那裡的宮衛軍。

「尚先生，你看這事？」李清徵詢尚海波的意見。

「好機會啊，大帥！」尚海波高深莫測地道。

李清一愣，看著尚海波臉上的笑容，陡地反應過來，難怪尚海波要將自己叫過來，像這種打架的事，以尚海波如今的地位，他自己便能處理了。

翼州兵來定州是以客軍的身分，說白了，就是雖然接受李清的指揮，卻自成一系，李清也不能干涉其內部的運作，而宮衛軍是公主的私軍，李清更是難以插足，現在有這麼一個機會，李清如果使用定州軍法懲治雙方，便是將雙方直接視作是定州軍的一部分；換句話說，就是**要在事實上形成對他們直接的領導權和管理權，然後名正言順地吞併他們。**

「好心思！」李清在心裡將尚海波大讚了一個。

「鍾昊天！」李清叫道。

「卑職在！」堂下一名官員出列，走到李清案前，躬身一揖。

「你身為定州提刑司司長，對於此案，認為應當怎麼判決？」李清問。

此話一出，李退之立時心頭一震，本來正在責問李鋒，聽到這話，抬起頭來看向李清，在他心中，雙方犯事，定州本應是居中協調，然後發還雙方，讓雙方自行去處置，他正琢磨著是否要去向傾城請罪呢！但李清話中的意思分明是要自行處置了，作為混跡官場數十年的老人，**深諳官場規則的他，馬上便明白了李清的意思**，臉色不由變了。

李鋒和秦明都是武人，一時之間哪裡想到這其中還有這麼多的彎彎繞繞，雙方兵士打架，李清處罰，作為定州主帥，貌似是有這個權力的，兩人都眼巴巴地看著鍾昊天，希望從他嘴裡吐出一個「從輕處罰」來。

但兩人看來要失望了，鍾昊天板著一張臉，道：「回稟大帥，定州正屬戰爭時期，根據戰時條例，身為定州軍人，當街鬥毆，毀傷財物，誤傷百姓，論律當斬，以儆效尤。」

妙啊！李清在心裡讚嘆一聲，打量著鍾昊天，**這傢伙是真的以律令而論，還是看穿了尚海波和自己的心思，特意配合呢？**不過鍾昊天那張板著的面孔上，實在看不出什麼端倪來。

「尚先生，路大人如何看？」李清看向一左一右的文武兩方大臣。

尚海波微笑道：「理應如此，軍隊乃國之利器，如無嚴刑峻法約束，必多生事端。」

路一鳴臉上怒容未消，道：「當然，鍾司長論刑適當，我贊成！」

李清微微點頭，「既然如此，那……」

正想發言，一旁的李鋒不由大急，這下面可都是李氏族人，都是沾親帶故的親戚啊，要是因這事一股腦都被砍了腦袋，那自己回去怎麼好交差？趕忙幾步跨上前來，道：

「大哥！」

「嗯！」李清臉一板，李鋒意識到口誤，慌忙改口道：「大帥，我有話說！」

「李鋒將軍，請講！」李清一臉正經地道。

「大帥，末將管束不嚴，使麾下士兵惹事生非，末將願接受大帥處罰，但這些士兵剛剛從前線返回，數月以來，殺蠻拒敵，功勞不小，而且今日之事，雖罪無可恕，但尚情有可原，軍人的榮譽猶如生命，受辱而不還擊，非定州軍勇之本色也，請大帥看在他們以往的功勞上，從輕發落。」李鋒大聲道。

李清心中大樂，這個弟弟可真是知情識趣，這幾句話一出，可就是敲磚釘腳了，翼州兵自今日起，便可名正言順地列編歸定州軍了，嗯，聽他語氣，似乎也自視為定州軍了。

「說得也有理啊！」李清看向提刑司司長鍾昊天，「鍾司長，你看？」

鍾昊天仍然板著臉，道：「恩自上出，如果大帥要赦免他們，從輕處罰也未不可，只是開此先例，恐有後患！」

「只此一次，下不為例，可好？」李清道。

「謹遵大帥之命！只此一次，下不為例！」鍾昊天道。

「那好！」李清高興地道：「既然鍾司長也沒意見了，那麼這些士兵都鞭五十，罰餉一年。」這就是要打五十鞭子，並白幹一年活了。

李鋒感到非常滿意，大哥還是很給面子的，既然命已保住了，打幾十鞭子，對士兵來說算什麼，至於餉銀，嘿嘿，李氏宗族之人哪是靠幾個餉銀過活的，那還不夠他們平日零花呢！拱手退下。

看著高興的李鋒，李退之微微搖頭，李鋒還是太嫩了，被李清幾人玩弄於鼓掌之上，居然還興高采烈；但李鋒作為翼州兵主帥，已開口同意，自己還能說什麼呢？名不正言不順，這可不是在李清內堂，而是在定州公堂之上啊！

不過轉念一想，反正肉亂了還是在鍋裡，也無所謂，這時候，他倒非常有興趣地看向秦明，不知這個肌肉棒子會有什麼反應？

秦明猶豫半晌，終於還是走到了堂前，宮衛軍可是公主殿下的親軍，如果在這裡被打了，也太折公主的面子了。

「大帥，末將有話要講！」秦明道。

李清摸著唇上的短鬚道：「秦將軍請講！」

「這些宮衛軍士兵當街鬥毆，的確有違軍紀，請大帥允許我帶回軍營，再行處罰！」

「不行！」李清還沒有說話，一旁的鍾昊天已大聲反駁，「大帥，宮衛軍違反定州軍紀，當由提刑司公開處罰，以示公正。」

秦明咬咬牙道：「大帥，末將保證將其帶回營後，大帥親判五十鞭一鞭不少，決不徇私。」

鍾昊天冷笑道：「違反定州軍紀，必須當眾由提刑司執行，此乃制度，豈能因人而異！同為定州軍伍，李鋒將軍已無異議，秦將軍何故屢屢推託，這不是徇私又是什麼？」

「宮衛軍不是定州軍隊！」秦明脫口而出，「自不必受定州軍紀約束！」

啪的一聲，李清重重一掌拍在大案上，將秦明嚇了一跳。

李清沉下臉來，冷冷地問道：「**宮衛軍不是定州軍隊，那是哪裡的軍隊？**」

秦明為李清氣勢所懾，一時間竟然啞口無言，半晌才艱難地道：「大帥，我部雖已脫離洛陽宮衛軍部，但並未加入定州軍，乃是公主私人衛隊。」

李清冷笑一聲：「原來是公主私人衛護！那我是誰？」

秦明一愣，看著李清，不解地道：「您當然是鎮西侯李大帥啊！」

「對，本人乃鎮西侯，更是當朝駙馬，你們嘴裡的公主的夫君！鍾昊天！」李清厲聲喝道。

「下官在！」鍾昊天應道。

「給我將這些違反軍紀的士兵吊在大帥府前的廣場上，重責五十鞭！」李清說完，拂袖而去。

秦明看著李清一怒而去的背影，呆在當地，李清最後一句話他聽懂了，**連你們的公主都是我的，你們這些私人衛隊我還沒權處置了？**

偌大的廣場上迅速立起了一根根的木樁，犯事的百多兵士兵赤著膀子被綁了上去，來自提刑司的行刑專家們手提長長的鞭子，一邊甩著響亮的鞭花，聽著圍觀百姓的喝彩聲，一邊斜睨著等待挨打的士兵，那眼神，讓這些個士兵們個個心裡發毛。

「行刑！」鍾昊天下令道。

整齊劃一的脆響聲響起，伴隨著一聲聲悶哼。

少頃，傾城大營。

看到被秦明帶回來的一群被打得血糊糊的宮衛軍士兵，聽著秦明轉述的李清的話語，傾城柳眉倒豎，險些氣炸了肺，這人欺負得還讓人無話可說。

「此例一開，後患無窮！」燕南飛嘆道：「秦將軍，你當時就應當阻止這件事的發生，便是要處罰，宮衛軍也只能由公主親自處罰，豈能由定州行刑司下手！」

燕南飛是政壇老手，很快便想清楚了這件事情的後續影響。失策啊，早知如此，自己便應當親自去一趟，也是自己大意了！

傾城氣呼呼地問道：

「燕先生，我讓你去找李清的事，辦得如何了？」

燕南飛搖搖頭道：「公主，你要在復州建造一座公主府的事，我已知會李大帥了，李帥答應得倒是挺爽快，但卻說現在建不了。」

「為什麼？」

「李帥說，眼下戰事正緊，定復兩州的財力全都用在這場戰場上猶嫌不夠，大帥府還在四處借錢，哪有餘錢為公主建造公主府呢！還是等戰事結束，財政寬裕時再為公主建造。」

「哼！只怕不是沒錢，而是故意拖著吧，財政寬裕?!什麼時候寬裕還不是他一句話，**他要是永不寬裕呢？**」傾城冷笑。

「公主，現在定復兩州缺錢倒也可能不是李帥的托詞，據我所知，定州有一個新建的債券發行司，便是專門借錢的一個部門。」燕南飛道。

傾城思索片刻，道：「既然這樣，燕先生，你去跟李清說，公主府一時建不成不要緊，但我要在復州設一個臨時的衙門，復州既然是我的領地，我自然要派人過去監督的。」

燕南飛微笑著退下，公主這是針對宮衛軍被罰這件事對大帥府做出的強有力的回應了，雖然時間選擇在這個時候顯得有些不當，有非常明顯的報復意味，但卻也是正大光明，算是**針尖對麥芒**了，公主從來不是一個肯吃虧的性子，也不知李大帥聽到公主的這個想法之後作何感想？

感想李清是沒有的，你想在復州設衙門，可以，一點問題也沒有，便去設吧，但**有沒有效果，能不能起到作用那就兩說了**。復州現在也是我的主場，天時地利人和，你哪樣也不占，**想跟我鬥，門都沒有！**

定州城裡勾心鬥角，草原上卻是戰火蔓延。呂大臨大軍逼近馬王集，過山風則逼近庫倫，室韋騎兵挺進集寧，巴雅爾三面遇敵。

雪住了，風停了，久違的太陽從地平線上有氣無力的爬了出來，皚皚的積雪反射著光芒，明晃晃的一片，讓人不得不稍稍閉眼以適應那刺目的光線，天空中一隻蒼鷹，時而展翅高飛，時而斂翅滑翔，自由自在地享受著風雪過後久違的晴空。

天地間非常安靜，但這種安靜卻讓蒼鷹感到反常，因為在牠銳利的眼睛中，可以很清楚地看到腳下的地面上，有著無數的人類正肅然而立，一塊塊，一片片，幾乎填滿了牠的視線。

蒼鷹是瞭解腳下這些生物的，因為牠有很多同類就是被腳下這些自稱為「人」的生物，用帶著尖嘯的長箭從空中射下去，從而失去了自由與生命，所以牠高高地飛著，小心地審視著。

下面這些人類比起牠以往所見過的加起來還要多，而且很不同，以往牠看到的是這些人類騎在馬上，高聲吆喝，縱馬飛奔，但今天，人很多，卻非常安靜，安靜地似乎能聽到雪地下那些兔子的哆嗦聲。

咚咚咚，突然間，下面傳來一聲聲沉悶的鼓聲，鼓點越來越密，聲音越來越大，緊接著，淒厲的號角聲從長長的銅號或者牛角中響起，高空中的蒼鷹覺得一陣洶湧的戰意自心底湧起，這種感覺只有自己在發現獵物時才會出現，有些失神的牠箭一般地向下衝去。

殺！殺！殺！巨大的嘯聲快要震破蒼鷹那可憐的耳膜，卻也將牠從失神中震醒，一股強烈的壓力從下方傳來，幾乎讓牠失去自控能力，險些便掉下地去，牠猛地展開雙翅，一個衝刺，重新飛上高空，俯首看去，那一塊塊的人群正在緩步向前移動，每移動幾步，都會發出那種讓牠渾身發抖的呼喝。

太可怕了！蒼鷹扭頭，匆忙向遠方飛去，牠要遠離這個讓牠恐懼的地方。

這個地方叫馬王集。

呂大臨凝立在鮮紅的呂字大旗下，馬鞭前指，他的目標便是馬王集。

「**今天，我要拿下它！**」呂大臨帶著不容置疑的語氣，「今天大帥大婚，我們拿下馬王集，**用勝利和蠻子的鮮血為大帥祝賀！**」

駐守馬王集的蠻軍將領是白族老將烏古別，他的手中只有兩萬騎兵，一萬步卒，馬王集沒有堅固的城牆和堡壘，勉強搶修起來的城牆單薄得只有數尺厚，高僅數米的牆體顯然經不起敵人的衝擊，更何況，眼前的敵人完全是武裝到了牙齒，看著隨他們那些龐大的攻城器具，烏古別已有戰死在此地的覺悟。他乾脆放棄了那明顯不堪一擊的圍牆，他要與定州軍進行一場野戰。

烏古別舉起手裡的砍刀，咆哮道：「兒郎們，向前衝是死，向後退也是死，你是選擇光榮的死，還是卑劣的死？」

「殺，殺，殺！」回答他的是震天的殺聲。

「草原雄鷹們，去戰鬥吧！去砍掉敵人的頭顱，繫在你們的馬鞍上，盡情地炫耀你們的武功吧！」烏古別吼叫著，高舉著他的砍刀，從他的身邊，蠻兵們呼號著衝了出去。

烏古別的選擇出乎呂大臨的意外，如果烏古別以步卒據城而守，以騎兵在外衝擊呼應，可能帶給自己的麻煩會更大一點，但這種孤注一擲的打法，讓呂大臨不屑一顧，愚蠢！呂大臨冷笑道。

鼓點驟變，令旗招展，數十個分散的千人方陣驟然合攏，近千輛戰車聚攏成一條直線，隨著推動戰車前進的士兵們一陣瘋狂的動作，所有的戰車被連成一體，戰車上所載的百發弩張開了猙獰的大嘴。

一排排長矛兵邁步挺進，長矛斜斜上舉，戰車的後方旋即變成了一片寒光閃閃的槍林，一尺多長的矛刃映著日光，閃閃發亮。

矛手的後方，一排排弓手們拉開了一個口徑，弩手們打開弩機，在每個人的腳下，整齊的排放著兩支弩。

「阻斷！」一聲高呼打破了弓兵們的沉默，無數柄一品弓嗡的一聲，長箭脫弦而出，斜斜地射向天空，飛到最高點後，猛的地一頭紮下來，破開敵人的皮甲，濺起點點血花，將潮水般湧來的敵人掃出一條空白。

「清理！」

弩兵和百發弩同時發動，密如飛蝗的短弩帶著令人膽寒的尖嘯，畫出人眼難以看清的殘影，湧向對面的敵人。

與此同時，長矛方陣中一聲聲悠長的哨聲響起，所有的長矛手齊刷刷的低下頭去，適時地，空中落下無數箭支，落在他們的鐵甲上，發出叮叮噹噹的聲響，或是滑落在一邊，或是沿著鐵甲的縫隙射進戰士的身體，隨著聲聲悶哼，栽倒在地的長矛手迅速被移開，新的士兵填補進來。

相比身著鐵甲的長矛手，弓弩手們在與蠻兵的對射中倒下的更多，不斷地有人倒下，不斷地有人補充進來，此時，**人命只是一個個單純的符號**，不論是將軍還是士兵，都漠然地盯視著迫近的敵人，**沒有人在乎倒下的同袍，也許，下一個**

就是自己。

定州軍騎兵自兩脅扎入到蠻軍之中，沒有理會向前迫近的蠻軍，而是呈兩個錐形，向著馬王集方向突進。

百發弩發射完畢，來不及裝填弩箭，付出了巨大代價的蠻兵便已衝到了跟前，戰車立時變成了城牆，寒光閃閃的長矛整齊地刺出，收回來時，帶出一道道血浪。

奮不顧身的蠻兵踏著同伴的身體，前仆後繼地攀爬上戰車，吼叫著砸出自己手裡的鐵錐、鐵骨朵，在長槍穿過自己身體的時候，將自己手裡的大刀猛力擲出，只求能在這一片槍林中打開一個缺口，衝出一片空地，獲得一個進攻的橋頭堡。

有機靈的蠻兵趴在地上，沿著戰車兩個車輪之間的空隙爬了進來，但馬上，他們就發現，迎接他們的是戰車兵們堅固的盾牌和鋒利的短刃。

血在燃燒！太陽躍出地平線的一霎那間，馬王集金鼓齊鳴，殺氣逼人，**一場捨死忘死的搏鬥正在雙方之間展開**，而在定州城，同樣的金鼓聲，號角聲，卻帶著喜氣洋洋的氣氛！

城裡的積雪早已被清理得乾乾淨淨，石板鋪成的大街上纖塵不染，一身大紅吉服的李清騎在披紅掛彩的高頭大馬上，正帶著龐大的迎親隊伍和特別打造的一輛七寶香車，前去城外迎娶自己的新娘——傾城公主。

定州城中充滿著喜慶的氛圍，家家戶戶在門楣上掛上了紅燈籠，稍微富庶一些的，更是扯了一些紅綢，拴在門前的樹上，掛在樓上的欄杆上，隨風緩緩飄揚。

百姓們換上全新的衣服，站在門前的街道邊，側耳傾聽著那開道的鑼聲，聽著那清碎的馬蹄響，默默地在心裡計算著大帥經過這裡的時間。

李清笑意盈盈，畢竟是自己大喜的日子，說不高興那是假的。今天的唐虎沒有騎馬，而是走在李清的馬前，替他牽著韁繩，李清微笑著向觀禮的百姓點頭示意，每過一地，「大帥威武！」的呼嘯聲便響徹全城。

定州城門已是在望，從城門口開始，大紅的地毯一直鋪進了傾城的大營，張燈結綵的大營裡，宮衛軍士兵們身上披著紅綢，便連手中執著的武器也被紅綢裹上，少了凶厲之氣，倒是透出幾分喜色來。

傾城居住的那頂大帳附近的帳篷已被拆去，大帳周圍堆滿了紅的粉的白的梅花，大帳門口，一身吉服的韓老王爺和李退之兩人喜氣洋洋望著從城門正行來的李清。

「恭喜！」韓老王爺笑吟吟地對李退之道。

「恭喜！」李退之微笑還禮。

來自禮部的官員們有條不紊地進行著繁瑣的儀式。

正午，太陽終於開始有了一點暖氣，李清百無聊賴地終於等來了白鬍子老大人的一聲拉長了禮成的聲音，兩名宮女從帳中扶出紅巾蒙頭的傾城，在韓老王爺的帶領下，一步步走向李清。

……

馬王集，烏古別將手裡所有預備隊全部投入進了戰鬥，連他隨身的護衛親兵也被他驅上了戰場，此時，馬王集單薄的城牆下，只餘下發孤零零的一個人，握著大刀，矗立於旗下。

戰車構成的城牆已經殘破不堪，蠻兵與保護長矛的刀兵們正在進行著近距離的肉搏，弓兵和弩兵們丟掉手中的弓箭，拔出腰間的短刀，也加入了近距離的戰鬥，此時，雙方數萬人馬已完全絞在了一起。

戰至此時，大局已定，烏古別已投入了所有的兵力，但呂大臨這邊，常勝營、旋風營、選鋒營甚至都沒有動彈，投入戰鬥的只是呂大臨在上林里的直屬部隊。

「陳興岳！」呂大臨大聲喝道。

「末將在！」陳興岳紅光滿面，終於輪到自己了，戰場已逐漸成了一面倒的局面，此時正是磨練新兵的好時機。

「去吧，讓菜鳥們體驗一下戰場是怎麼一回事！」呂大臨命令道。陳興岳興奮地領命而去。

呂大臨的目光越過戰場，看著遠處馬王集城牆下那員蠻族老將孤單的身影，微微搖頭，掉轉馬頭，縱馬而去。

馬王集，已經屬於定州了！

李清的婚禮奢華而又隆重，即便是在禮部官員認為這是大大不合禮法的情況下，久居邊陲的定州百姓仍是大飽眼福，這些底層的百姓從來沒有想到婚嫁居然也能如此的講究。

他們看得興高采烈，身為當事人的李清可是苦惱不已，一心掛兩腸的他，一邊任由禮儀官們擺弄，一邊又掛心著馬王集等地的戰事。

今天，應當是呂大臨發起進攻的日子。勝利是毋庸置疑的，但身臨絕境的蠻族，反撲肯定也是前所未有的，但願他一切順利。

龐大的迎親隊伍從城外向著新建的鎮西侯府前進，一路上，歡聲雷動，熱情的定州百姓唯一遺憾的便是不能一睹定州主母的芳容，美侖美奐的七定寶香車擋住了眾人的視線，不過既然貴為皇族公主，這容貌身段自然是差不了的，否則怎麼配得上咱們英明神武的李大帥呢！

定州百姓一面在心裡臆測著新主母的容貌，一面興高采烈的去里正那裡領取自己的那份獎賞。

李清大婚，凡定州城百姓每戶都可得到一錢銀子，兩斤肉食，半斤酒水，迎親隊伍一旦踏進鎮西侯府，就再也沒有熱鬧可看了，那個地方可不是普通百姓能踏足的地方。

此時的鎮西侯府中，可謂是高官齊聚，貴客如雲，大楚各大勢力不約而同地派出得力的幹將，以賀喜為名來到定州，連險些在定州一命歸西的鍾子期，也掛了一個副使的頭銜堂而皇之地來到了定州。

這讓心情本來就很不好的清風更是恨得牙癢癢的，將自己關在統計調查司的辦公廳內，琢磨著是不是找個機會將這個傢伙一刀兩斷，永絕後患。

鍾子期從定州走脫之後，一直在大楚腹地上竄下跳，替寧王搜集情報的同時，更是大行拉攏之能事，清風派去跟蹤他的特勤根本不是他的對手，要麼被耍得團團轉，要麼三兩下就失去了他的蹤影，等到反應過來，鍾子期已是悠哉遊哉地出現在另一個地方。

不僅是寧王，盤踞北地的靖安侯呂氏，雄立東方的鄭國公曾氏，都派出了在宗族中地位極高的使者來到定州，當然，明面上是賀喜，暗地裡，這些使者們正卯足了勁，想要尋找一個合適的機會能面晤李清。

說來大楚的皇帝也甚是可憐，如今之勢，各個能撼動大楚根基的世家豪族、割據勢力都知道即將會發生什麼，私底下的合縱連橫搞得轟轟烈烈，**皇宮中，高高在上的天啟皇帝卻還在做著李清以不世之功為他外援，一振大楚的美夢。**

對他忠心耿耿的職方司指揮使袁方遭人暗算，生死不知；接替他的丁玉早已身在曹營心在漢，職方司這個關鍵部門的失守，**讓天啟皇帝完完全全地變成了聾子、瞎子。**

這些身分特殊的貴賓們安坐在大廳之中，這幾天想要會見李清當然是不可能的，但是卻能夠接觸到李清手下最重要的文武兩員大將：尚海波與路一鳴，從他們那裡也可以摸清定州下一步的走向，至於會見李清，那當然是為了能夠拉到一個夠分量的盟友而已。

不管這些豪門世族、割據軍閥們內心是什麼感受，但他們都不得不承認，李清平定蠻族之後，已**一躍成為大楚少數能夠影響整個局勢走向的人物**，以定復兩州為據點，背靠遼闊的大草原，甚至還有更遠處的室韋人，李清的實力已急劇膨脹。這還不算站在他身後的李氏宗族，如果算上這個，李清的潛力更大。

當然，作為盤踞大楚多年的這些老牌勢力而言，猶如火箭般竄升的李清勢力是一個值得下大力氣拉攏的盟友，但卻還不夠資格成為對手，與草原連年的戰爭已耗盡了定復兩州的財力物力人力，在短時間內，李清絕無可能染指中原。

也許經過幾年的休養生息，他的實力足以問鼎中原，但等到那時，中原大局已定，他將再不會有現在這麼好的機會了，所以，現在他能做的，**便是在諸多勢力中選擇一個他認為最有機會穩坐江山的勢力來結盟**。

不管是寧王，還是北方呂氏、東方曾氏，都對自己有著強烈的自信，大有捨我其誰的氣概，這幾家同時坐在貴賓大廳中，自然少不了一番脣槍舌戰，冷嘲暗諷。

李清依次敬過一杯酒後便撤席而去，尚海波則笑吟吟地留在這裡，一邊敬著酒，一邊傾聽著席間眾人的相互傾軋。

這些人的來意，尚海波自然清楚得很，自家大帥成了這些頂級門閥的拉攏對象，自己在這些人眼中，當然是能夠對大帥施加影響的人，看著這些以前需要自己仰視的人不停地向自己舉起酒杯，說著一些連自己聽了都有些不好意思的諂媚之語，尚海波感慨萬千。

數年前，自己還是壽寧侯府一個人見人嫌的狂妄秀才，吃著閒飯，看著別人的白眼，一個偶然的機會讓自己來到定州，沒想到一時的心血來潮，竟然成就了自己一生的夢想，當時學成屠龍術，賣與帝王家，既然帝王家不要自己，那麼自己就來扶持一個新的帝王，而李清，**便是自己尋覓多年的英主**。

金鱗豈是池中物，一遇風雲便化龍。細想起當年，自己也沒有料到，**那個略顯青澀的雲麾校尉，能在短短數年間便成為一方統帥，翻掌間便可令天下風雲色變**，區區三百殘兵敗將，時至今日竟變成了擁兵十數萬、威震大楚的雄軍。

那時的王啟年、姜奎、馮國、唐虎、楊一刀都還是不值一提的小兵，現在可都是統兵上萬的大將，這每一點，每一滴，都凝聚著自己的汗水和辛勞。

那些以前連正眼都不會瞧自己一眼的名門貴族，現在卻笑咪咪地頻頻向自己舉杯，真是時也命也，如果當初自己被壽寧侯府當作廢物一般掃地出門，打發到定州時，自己真的一怒而去，何來今天的意氣風發啊！

冷眼看著這些所謂的貴賓們，尚海波在心裡大笑，等著吧，等著我輔佐大帥，橫掃六荒八合，將你們這些高高在上的人一起掃進歷史的垃圾堆中，**大楚末**

來的歷史將由我們定州來書寫！

當然，現在的定州正如這些人所想的那樣，需要韜光養晦，靜待時機，大楚亂局豈是幾年內可以分出勝負的，**就讓你們先狗咬狗吧，這正是我們定州左右逢源、從中取利的大好時機。**

廳中諸人對李清有著最為清楚認識的人，要算是鍾子期了，李清絕不是那種甘於雌伏的人，但眼下的時局，卻沒有留給李清多少時間，鍾子期也認為，只要寧王殿下能夠在李清的獠牙尚未完全長成之際，迅速地鼎定大局，平定中原，那李清再怎麼有野心，也只能臣服於寧王殿下之前。

李清能夠在短時間內打敗草原，但絕無可能在中原大局已定的情形下，以定復兩州之地硬撼地大物博的中原腹地，而且到了那時，以寧王的雄才大略，也足以折服李清這頭猛虎。

鍾子期想做的，是讓李清在平定草原之後，能有力地牽制住蕭家，這不僅僅是因為李蕭兩家久有宿怨，而且並州蘭州毗鄰定復，這兩州已投靠蕭氏，如此情形之下，由不得李清不對這兩州抱有戒心，只要李清到時做出對這兩州的攻擊姿態，便足以讓蕭氏傷透腦筋。

第六章
風雲色變

三日之後，天啟皇帝暴卒。齊國公蕭浩然、魯王等人擁太子登基，國號昭慶，下令全國舉哀，為天啟舉行葬禮。一時間，洛陽風雲色變，剛剛張燈結綵過完新年的京都百姓，又家家戶戶掛上白燈籠，開始為天啟皇帝陛下戴孝。

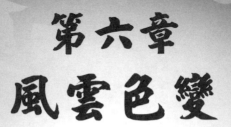

貴賓廳中勾心鬥角，外面的大廳裡也是各有心思。

向文金和龍四海因為對定州發行債券的卓著貢獻，也被邀請在賓客之列，要知道，定復兩州鉅賈何其多也，能得到邀請坐在這裡的人卻是寥寥無幾，與有榮焉之際，向文金也慶幸自己當時的當機立斷之舉，破財免災，就眼下看來，不但免了災，前途還一片光明。

讓他略微感到不快的是，來自靜安鄉下的土財主龍四海竟然與自己一樣，也成了商貿司的理事，而且排定席位時，還遠遠地高於自己。這個土財主的投機行為得到了巨大的回報，不但兒子被州府徵為官員，李大帥更是將一批軍用物資的生產權交給他，這可是壟斷性經營，其中的暴利可想而知。

被向文金嫉妒的龍四海則是意氣風發地坐在席間，眼光掃過貴賓大廳，也許若干年後，自己或者自己的兒子也能有機會走到裡面，成為那裡的坐上客。

賀喜之人各懷心思，而稍有酒意的李清此時在幾名丫環的引導下，來到了洞房前。盡責的唐虎亦步亦趨地跟著。

「虎子，你去好好喝幾杯吧，今天用不著跟著我了！」李清揮揮手道。身邊的丫頭也都哧哧的笑了起來。

檀香嫋嫋，紅燭高照，洞房中，別有一股曖昧的氛圍，兩排宮女看到李清進來，齊齊斂裙施禮，一片鶯聲燕語，「見過駙馬爺！」

李清擺擺手：「罷了！」

一名領頭的宮女遞過一杆金秤，笑道：「駙馬爺，請！」

接過金秤，李清走近寬大的喜榻，傾城正襟危坐於床沿，繡著鴛鴦戲水的大紅蓋頭擋住了她的容顏，一身繡著金鳳的禮服清晰地表明了這位新娘子身分的不同，李清在腦子裡竭力回憶著傾城的容貌，但皇家校場上那驚鴻般地一瞥，實在是讓他難以留下太多的印象。

定定神，李清拿著金秤，伸過去，勾著鴛鴦蓋頭的邊沿，將蓋頭掀了起來。

在李清的想像中，掀開蓋頭後，自己應當看到的是一張羞澀難抑，眉目含春，欲語還休的臉蛋，雖然不記得傾城長什麼樣了，但好歹也是皇家女，不會差到哪裡去吧。

但眼前出現的景象卻讓李清大出意料之外，蓋頭掀起，一雙清亮的眼睛正直視著他，冷靜的目光中有著掩飾不住的鋒利，與什麼羞澀難抑、眉目含春差了十萬八千里。

烏黑的頭髮挽成了高高的宮髻樣式，鳳冠上的金步搖微微擺動，圓團團的臉蛋，一雙明若秋水的眼睛清澈亮麗，**看李清的眼神，絕不是一個新婚女子看著丈**

夫常有的那種羞澀，雖然化著極濃的妝，仍然可以看出那膚色絕對比不上清風那種凝脂一般的肌膚，而是健康的膚色。精緻小巧的瑤鼻下，殷紅的嘴唇緊緊地抿著，透出一股倔強。

傾城也在觀察著李清，李清的容貌她自然記得，不管是在皇家校場那一場讓人又羞又惱的比鬥，還在宮廷畫師筆下的畫像，**李清的容貌已深深地刻在她的腦海中，這是一個要與她相伴終生的男人，這也是一個難以琢磨，難以駕馭的男人。**

不諱言，李清是個英雄，如果是普通女子，能嫁得這樣的英雄自然是前世修來的福分，但站在傾城的地位上，**其中滋味卻難以言說**；作為女人，自應當是出嫁從夫，相夫教子，但作為大楚的公主，她的身上又**背負著不能承受之重**。

與在洛陽時的李清相比，蓄起鬍鬚的李清顯得更加沉熟穩重，早先的那絲青澀再也尋不見蹤影。兩人這樣靜靜對視，從他的眼中，傾城看不出絲毫的端倪。

兩人保持著靜止的姿態對視，兩邊的宮女看到這般奇怪的景象，都是忍不住微笑起來。

領頭的宮女端起銀盤，上面放著兩隻盛滿酒水的玉杯，兩隻玉杯被一根紅繩連接著，「公主，駙馬，請喝交杯酒！」

兩名宮女上前，想要扶起坐在床沿的傾城，手剛剛扶上傾城的臂膀，卻被她輕輕彈開，自行站了起來，手指輕捏著托盤裡的一隻玉杯，目視李清，李清微微一笑，伸過手去，端起另外一隻。

兩人相對面立，雙手捧杯，一飲而盡，剛放下酒杯，兩名宮女便手持剪刀上前，從兩人的頭上各取一綹頭髮，當著兩人的面將兩綹頭髮交纏在一起，這便是象徵著結髮。

到這個時候，婚禮的整個程序便算是完成了。兩排宮女齊齊躬身，說完祝辭便魚貫而出。

李清看著仍然留在房中的兩名宮女，奇怪地問道：「你們怎麼還在這裡？」

一名宮女臉微微一紅，低聲道：「駙馬爺，我們要服侍駙馬和公主就寢。」

什麼？李清不由張大了嘴巴，這算那門子的規矩？看著兩個面若桃花的宮女，李清覺得頭都大了，這算是桃花運還是什麼？娶公主居然還有這套禮儀，隨機附送麼？傾城也罷了，這是要成為自己老婆的人，心理早有準備，倒沒什麼排斥的，但加上兩個素不相識的宮女，李清不由額頭滲出汗來。

「這個，你們下去吧，不用你們服侍！」李清硬著頭皮道。

兩名宮女吃驚地抬起頭，目光轉向傾城公主，傾城公主臉色也是微紅，輕聲道：「你們下去吧！」

「是，公主！駙馬、公主請早些安歇，奴婢祝駙馬、公主早生貴子。」

兩個宮女行完禮，退出房去，房中立刻安靜下來，只聽得粗若兒臂的紅燭燃燒時偶爾發出的炸響。

兩人誰都沒有說話，也不知道要說什麼，外面傳來更鼓聲，時已三更了，李清終於硬著頭皮道：「這個，公主，時辰不早了，還是早些睡吧！」

傾城臉孔微紅，豔若桃李的臉上露出似笑非笑的神色來，盯著李清，伸手摘去頭上的鳳冠，接著便開始解那大紅的吉服，李清看著傾城的動作，心想：這難道不該由自己來完成麼？傳言傾城久居軍中，豪爽大方，想不到在這上面也是如此主動。

李清也開始自己為自己解除武裝了，金榜題名時，洞房花燭夜，人生兩大樂事嘛！

哧啦一聲，也許是那件大紅的禮服太過複雜，傾城努力幾次都沒有如願以後，終於惱了起來，兩手一分，一件大紅的禮袍便裂成了兩半，那隻繡得活靈活現的金鳳頓時身首異處，看到傾城這個動作的李清又嚇了一跳，傾城果然是豪放派的。

隨著這件大紅禮袍的撕裂落地，李清的嘴再一次的張開，足以塞得進一個雞蛋進去，因為傾城的大紅禮袍下，居然是一身短裝武士打扮，李清再不懂禮節，也知道結婚禮服裡絕對不應該是這種打扮。

「你這是……？」李清指著傾城，嘴皮子都有些不大利索了。

傾城難得地顯出一分嫵媚之色，不過嘴裡說出的話卻絕不嫵媚。「李清，皇城比武，你投機取巧打贏了我，今兒個我想再領教領教。」

李清張口結舌道：「現在？這裡？」

「當然，過了今日，你就是我的駙馬爺，我是你的夫人，再想動手，可就不大合適了。」傾城笑道。

李清心裡發寒，聽傾城這意思，今天是想好好修理自己一番了，同時也感到無比荒謬，真是豈有此理，皇家公主當真是難侍候，結婚大典都過了，還不是老子的婆娘？你的意思是要上過床才真的算是吧？老子偏不如你的意！

他冷笑一聲：「公主，這也太荒唐了吧，恕不奉陪！」一個轉身便向洞房外走去，決定今天要將這個刁蠻的公主一個人扔在洞房裡。

剛走沒兩步，身後傳來一聲冷哼，一隻手陡地搭上了他的肩頭，李清感到一陣大力湧來，身不由己地轉了半個圈，剛好轉過身來正面對上傾城，震驚地看著對方，沒有想到傾城會當真動手。

不等他反應過來，傾城便已動手了，上步，擰身，毫無防範的李清騰雲駕霧般地飛了起來，越過桌子，重重地跌落在牙床上。

雖然沒有摔疼，但李清吃了這個虧，已是真的怒了，猛的一個翻身坐了起來，呸呸連聲，從嘴裡吐出幾樣東西，定睛一看，喜榻上鋪滿了紅棗、花生、核桃，剛剛面朝下跌了上去，嘴裡才塞了這些東西。

傾城看到李清的哀樣，咯的一聲笑了起來。

聽到傾城的笑聲，李清越發惱羞成怒，一個挺身站起，哧啦一聲，將身上那羈絆的新郎喜袍撕去，一邊向傾城走去，一邊將雙手指頭捏得卡卡作響，嘴裡放狠道：「好，三天不打，上房揭瓦，既然你這麼快就忘了上一次的教訓，今兒個我就再好好地教教你！」

看到李清摩拳擦掌地走過來，傾城眼睛發亮，笑道：「這才有勁，來，看看是你教訓我，還是我教訓你。」一飛起蠻足，將擋在兩人面前的桌子踢到一邊，上面的杯碟在一片嘩啦啦聲中變成了一堆碎片。

洞房中砰砰之聲大作，不時還伴隨著匡噹的一聲巨響，守候在外面的宮女不由慌了神，**這洞房裡出了什麼事嗎？**

「公主，駙馬！」領頭的宮女叫了起來。

「叫什麼，滾遠點！」傾城喘息著罵道。

聽到宮女叫喚的唐虎大步奔來，雖然李清讓他自行去快活，但克盡職守的他拎了一壺酒，提著一隻燒雞，仍然守在離洞房不遠處。

「大帥，出什麼事了？」他問道。

「沒事，喝你的酒去！」李清喘著粗氣。

屋裡又是一陣碰撞之聲，唐虎一隻獨眼看著那個同樣驚愕的宮女，「這麼大動靜？不愧是大帥與公主啊！」撕扯著燒雞，嚼得滿嘴流油地去遠了。

裝飾得豪華精緻的洞房頃刻間便變得一塌糊塗，李清與傾城兩個拳腳相加，鬥在一處，傾城武功精熟之極，招式變幻極盡巧妙，在洞房這不大的空間裡騰挪輾轉，遊刃有餘，李清卻是大開大合，握著拳掃橫掃直劈，以力壓人。

雙方交手片刻，李清就不由得暗自叫苦，傾城武功之高，出乎他意料之外，就這一會兒功夫，他已是挨了好幾拳，要不是仗著身高臂長，傾城這幾拳都沒有擊實，這幾下可就夠自己受得了，饒是如此，也是一陣生疼。

這可不行，再這麼打下去，自己非輸不可，雖說李清不大在乎夫綱的問題，但要是在新婚之夜被新娘子狠揍一頓，換任何一個男人都不能忍受，這是天大的笑柄，足以讓李清一輩子在閨房之內抬不起頭來。

拼著再挨上幾拳，只要兩人之間的距離再近一些，限制住傾城的招式變化，將兩人間的打鬥變成單純的肉搏，我看你還能飛上天去！李清在心裡發狠道。

正想時，胸腹又接連被傾城的拳頭擊中，拳頭雖小，勁道卻足，雖說早有準備，本是蓄意去挨這幾拳的，但李清仍是疼得一抽一抽的，但吃了這幾拳，卻成功地將兩人間的距離拉到了一步之內。

傾城正在高興又得手了，一抬頭卻發現李清近在咫尺，看著對方臉上得意的笑容，心裡一驚，情知不好，便要後退，但李清豈容她全身而退，低喝一聲，兩手箕張，陡地伸出，搭上了傾城的肩頭，使出來的居然是蠻族的摔角手法，用力一拉，將傾城的身體拉向自己的懷裡，蹲身環腰，摟住傾城的纖腰，發力便想將她扳倒。

傾城被李清緊緊地摟在懷裡，先是一陣慌亂，腰上猛的感到一股大力湧來，瞬間便明白了李清的想法，兩手插過李清的脅下，同樣地抱住他的腰脅，身體陡地反曲過來，長腿居然從腦後反踢，正中李清的腦袋。

砰的一聲，李清只覺得眼前黑影壓來，腦袋上已重重地挨了一下，眼前立時發黑，兩手不由自主地鬆開了傾城的纖腰，傾城得脫自由，兩手握拳，一聲嬌喝，雙拳擊出，印在李清的臉上。

李清一連倒退幾步，眼前星星閃爍，心裡怒火已變成了邪火騰騰地往上竄，牙齒咬得格格作響，臉色扭曲，一聲大喝，便向傾城撲去。

傾城看到李清的一雙眼睛多了兩個黑黑的眼圈，心中不由有些後悔，這讓李清明天怎麼見人？

不等她再想什麼，就見李清像一隻受傷的老虎般撲了過來，看勢頭，便是要擇人而噬一般，心裡不由有些害怕，但李清的來勢卻又容不得她退縮，牙一咬，心道不管了，先將你打趴下，大不了明天讓李清託病不出，好好養養。

看著李清撲來的勢頭雖猛，卻是空門大露，飛起一腳便踢了過去，踢了個正著，對面的李清卻沒有應聲倒下，踢出去的腳卻收不回來了，被李清雙手抓個正著。傾城一驚，嬌喝一聲，騰身而起，另一隻腳曲膝蹬出。

李清兩手扳住傾城的腳，猛的一旋，傾城在空中轉了兩圈，驚呼聲中，已經跌落在塵埃，李清虎吼一聲，合身撲上，死死地壓在傾城身上，兩人在地板上糾纏著，這個時候，什麼招數都沒用了，變成了單純的肉搏戰。

兩人在地上滾來滾去，互相撕扯間，兩人都已是衣衫破爛，肌膚裸露。

貼身肉搏，傾城立時便暴露出女子力氣不足的弱點，只支持片刻，便只有招架之功，毫無還手之力，氣喘吁吁的李清終於將傾城制服，只是兩人的姿勢著實曖昧，兩人四腿交纏，李清壯碩的身體死死地壓在傾城嬌小的身軀上，傾城兩隻手高舉過頭頂，被李清牢牢地按在地上。

兩人臉臉相對，傾城張大了嘴，劇烈地喘息著，趴伏在她身上的李清可以清楚地感受到身下那柔軟的肉團在上下起伏著，心中不由一蕩，笑嘻嘻地道：「服了沒？」

傾城惱聲道：「放開我，你這個無賴！」

李清嘿嘿一笑，「行，說一句：爺，我服了你。我就放你起來！」

傾城抿著嘴，恨恨地盯著李清。

身分高貴的她何曾打過這種爛仗，在她看來，只有街上的地痞無賴才會這樣打架。看著李清得意的笑容，想到自己就要屈服於他的淫威之下，心中大惱，忽地抬頭，砰的一聲，額頭撞在李清鼻子上。

毫無防備的李清只覺鼻子一酸，便見到一點點鮮血落下來，滴在傾城嬌豔的臉龐上。

感覺到滴在臉上的點點清涼，傾城陡地清醒過來，看著李清，不由一陣後悔。

李清重重地吐了口氣，看著身下的傾城嬌豔的臉蛋上濺開的血花，忽地惡向膽邊生，低下頭，狠狠地吻在傾城因為驚愕而張開的小嘴，舌頭蠻橫地破關而入，直撞進對方的檀香小口。

傾城身體陡地繃直，嘴裡發出一聲含糊的叫聲，想掙扎，奈何卻被李清制得死死的，絲毫不能動彈，隨著李清動作的加劇，傾城的身體慢慢地柔軟下來，原本鋒芒畢露的雙眼漸漸地柔和嫵媚，最終化為一池春水，泫然欲滴。

不知從什麼時候起，李清鬆開了傾城的雙手，而傾城的雙手卻環抱在了李清的腰上。洞房外，緊張萬分的宮女們終於聽到室內那劇烈的震動聲消失，不由都是長長地吐了一口氣。

天邊第一縷晨曦劃破黑夜的時候，洞房外，傳來了宮女低低的聲音：「公主，駙馬爺！該起床了。」

大大的喜榻上，被褥凌亂，燒得極旺的地龍讓房裡溫暖如春，赤身裸體的李清四仰八叉地躺在床上，一角被子搭在肚腹上，攤開的長臂中，同樣一絲不掛的傾城像隻小貓般蜷縮在那裡，一隻手搭在李清壯碩的胸膛上，同樣的，被子也只掩住了她的胸腹，兩條健美的雙腿交纏在李清的雙腿上，室內一片春色宜人。

聽到外面的叫聲，李清睜開惺忪的睡眼，稍稍一動，只覺得全身酸痛，不由吸了口涼氣。

昨晚未免也太瘋狂了，李清做夢也沒有想到，自己的洞房花燭夜居然是這麼度過的，想起二伯所說的洞房花燭夜睡得跟死豬一般，李清覺得與自己相比那還真是幸福的，**自己的洞房花燭夜根本就是一場戰爭**。

低頭看著臂彎裡睡得像小貓一般的傾城，此刻慵懶的睡相，真是難以將此刻的她與昨夜那個彪悍的女人聯繫起來。

外面的宮女又輕聲地叫了起來，新婚之夜雖然辛苦，卻也不能起得太晚，否則會讓人笑話的，宮女們為了公主的名譽，在外面壓低著聲音，鍥而不捨地叫著。

李清拍拍傾城高高翹起的臀部，笑道：「懶貓，起來啦！」

受此襲擊，傾城霍地挺身坐起，看了眼，發出一聲驚叫，又平平地躺下，伸手拉過被褥，將自己緊緊裹住，只露出一個腦袋在外面，兩眼緊閉，面如桃花。

「公主，駙馬，該起床了！」外面又響起了呼喚聲。

「該起床了，不然待會兒那些宮女會闖進來了！」李清笑道。

「你先起來。」傾城聲音低如蚊蚋。

李清一攤手，無所謂地從床上爬了起來，伸了個懶腰，全身上下還是疼得緊，在地上尋摸半晌，終於找到了衣服，三兩下套上，回頭道：「好了，我穿好了，你也起來吧！」

「不許回頭！」聲後又傳來嬌喝。

傾城在床上尋摸半晌，還是沒有找到自己的衣衫，紅著臉又道：「閉上眼睛！」

李清無奈地閉上雙眼，嘴裡卻道：「有什麼好害羞的，昨晚該看的全看了。」

傾城怒道：「還說！」

李清一笑閉嘴，傾城裹著被子摸下床來，在房裡來回幾趟，總算找全了衣服，胡亂穿上。

宮女們端著臉盆，拿著毛巾，推門而入，房內的場景讓所有人目瞪口呆。

李清頂著兩個黑眼圈，倒背著雙手，施施然地出門，「你們好好服侍公主吧！」揚長而去。

唐虎迎了上來，看到李清，不由張口結舌，驚道：「大帥，你……你怎變成了這樣？」

李清將手指豎在嘴邊，噓了一聲，道：「虎子，你去給我弄點冰塊來，另外告訴尚先生他們，今天我有要事，就不要來打擾我了。」

唐虎張大的嘴巴慢慢合攏，小聲道：「大帥，我悄悄地去把恆秋大夫找來吧，讓他弄點藥敷敷，不然好幾天才能消腫咧！」

大楚京城洛陽。

新年的第一天從來都是洛陽人的狂歡之日，因為這一天，是皇城廣場上唯一一天允許各種曲藝班子，或者其他奇技表演的地方，而大楚最高的統治者皇帝陛下也將出現在高高的皇城樓上觀看表演，如果能獲得青睞，即可一步登天。

從頭一天，廣場上便進駐了無數的御林軍封鎖了廣場，進入廣場的人，身分並不受限制，卻要進行嚴格的檢查，雖然皇帝只是出現在城樓上，卻也不得不如此以防萬一。

時近午時，廣場上已是人山人海了，人群東一攤西一簇地圍觀著各種表演，不時爆出熱烈的喝彩聲，表演者在喝彩聲中也更加賣力，他們都清楚，喝彩聲越大，圍觀的人群越多，便越容易引起皇帝以及那些達官貴人們的注意。

午時過後，城樓上的宮衛軍陡然間多了起來，有經驗的人便知道，皇帝陛下要出現了，果不其然，沒隔多久，天啟皇帝帶著一幫重臣顯貴、後宮嬪妃等人出現在皇城樓上。

天啟皇帝喜歡這樣的氣氛，因為只有在這個時候，他才會感覺到他的帝國仍然是繁榮昌盛，欣欣向榮。

新的一年來到了，新年新氣象，在南方興州、蓋州、青州鬧騰了幾年的叛賊，年前忽然偃旗息鼓，兵力縮回了蓋州和青州，眼下屈勇傑正在興州加緊訓練兵勇，說不定今年就可以反攻回這兩州，將呂小波和張偉剿滅。屈勇傑如果做到了，那麼自己給他一個侯爺的名分也是說得過去的。

嗯，還有定州鎮西侯李清，已將草原蠻子巴雅爾趕得窮途末路，草原很快就將正式納入大楚的版圖了，歷代先祖沒有做到的事情在自己手中完成了，天啟皇帝心中一陣興奮。

想起李清，天啟不由想起了自己最鍾愛的妹妹傾城，今天正是傾城大婚的日子啊！他在腦中勾勒出傾城身穿嫁衣，走上喜堂的畫面，嘴角不由露出了笑意，這個野丫頭，總算給她拴上籠頭了，但願她婚後能變得溫良嫻淑一點，不要再像以前那麼野了。

聽聞李氏的家規可是相當嚴厲的，瞄了眼離自己不遠的安國公李懷遠，那老傢伙正專心地扶著欄杆看著下面的表演呢。

雖然李氏家規嚴，但傾城總歸是公主，李懷遠肯定不敢說什麼，但為了防範未然，自己應當給他一點好處，封住他的嘴，但李懷遠已是位極人臣，金銀珠寶這老傢伙也不缺，便只能多給他的子孫幾個蔭官，李懷遠人精一個，想必明白自己的苦心。

似乎感到皇帝正在打量自己，李懷遠偏過頭來，君臣兩人相視一笑，至於兩人笑的內容是否一致，便不得而知了。

李懷遠身邊的首輔陳西言，這兩年愈發顯得老了，皇城下熱鬧喧天，他卻眼中毫無焦距，雖然看著下面，心裡卻在想著心事。

李小波和張偉偃旗息鼓是好事，但這事怎麼瞧怎麼透著詭異，這兩個叛賊一向占上風，屈勇傑只能被動防守，固守一些重要的城市，怎麼會突然間毫無徵兆的便退回去呢？便是屈勇傑自己也是莫名其妙。

定州的李清高歌猛進，眼見平定蠻族巴雅爾在即，帝國的版圖將增加一塊大大的面積，儘管皇家與其聯姻以鞏固雙方的關係，但陳西言卻不敢妄言僅僅憑此，便可以讓李清死心塌地的為大楚效力。他很清楚，**在巨大的利益面前，情意這個詞是最為可笑的**，即便李清不想做什麼，他的手下也會推著他向前走。

這幾個月來，朝政似乎一切順利，**那些無時無刻從大楚各地飛來的令人不痛快的事、令人惱火的事突然都消失了**，似乎在新年到來之際，這些爛事也挺給面子，願意讓大楚好好地過這個年似的。

陳西言很迷惑，**他相信這一切應當是有原因的，但自己就是猜不到這個原因是什麼**。皇帝這段時間以來一直很高興，自己的擔心也不好講給皇帝聽，一來擔心自己是杞人憂天，二來看著天啟皇帝難得地過幾天舒心日子，也不忍讓他心裡添堵，自己已經讓職方司的丁玉去查個究竟，但始終沒個準確地回信，也許待會兒再催催他。

陳西言看了看站在皇帝身後不遠處的丁玉，丁玉看到陳西言向他看過來，馬上回應了一個燦爛的笑容。

陳西言不喜歡丁玉，與袁方比起來，陳西言覺得丁玉差的不是一星半點，**不僅是在為人上，也是在能力上**，職方司到了丁玉的手裡，完全失去了在袁方手裡所展現出來的效率。

安國公李懷遠同陳西言一樣，雖然看著城下的熱鬧，卻也是想著自己的心事，李懷遠是軍事上的大行家，李清在草原上的戰略布置，他一目瞭然，看來這個孩子已有自己的主意，**傾城下嫁並沒有讓他改變定州本身的策略安排**。

他回頭看了眼笑意晏然的天啟，李懷遠心裡閃過一絲憐憫，說實話，這個皇帝還是很勤勉的，但**天下大勢如此，他再怎麼努力也無法醫治已病入膏肓的大楚**。

暮色降臨，天啟與後宮嬪妃們擺駕回宮，一從大臣們躬身相送，李懷遠眯著眼看著皇帝的車駕緩緩消失在皇宮的深處，這才站直身子，大聲招呼蘭亭侯裘志：「老裘，今日新年第一天，我弄了幾瓶好酒，要不要去嘗嘗？」

雖然兩家因為裘氏的事有了些心病，到現在裘氏在李家還是形同被軟禁，但這兩人數十年來的交情卻沒有因此變淡，畢竟一起流過血，互相救過命，再說這事裘氏的確犯了大錯，能留下一條命來，裘志已是非常感激了。

「那太好了！」裘志興高采烈地道。

兩人搭伴而行，一路上，又呼朋喚友，邀了幾個相得的朋友，逕自向安國公府而去。

陳西言卻是滿腹的心事，一路回到家中，一頓新年飯也是吃得味同嚼蠟，飯後獨自回到書房，渾然沒有理會家人嗔怪的目光。

腦子裡似乎想到了什麼，卻總是模模糊糊，獨坐書房中，直到夜幕降臨，卻也沒有理出什麼頭緒來。

老家人陳寬走了進來，替老爺點上燈，道：「老爺，大過年的，夫人公主們還都等著老爺一齊歡度佳節呢，老爺還是先將公事放上一放，等年節過了再來處置吧！」

陳寬服侍了他幾十年，亦僕亦友，在他面前，算是比較隨意的。

陳西言一笑，站了起來，腦中忽地靈光一閃，對，就是這樣，**好像大家都在等著什麼事發生**！陳西言身上瞬間冷汗直冒，**大家在等什麼？**

這一剎那，陳西言的腦子中閃過了許多的事情，曾家、呂家都在年前以過年的名義將京中的家眷接了回去，連安國公家中也只留他一個人，其餘的都回到了翼州老家，這是為了什麼？年是年年過的，往年也不見他們如此啊！

他們似乎知道將要發生什麼，陳西言不敢想像，如果這幾家知道要發生什麼事，卻又不約而同地緘默不語，那就一定不是小事。

「我要進宮！」陳西言大聲道。

「啊？」陳寬吃了一驚，「老爺，今天過年，而且已是這個時辰，宮門已落鎖了！」

陳西言伸手拿起披風，道：「陳寬，馬上吩咐備車，我要進宮！」

看到陳西言有些慘白的面孔，陳寬知道必定是出了什麼了不得的大事，不然一向沉得住氣的老爺絕不會如此失態，在陳寬的記憶裡，老爺還從來沒有如此失態過。

與安國公等人居住在高官顯貴雲集的桔香街不同，陳西言的家在離皇城不遠的一片普通住宅群裡，一幢三進三出的院子，比起桔香街的那些豪宅，完全是兩個不同的檔次，當了十數年首輔的陳西言數次婉拒了天啟皇帝賜給他的大宅子，硬是一直住在這裡。

陳西言跨出大門時，陳寬已吩咐車夫將馬車趕到了門前，陳西言正準備跨上馬車時，陡地聽到一陣整齊的腳步聲，一隊御林軍出現在他的視野中，心陡地一縮，手不由自主地顫抖起來。

「我們走！」陳西言吩咐陳寬。

一名御林軍軍官也看到了陳西言，見他正準備上車，一路小跑到了陳西言跟前，行了個軍禮，道：「首輔大人，請留步！」

「有什麼事嗎？」陳西言陰沉著臉道，宰相的氣勢在這一瞬間完全爆發出來。

那名御林軍官不由自主地打了個顫，但仍是挺起胸膛道：「首輔大人，末將接到命令，今晚有流賊進入京城欲行不軌，怕對各位大人不利，所以請大人們暫時不要出府。」

陳西言嘿嘿一聲冷笑，「流賊？笑話，我堂堂大楚首輔，焉能讓幾個流賊嚇得不敢出門？走開，本官有緊急公務，耽擱了本官的大事，小心你的腦袋！」

御林軍官腦袋一縮，顯然為對方氣勢所迫後退了一步，卻仍是堅持道：「抱歉，首輔大人，我接到的命令就是保護首輔大人，絕不能讓首輔大人出門！」

「你想幹什麼？」陳西言大怒，「保護我還是囚禁我？你上司是誰，我馬上讓他滾蛋！」

御林軍官站得筆挺：「對不起，首輔大人，軍人以服從命令為天職，請首輔大人回府！」一揮手，御林軍一湧而上，將馬車圍得嚴嚴實實。

陳西言閉上眼睛，流下兩行老淚，現在，**他終於知道這些人等待的是什麼事情了。**

「老爺！」陳寬膽戰心驚地喚道。

陳西言腳步蹣跚地下了馬車，步履沉重地一步一步回到府中。外面，御林軍已是一層層包圍了門口。

回到書房，陳西言一言不發，揮筆疾書，連著寫了好幾封信，然後一一封好，遞給陳寬道：「陳寬，找到機會，將這些信送出去，收信人我已寫在了信封上，恐怕我們已是很難踏得出府了。」

接過信，陳寬小心問道：「老爺，到底出了什麼事？那些御林軍怎麼敢來堵我們的門？」

陳西言無力地靠在椅背上，吐出兩個字：「**兵變！**」

大楚皇宮外城內城亦是張燈結綵，一片喜氣洋洋之景象，天啟雖然節儉，但年節這種一年一度的大節還是不容輕忽的，往來的宮女們也是興高采烈，過年不僅意味著她們能得到雙份的例錢，便是各個主子的賞賜也會格外地多。

天啟在熙和殿設下家宴，後宮妃嬪、皇子皇女共聚一堂歡度佳節，一年之間，難得有這樣相聚的時間，天啟心情很好，後宮自向皇后以下，數十名妃嬪在向天啟行禮之後，按照位分一一就座。

天啟在女色上自持甚嚴，子息也較為艱難，除了一位皇子和兩位皇女之外，再無所出，後宮嬪妃們除了向皇后與較為得寵的路貴妃外，在天啟面前均是戰戰兢兢，不敢稍有逾越。

御膳房中各色菜式流水般地端了上來，天啟提起銀筷嘗了一下，隨即道：

「大家隨意吧！」

皇太子坐在天啟的右側，雖然才剛剛十歲出頭，但一舉一動已頗有點小大人模樣，目不斜視，細嚼慢嚥，另一邊的兩位小公主年紀尚小，看到滿桌的珍味佳餚已是按捺不住，狼吞虎嚥地大吃起來，顯然平時極少吃到這些東西，看得天啟不由有些心酸。

「慢點吃，慢點吃，還有很多！」天啟愛憐地看了兩個小公主一眼，破天荒地提起銀箸，給兩個小公主挾了一點菜。

兩位小公主甚懂禮節，趕緊站了起來，奶聲奶氣地道：「多謝父皇！」

天啟微笑著點點頭，「坐，坐。」

已是華燈初上時分，太監們魚貫而入，巨大的牛燭將熙和殿照得一片通明，外間，整個皇城也在這一瞬間被點亮，一片金壁輝煌。

家宴已結束，天啟與妃嬪們坐在殿中，隨意談笑，一年之間，難得地有這樣一次天倫之樂，太子正襟危坐於天啟身側，側耳傾聽著父皇與母后等人的交談，而兩位小公主卻仍是不脫稚氣，在殿中跑來跑去，嬉笑遊戲。

殿外傳來一陣急促的腳步聲，天啟微感詫異，正驚訝間，接替傾城成為宮衛軍統領的魯王一臉驚慌地出現在殿門口，在他的身後，大太監王保急步趕來。

天啟心一沉，出了什麼事了，怎麼魯王連太監通報也等不及便闖了進來。

「陛下！」魯王快步而入，向天啟及一眾妃嬪行了禮，也顧不得如此闖進宮內已是大大逾禮，急聲道：「陛下，外城御林軍突然大規模調動，不知是否陛下的命令？」

天啟霍地站了起來：「你說什麼？」

「外城御林軍突然大規模調動，臣沒有接到諭旨，不知是不是……」話說到一半，魯王看到天啟的臉色，已明白皇帝並不知情，與天啟四目相對，臉色都是變得煞白。

「王保，傳蕭遠山！」天啟厲聲道。

殿內妃嬪們雖說不通政事，但這樣的異動，長居深宮的她們也知道代表著什麼，殿內死一般的沉寂，每個人的臉上都現出驚慌的神色。

「皇后，你和一眾妃嬪們去中和殿等候！」天啟吩咐道：「魯王，調集宮衛軍守衛內城。」

「陛下，如果是御林軍作亂，那就肯定是蕭遠山，宮衛軍剛剛補進一千五百人，都是從御林軍中選拔的！」魯王聲音顫抖著道。

天啟深吸了一口氣，強行按捺住心情，「那就調集原來的一千五百人守衛太和殿、中和殿，魯王，馬上命人敲響警鐘，向城外的左右兩衛軍隊報警，宣他們進城護駕。」

魯王匆匆而去，這時，王保一路狂奔而來，「陛下，找不到蕭統領，蕭統領不在宮中，外城……奴才出不去了。」

天啟已經明白出了什麼事，「叛賊！」他恨恨地罵了一聲，「走，我們去太和殿！」

安國公府，酒宴正歡，一眾人等都已微有酒意。

來安國公府的這些人，大都是安國公數十年的老友，一幫人一邊喝酒，一邊回憶往昔歲月，廳內不時爆發出陣陣歡聲笑語。

噹，噹，噹！急促的鐘聲忽地響起，廳中氣氛瞬間凝固起來，裘志愕然道：「國公，我是不是喝多了，怎麼聽到了警鐘的聲音？」

眾人臉上都是震驚之色，他們都是位高權重之人，當然知道警鐘被敲響意味著什麼。

看到眾人的神色，裘志立馬知道自己並沒有幻聽，一下子跳了起來，「京城有人作亂，國公，我們……」

「坐下！」李懷遠厲聲喝道。

眾人目瞪口呆地看著安國公，國公此舉，顯然是早知這場陰謀，裘志不敢置信地指著安國公，道：「國公，莫非是你……」

李懷遠陰沉著臉，怒道：「你胡說什麼？我李懷遠豈是這種犯上作亂之輩子？**是蕭家動手了**。」

「蕭浩然！」裘志驚道。

李懷遠閉上雙眼道：「五萬御林軍，一千多宮衛軍，裘志，你以為皇宮這個時候還在皇上手中嗎？此時在洛陽之外，蕭家、向家、方家近十萬軍隊雲集，**這場叛亂已是蓄謀已久**，我雖得到消息，卻無能為力，我為什麼今天把你們全找來，就是怕你們一時衝動，白白地送了性命。」

裘志激憤道：「國公，我們在座之人，盡起府中家丁，可得數千虎賁之眾，說不定還能殺進皇宮救出皇上，只要皇上安在，明天天明登高一呼，叛軍必然煙消雲散。」

李懷遠冷笑一聲：「癡人說夢！裘志，如果你不信，此時你可以出府去看一看，桔香街上已是重兵雲集，我們連桔香街也未必出得去，談何勤王救駕？大家不要妄動，都待在我這裡靜待時局變化吧！」

洛陽城外，護衛京畿的左右兩衛大營幾乎同時聽到了皇宮中那震憾人心的鐘聲，平靜的大營頓時沸騰起來，左衛大營大將馮萬華迅即集合全軍三萬人馬撲向洛陽，與此同時，右衛大營大將關興貴也兵刀齊出，兩衛人馬在兩個時辰後兵臨洛陽城下，但此時，洛陽城門緊閉，迎接他們的是城上數萬御林軍的嚴陣以待。

雄偉壯觀的洛陽城牆此時也成了阻擋天啟救命稻草的天塹，馮萬華與闞興貴已明白作亂的便是御林軍，兩人又驚又怒，合兵一處，卻只能望城興嘆。

皇宮中，外城已完全落入御林軍之手，半數宮衛軍放棄了內城防守，一千五百人全部縮到了太和殿與中和殿外，層層疊疊地將兩殿死死圍住，魯王執矛，站在太和殿高高的臺階上，在他的身後，便是天啟皇帝，這裡，已是他們最後的倚仗。

馬蹄聲急，敲在外面的石板上，發出清脆的聲響，也成了所有人的催命符，很快地，一隊隊士兵出現在眾人的視野之中，密密麻麻、數之不盡的御林軍已將這裡圍得水泄不通，一架架八牛弩、強弩被推了上來，饒是這千多名宮衛軍都是悍卒精勇，面對如此陣勢，也是面露驚慌之色。

叛軍兩邊分開，蕭家家主蕭浩然、向氏家主向定松、方氏家主方家洛以及蕭遠山等一眾人出現在太和殿外。

蕭浩然越眾而出，看著臺階上的魯王，一字一頓慢慢地道：「魯王爺，放下武器或是走向死亡，你選擇吧。」

蕭浩然的手高高抬起，八牛弩、強弩帶著令人牙酸的聲音開始絞緊，魯王的額頭大滴大滴的汗水掉下來，他知道，蕭浩然的手落下時，便是八牛弩的弩箭射出之時。回頭看著緊閉的太和殿大門，魯王發出一聲長嘆，手裡的長矛噹的一聲落在地上，隨著魯王手裡長矛落地，宮衛軍們的戰鬥意志被徹底瓦解。

蕭浩然傲然一笑，舉步向太和殿大步前行，隨著他的步伐，宮衛軍們紛紛散開。殿門大開，蕭浩然站在門口，內裡，天啟皇帝臉色蒼白，一手攜著皇太子，立在大殿中央。

凌晨，一名傳旨太監攜聖旨至洛陽城外，令左右衛大將軍馮萬華與關興貴立即撤軍回營，兩位將軍回京面聖，旋即回京的兩位大將軍以謀反罪被下獄。

三日之後，天啟皇帝暴卒。齊國公蕭浩然、魯王等人擁太子登基，國號昭慶，下令全國舉哀，為天啟舉行葬禮。

同日，昭慶皇帝加封蕭浩然、魯王為輔政大臣，蕭天賜為御林軍大統領，蕭遠山為京左衛營大將軍，方靖為京右衛營大將軍。而原首輔陳西言因被懷疑與原左右衛大將軍馮萬華、關興貴謀反一案有關而下獄待審。

一時間，**洛陽風雲色變**，剛剛張燈結綵過完新年的京都百姓，又家家戶戶掛上白燈籠，開始為天啟皇帝陛下戴孝。

無數的密探帶著各種各樣的資訊從京城向帝國的四面八方而去，**大楚迎來了劇烈震動的一年**。

第七章
兄弟重逢

「大哥小心！」呂大兵火速衝到他身邊，一把托住呂大臨。「大哥，我回來了！」

呂大臨眼眶濕潤，任由呂大兵將他扶下馬來，一雙眼睛卻總是不離呂大兵的臉龐，喉嚨中似乎有什麼東西堵住，卻是什麼話也說不出來。

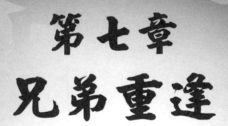

大楚的新年佳節裡，定州軍隊卻沒有停下攻伐的腳步，呂大臨的東部集團，過山風與室韋的西部集團，連續發起了清掃巴顏喀拉周邊防線的戰役，馬王集、庫倫、集寧、赤城在一旬之內先後失陷，巴顏喀拉已如同被剝光的赤裸裸的美豔少婦，完全暴露在定州兵鋒之下。

攻下巴顏喀拉周邊防線之後，東西兩大集團會師在巴顏喀拉，雙方合計近二十萬人馬團團將巴顏喀拉圍住，草原蠻族僅剩下巴顏喀拉一地苟延殘喘。

定州軍停下了攻擊的步伐，他們在等待他們的最高統帥李清親自來指揮對蠻族的最後一戰。新年頭一天剛剛大婚的李清，在三天後，便率領翼州五千騎兵踏上了征服巴雅爾最後一戰的征程，與他隨行的，還有他的新婚妻子傾城公主與她的一千名宮衛軍。

對於傾城公主要隨李清踏上戰場，多數人是舉雙手贊成的，韓王與燕南飛則是強烈反對，在燕南飛看來，李清去巴顏喀拉，短時間內肯定不可能結束對蠻族的戰爭，至少也需要一到兩個月的時間，這個時間，傾城作為定復兩州的主母，完全可以站穩腳跟，至少可以在復州站穩腳跟。

從小掌軍，並在軍中成長的傾城對於戰爭的渴望，是燕南飛這種老政客們無法瞭解的，對傾城而言，對蠻族的最後一戰，是自己夢寐以求的好機會，她不僅可以一圓長久以來的夢想，更可以用自己在戰場上的表現來贏得定州軍的尊重。

對於軍人的心思，傾城是相當瞭解的，想要得到他們的敬重，**唯有在血與火的戰場上，通過敵人的頭顱和鮮血來贏得**，而宮衛軍想要融入定州軍這個體系中，更是必須要踏上戰場，上一次的打架事件，傾城便清楚地看出，宮衛軍在定州完全被視為外人，地位便是連翼州軍也遠遠不及。

傾城留下了五百宮衛軍，隨燕南飛赴復州籌建公主行轅，力爭在短時間內將班子搭起來。無可奈何的燕南飛只能眼睜睜地看著傾城揚長而去，捶胸頓足之餘，也只能怏怏地帶人前往復州。

十數天後，當統計調查司的特勤人員飛馬到達定州時，李清與傾城剛剛踏進了巴顏喀拉城下的定州軍營。

號角悠長，金鼓鳴響，大營轅門外，以呂大臨、過山風、王啟年為首的定州高級軍官們換上簇新的官服，肅然挺立。

「末將參見大帥！」呂大臨、過山風等人拜倒在地，在他們的身後，黑壓壓的將軍們跪倒一地。

隨侍在李清和傾城身後的唐虎、李鋒、秦明等人趕緊下馬，避在一邊，李清與傾城兩騎並轡而入，緩緩地到了兩將面前，李清翻身下馬，一手一個將呂大臨與過山風一把拉了起來，又隨意地踢踢王啟年，笑道：「三位將軍何必多禮！快快請起！」

「多謝大帥！」三人齊聲道。

李清笑著看向過山風，兩人已是近一年沒見了，他伸手捶捶過山風錚亮的胸甲，「黑了，瘦了！」

過山風咧開大嘴，開心地道：「大帥重託，幸不辱命！」

李清哈哈大笑，「來，呂將軍，過將軍，鬍子，我來向你們介紹，這是傾城公主，你們一直征戰在外，還沒有見過她。」

傾城早已下得馬來，站在李清的身側。本來按規矩，公主的身分要比李清尊貴，這些將領們應當先參見她才對，但呂大臨與過山風、王啟年三人明知公主就在一旁，卻仍先拜李清，這**其中代表的意味讓傾城心中微微不安**。

「參見大帥夫人！」三人同時抱拳作揖。

傾城睨了一眼泰然自若的李清，道：「罷了，三位將軍辛苦了，不必多禮，三位將軍的汗馬功勞，朝廷必然有所回報，本宮也會替三位將軍請功的。」

三人同時躬身道：「不敢，這都是大帥統籌指揮之力，末將等只不過是亦步亦趨罷了。」

李清笑著揮揮手，「好了好了，不用在這裡謙虛了，三位將軍，我們一路行來可是累得很了，還是讓我們先進去休息一下，有什麼事情明日再說吧！」

呂大將伸手相讓，「大帥，夫人先請，大營裡早已準備好了，請大帥和夫人移駕。」

李清走了幾步，回頭道：「嗯，翼州營與宮衛軍那邊可要照應好了。」

「大帥放心。」呂大臨趕緊應道。

巴顏喀拉近十萬奴隸夜以繼日的勞作，使原來的城牆足足高了近十米，城下，縱橫交錯的壕溝和胸牆延伸出去數里，為了在短短的時間內完成這一巨大的工程，近十萬奴隸有三分之一永遠地倒了下去，他們的屍骨隨即便被砌進了城牆或者胸牆裡，永遠地成了這座城市的一部分。

定州的立體防禦系統在巴顏喀拉完美地得到了重現，也正是因為如此，呂大臨與過山風二人商議一番之後，暫時停下了進攻的腳步，巴顏喀拉攻防戰一個處理不當的話，便又會成為另一個撫遠絞肉機。

作為李清麾下最為重要的將領，他們清楚地知道李清的大政方略，**對於蠻族戰爭必須要贏，而且還要贏得漂亮**，以減輕定州損失，如果慘勝的話，那對於定州在接下來的行動就大大不利了。

諾其阿站在高高的城牆上，凝視著遠處延綿不絕的定州軍大營，今天又有一片新的營寨建了起來，說明又有新的援軍加入，此時彙聚在巴顏喀拉的定州軍已達到十餘萬人，再加上室韋人十萬，巴顏喀拉外圍繞城的敵軍已超過二十萬人。

諾其阿的身邊，納芙公主裹著狐裘，僅留一張小臉在風中，仇恨的眼光看著不遠處的定州軍，她的兩個哥哥都是喪命在對方手中，現在，他們又想來殺自己的父親了。

「諾其阿，那個魔鬼也來了！」納芙指著遠處的定州軍營，在那裡，一面紅色的大旗正冉冉升起，風將大旗吹開，斗大的「李」字異常醒目。

「李清來了，決戰馬上就要開始了！」諾其阿自然知道李清的到來意味著什麼。

「諾其阿，你說，如果李清那個魔鬼突然死了，我們會不會打贏這場戰爭？」納芙偏著頭問道。

諾其阿苦笑一聲，「公主，如果有這種可能的話，那是當然啦，李清是定州軍的靈魂，沒有李清，定州軍便不成其為定州軍了，但李清青春年少，又怎麼會突然死去？公主，我要去向陛下彙報李清到來的消息，您和我一起吧。」

納芙搖搖頭，「諾其阿，你先去，我在這裡多待一會兒。」

看著諾其阿匆匆離去的背影，納芙的嘴角忽地露出一絲笑容，「青春年少就不會死麼？那可不見得，英年早逝的人多了去了！」

定州城，一騎飛馬奔馳過寬闊的街道，徑直到了統計調查司大門前，翻身下馬，向守衛亮了一下腰牌，便長驅直入，直奔清風的辦公大廳。

片刻之後，清風匆匆而出，在鍾靜的護衛下奔向大帥府。

李清走後，定復兩州政事以路一鳴為首，軍事以尚海波為尊，加上清風，構成了穩定的**三架馬車**，保持定復兩州的穩定，平日，路一鳴在知州府，清風在統計調查司，三人中以尚海波為首，坐鎮大帥府。

不等通報，清風擅自闖進了尚海波的辦公房間，看著尚海波驚愕的面孔，急急道：「出大事了，尚先生，我已派人去請路大人。」

尚海波很少從清風的臉上看到如此沉重的神色，手按著案桌，沉著地道：「出了什麼事？」

「**洛陽兵變，天啟皇帝駕崩，太子即位！**」清風從袖中摸出一卷文宗，遞給尚海波。

不等尚海波看完，路一鳴匆匆而來，清風三言兩語說明情況，路一鳴的神色也凝重起來。

「怎麼辦，要不要通知大帥？」路一鳴問。

「不行！」尚海波與清風異口同聲地道。路一鳴詫異地看了兩人一眼。

「封鎖消息，絕不能在這個時候讓消息傳出來。」尚海波道：「否則消息傳到前線傾城公主那裡，平蠻之戰必生波折。」

「可是老尚，韓王和李退之大人他們還在定州，他們必然有自己的消息來源，我們瞞不了幾天。」路一鳴猶豫地道。

尚海波果斷地道：「清風司長，你的統計調查司給我將他們盯緊了，任何企圖接近他們的人都抓起來，絕不能讓他們得到任何消息。」

「燕南飛那邊呢，他已去復州了，復州有海港，外來商人極多，這事也是瞞不住的。」

「這有何難？瞞不過燕南飛便不瞞，但我們可以限制住燕南飛，讓他傳不出任何消息。」清風冷冷地道。

三人達成共識，現階段，**決不能讓任何事情影響到定州的平蠻大計**，不管定州會對此事做出如何反應，都要等到此戰結束之後。

「大帥那裡還是要報告的，但又要瞞過傾城公主，難度不小，派誰去呢？」路一鳴有些為難。

清風站了起來，「我親自跑一趟吧！」

尚海波微微頷首，顯然認可清風的提議。

回到統計調查司的清風立即召來紀思塵以及內情署陳家權、行動署王琦三人議事，向他們通報得知的消息，三人皆是嗟嘆不已。

「從現在起，內情署和行動署都要提高警覺，切斷所有可能洩漏此類消息的來源，一旦發現有人談論此類話題，立刻秘密拘捕。」清風令道。

王琦嚇了一跳，道：「司長，這個難度很大啊，定州城裡，往來商人極多，特別是近期我們需要購置大批的糧食，內地很多糧商會湧入定州，我們不能隨便拘捕他們啊！」

清風沉吟片刻道：「我會知會路大人，將糧食的交易地點設在定復交界處的信陽，所有的糧商都在那裡交易，我們只要封鎖住定州城裡的消息就好了，簡單點說，就是不要讓韓王知道一點這方面的消息。這段時間，凡是京城來人，有意圖接觸韓王的洛陽來人者，馬上抓捕。」

這就簡單多了，王琦應道：「那李退之大人那裡……？」

「李侯爺那裡我去說！」清風道：「燕南飛肯定是瞞不住的，但我們切斷他與外面所有的通信，凡是從燕南飛那裡出來的人，不管他們想到哪裡去，統統抓起來！」

「是！」王琦點頭道。

「思塵，我要去巴顏喀拉一趟，我走後，由你主持統計調查司的工作，你必須馬上做一件事情。」

紀思塵恭敬地道：「司長請吩咐！」

「蕭家剛剛上臺，洛陽官場肯定會進行一場大清洗，我們先期插入和收買的釘子大都是中下層官員，受到的波及應當不大，趁此機會，你要竭盡全力讓他們上位，儘量獲取一些有價值的位子，為以後做好鋪墊。特別是謝科，他現在是兵部六品給事中，先前他也一直在努力向蕭家靠攏示好，這一次不管如何要讓他更進一步，你來統籌此事。」

紀思塵點頭道：「司長放心！」

「今天晚上我就會出發前往巴顏喀拉，我不在的期間，你們要協力同心，不僅要將此事辦好，更要大舉搜集各大勢力對此事的反應以及應對，這些情報將決定我們定州今後的走向，一定要小心在意。」

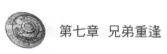

「喏！」幾人同時站了起來。

當夜，一輛黑色的馬車在百多名全副武裝的衛兵護送下，悄無聲息地踏上了前往巴顏喀拉的道路。

巴顏喀拉城下，定州軍的指揮核心已移到了李清的中軍大帳，數十平方米的大帳正中間，擺放著呂大臨等人根據這段時間探測的軍情所做出來的沙盤，上首是李清的大案，沙盤的兩邊一溜放著幾十把椅子。

李清站在沙盤前，皺著眉頭看著巴顏喀拉的城防體系，外面幾里範圍已是清清楚楚，但內部卻還是一無所知。

「巴雅爾還真是好學啊！」李清嘆道。

看著巴顏喀拉外圍那一個個豎立的堡壘，李清苦笑道：「這該不會是稜堡吧？」

呂大臨點頭道：「很可能是，當年撫遠戰投，完顏不魯曾占據過稜堡，那時候說不定將稜堡的圖形繪製了出來。」

李清撫著額頭，自嘲道：「作繭自縛啊，這麼多的稜堡要打下來，不知要付出多少代價？」

呂大臨笑道：「大帥，稜堡構造複雜，即便蠻子描摹出稜堡的大致樣子，但在短時間裡，恐怕也很難建造複雜的稜堡，我認為這只不過是形似神不似，再者，以我們對稜堡的熟悉程度，攻打起來也可事半功倍！」

王啟年道：「大帥，這稜堡是您首創，優劣自在心中，哪裡有弱點可不是一目瞭然麼，巴雅爾這是那個什麼門前玩斧子，屬於不自量力！」

李清哈哈大笑，「鬍子，讓你多讀書吧，是魯班門前弄大斧，閉上你的嘴吧，別丟人現眼了！」

眾人跟著大笑。

王啟年撇著嘴，不滿地道：「大帥，我怎麼沒有讀書啊，那麼多本兵書戰策我都快翻爛了，不說倒背如流，但爛熟於心還是做到了的。」

「不僅僅是兵書！」李清強調：「這大帳裡都是我定州大將，但大多起於寒微，各位，你們是定州的支柱，以後也是我定州的門面，所謂養移體，居移氣，多讀書，可以讓你們明白更多的東西。以後你們會慢慢明白，將軍不僅僅是要會帶兵打仗，如果以後你們鎮居一方時，就會知道打仗只是最後的一種選擇！」

「謹遵大帥教誨！」眾將齊道。

李清坐回大案，問道：「老過，你那邊要盯緊一點，鐵尼格雖然有十萬軍隊，但戰鬥力良莠不齊，而且室韋人打順風仗行，打逆風仗恐怕就有些問題，我觀察鐵尼格現在便有些志得意滿啊！」

過山風哧地一聲笑，「大帥，那小子做夢想要從您這裡討要自巴顏喀拉以西所有的土地呢，他自以為有了十萬軍隊，差不多占了我們圍城軍隊的一半，便有些飄飄然起來了。」

李清臉上露出微笑，「讓他多高興一段時間吧，對他的後勤控制要加強，每三天給他發一次，一次只能管三天。」

「是！」呂大臨點頭應道，從李清的話裡，他聽出了一些弦外之音。「不過大帥，現在有一個問題，需要你做出決定。」

「嗯，什麼事？」李清道。

「自從我軍包圍巴顏喀拉後，一直有以前被擄掠來的奴隸前來投奔，先前數量不大，我們還可以安置，但現在越來越多，已經讓我們有些不堪負荷了，而且看趨勢，還會有更多的人湧來，這個問題如何處理呢？」

李清沉吟道：「這些奴隸都是我們的同袍，身世可憐，被蠻子擄掠，吃盡了苦頭，眼下我們來了，自然是要解救他們，呂將軍，可以讓他們隨著押解後勤的軍隊返回定州，讓定州先酌情安置吧！」

「將軍，即便讓這些人回去，這一路上也是要吃要喝的，這對我們後勤補給的壓力很大。」呂大臨小聲埋怨道。

李清不高興了，皺眉道：「照你這麼說，我們就將他們拒之門外，任由他們在雪原上凍死餓死？不要說了，軍隊稍微緊張點，擠一擠就出來了，至少要讓這些飽受苦難的同胞能活著回到定州！」

呂大臨低下了頭，「是，大帥，我只是怕巴雅爾看到這些後，將巴顏喀拉城裡的奴隸全趕出來，那可是為數眾多，大帥，我們安置了這些奴隸，那後來的只怕也要安置，不患寡而患不均，如果真的近十萬奴隸湧出來，我們軍隊的後勤會崩潰的。」

李清點點頭，這的確是一個問題，「老呂，你下去後先做一個應急備案吧，萬一出現這個情況怎麼辦，這些奴隸於我們不僅是同胞，更是寶貴的人力資源，能在草原上活到現在的奴隸大多是有點本領的，擊敗巴雅爾後，我們擁有如此大的地盤，卻缺少足夠的人口的話，也會對我們有效控制這些地方造成障礙，如果巴雅爾真將他們放出來，我還巴不得呢。」

「我明白了，大帥！」呂大臨領悟道：「我會貯備一批糧食來應付可能出現的情況。」

帳門忽地掀開，一名振武校尉跨進帳門，向李清行禮道：「大帥，前方斥候飛馬傳回情報，清風大人已到了巴顏喀拉，距大營只有十餘里路了。」

「清風來了？」李清一愣，與呂大臨三人對視一眼，第一個反應就是定州出了什麼問題了！

那名校尉又看向呂大臨道：「呂將軍，大喜啊，隨同清風大人來的還有呂大兵將軍。」

「你說什麼？」呂大臨臉上露出難以置信的神色，弟弟一直被富森扣在手中，怎麼會和清風一起出現在這裡。「你沒有看錯麼？」

「不會！」那校尉很肯定地道：「回來的那名斥候認得呂將軍。」

呂大臨轉身看著李清：「大帥，我……」

李清笑著揮揮手，「去吧，去吧！」

馬蹄重重地踩進積雪之中，猛力跨出，帶起一蓬蓬飄飛的白霧，呂大臨飛馬奔馳，將一眾親兵甩在身後，急得親兵隊長拼命抽打平日愛惜有加的戰馬，徒勞地想要趕上前面的呂大臨，無奈胯下的戰馬如何努力，總是追之不及。

不遠處出現了那輛熟悉的黑色馬車，呂大臨猛力一鞭抽打在愛馬的屁股上，戰馬一聲長嘶，如閃電般猛力向前竄出。

「什麼人！」前面傳來怒喝聲，一隊騎兵從馬車兩側迎上來，喀喀聲中，一張張弩機已抬了起來。

「不要射！」後面傳來一聲驚呼，「那是我大哥！」

隨著驚呼聲，一匹戰馬從這隊騎兵身後竄了出來，迎上呂大臨，相距數步，兩人同時勒住戰馬，呂大臨奔得太急，一勒之下，戰馬吃痛，長嘶聲中人立而起，呂大臨緊抓著馬轠，看著翻身下馬急奔而來的呂大兵，險些摔下馬來。

「大哥小心！」呂大兵火速衝到他身邊，一把托住呂大臨。「大哥，我回來了！」

呂大臨眼眶濕潤，任由呂大兵將他扶下馬來，一雙眼睛卻總是不離呂大兵的臉龐，喉嚨中似乎有什麼東西堵住，卻是什麼話也說不出來。

「大哥，讓你擔心了！」呂大兵哽咽著道。

「回來就好，回來就好！」呂大臨伸手揉著弟弟的腦袋，彷彿在他面前的不是一位叱吒風雲的將軍，而是一個頑皮的孩童一般。

黑色的馬車悄無聲息地停了下來，四周的騎兵四散開來，看似雜亂無章卻又將馬車緊緊地守護著，呂大臨的親兵們終於趕了上來，看到呂氏兄弟相擁在一起，默默地勒住馬韁，靜靜立在一邊，生怕驚擾了兩人。

半晌，呂大臨才鬆開弟弟，重重地在他胸膛上擂了一拳，「回來得好，好好休息一下，又要打大仗了！」

說完這句話，不再理會呂大兵，大步向那輛黑色馬車行去。

隨著呂大臨走近，黑色馬車的車門打開，鍾靜飄然而出，在她身後，清風秀麗的臉龐出現在呂大臨的面前。

呂大臨一揖到地，「清風司長，我又欠了你一個人情！呂某無以為報，不勝惶恐！」

清風微笑道：「呂將軍說哪裡話來，呂小將軍是我定州驍將，值此大戰之際，如不能讓他重返戰場為大帥效力，豈不是我定州的損失。」

呂大將重重地點頭，「這情分，呂某記下了！」

呂大臨當然清楚，自己的弟弟是被富森當作奇貨可居給扣在手中的，以此來要脅自己和大帥，想從他手裡將弟弟要出來，比登天還難，自己也曾偷偷派人去與對方接觸過，但都被對方毫不猶豫地一口回絕，不知清風是使了什麼手段，居然能讓富森乖乖地將呂大兵放回來。對於清風的心機和手段，呂大臨算是心服口服了。

「清風司長，您怎麼來巴顏喀拉啦？是不是定州出了什麼大事？」呂大臨想起臨行前李清的擔憂。

清風搖搖頭，「沒什麼大事，不過也須讓大帥拿主意就是了。」

見清風沒有透露口風，呂大臨便知道事不小，即便是自己也不能透露，也是，如果不是什麼大事的話，也不值得讓她親自跑一趟。

「既然如此，便讓呂某送司長去見大帥吧！」呂大臨笑道。

「這可不敢當！」清風嬌笑道，呂大臨是什麼身分，讓他陪自己去，只怕又會被有心人拿來說閒話，特別是現在大營中還有一位定州主母在啊。

正說著，後面又有數騎飛奔而來，卻是唐虎，先跟清風見過禮，再對呂大臨道：「呂將軍，大帥說了，將軍兄弟重逢，不妨先行回營去，兄弟兩人好好聚聚，清風小姐這裡便交給我吧！」

呂大臨拱手道：「如此，便有勞唐兄弟了！」

唐虎咧嘴一笑，「這有什麼勞不勞的，呂將軍先行吧！」

呂大臨攜著呂大兵，率領親衛縱馬離去。

看到呂大臨遠去，唐虎這才湊近馬車，低聲對清風道：「小姐，大帥去了常勝營，在那裡等小姐呢！」

清風臉色一變，冷冷地道：「怎麼？難道我很怕見主母麼，還是我想做什麼見不得人的事，需要大帥偷偷摸摸地躲到常勝營去見我？」

聽聞這話，唐虎不由大咳起來，一隻獨眼也躲躲閃閃起來，嘴裡卻顧左右而言他，聊起了巴顏喀拉的所見所聞，意圖將話岔開。

看到唐虎的尷尬樣，清風不由噗哧一聲笑了出來，「虎子，你還真是個夯貨！」

看到清風轉怒為笑，唐虎也嘿嘿地笑了起來，「小姐，虎子本來就笨得很，不然就去帶兵打仗了！」

一邊的鍾靜也忍不住笑道：「倒是很有自知之明！」

唐虎轉過臉道：「喂，母老虎，我又找人學了幾手絕活，要不要等會兒找個地方練練！」

鍾靜臉一板，「好啊，只要你不怕挨揍。」

唐虎回嘴道：「我皮糙肉厚不怕挨揍，倒是你，要是挨了我一下，不知幾天才能好！」

清風饒有趣味地看著二人拌嘴，半晌才道：「原來上次鍾靜瘸了好幾天，是虎子你的傑作啊！哼，看我怎麼收拾你！」

唐虎慌道：「小姐，你可別聽她一面之辭，那次我可是頂著兩個黑眼圈好幾天，渾身上下都找不著一塊好皮了，吃得虧比她大多了！」

清風笑著搖搖頭，關上了車門，閉眼靠在車壁上，心裡卻是感慨萬分，從崇縣出來的一幫老人，現在也只有唐虎一人還像以前那般對待自己了，便是楊一刀，與自己也日漸生分起來，唐虎人是笨了點，卻很實在。

李清突然從中軍大營到了常勝營，把常勝營的王琰給忙得人仰馬翻，趕緊騰出自己那間大帳篷，又張羅著給帳篷裡添了好幾個火盆，總算將冰窖似的帳篷給弄出了點暖氣，看大帥的樣子，今天肯定是不會走了。

看見清風那輛與眾不同的黑色馬車出現在視野裡，趕忙迎了上去。清風司長可是他的大恩人，要不是清風將他招攬過來，說不定自己還在江湖上浪蕩呢，哪有可能做到將軍！

他畢恭畢敬地將清風迎進大營，讓唐虎帶著清風直趨大帥所在，自己轉身命令所有的士兵都閉嘴，將今天看到的一切都爛在肚子裡，不許透出一個字出去。

李清的親兵和清風的護衛將大帳裡三層外三層地圍了起來，當真是密不透風，便是連隻蚊子也難以飛進來，唐虎瞧準了這個時機，樂呵呵地找到鍾靜，又來邀戰，反正這時候用不著兩人貼身保衛了。

帳簾掀起，清風出現在大帳門口，內裡，李清寬袍緩帶，正盤坐在火爐前，拿著火鉗撥弄著火堆，力圖讓火堆燒得更旺一點，火爐邊上，一壺酒正嫋嫋冒著熱氣，大帳中酒香四溢。

看到清風，李清展顏一笑，「你來了？進來吧，我已溫好了酒，快來喝一杯，去去寒氣，天寒地凍的，趕了這麼遠的路，你身子骨又弱，可別落下什麼病根。」

聽到李清關心的話，清風鼻子一酸，險些便掉下淚來，強忍著走進來，盤膝坐在李清身邊，伸手揉揉臉龐，笑道：「從冰天雪地裡一下子進到這溫暖的帳篷裡，還真有些不適應。」

李清凝視清風片刻，倒了杯酒，遞給清風，「趁熱喝了吧！」

清風接過酒杯，一口吞了下去，嗆得大咳起來，李清輕拍清風的後背，笑道：「瞧你，又沒有人跟你搶，喝這麼急幹什麼。」

清風笑笑，提起酒壺，倒了一杯酒遞給李清：「將軍，你也不問問我為什麼突然來到巴顏喀拉？」

李清似笑非笑地看著清風，將酒杯拿在手裡滴溜溜轉動著，「難道不是你想我了？」

清風又羞又惱，背脊一挺，坐得筆直，「將軍現在哪裡輪得到我想，巴顏喀拉有一個傾城公主，回到定州還有我那小妹，想你的人夠多了。」

這話裡的酸意極濃，李清伸手將清風攬進懷裡，柔聲道：「那天我聽說你在調查司裡大發脾氣，將屋子裡砸得稀爛，我心裡其實是很高興的。」

清風輕輕地掙扎著，「將軍，你也不問我到底有什麼事？」

李清一笑，「能有什麼事，不就是天啟皇帝完蛋了麼？我猜也就是這段時間了，聽到你過來，我就知道是怎麼回事了。先不說這些，待會兒你再詳細地說一下你們在定州的布置就好了，現在我們忙點別的！」

「將軍！」清風低喚了一聲，身子卻癱軟在李清的懷裡，眼媚如絲，臉紅似血。

大帳裡光線漸暗，已到了入夜時分，火爐中乾柴燒得劈啪作響，不時有火星迸出，突然間，架好的木柴失去了支撐，轟地一聲崩塌，爐火頓時一暗。

一聲幽幽的嘆息，清風推開李清赤裸的身軀，從地上找著自己的衣衫，慢慢地穿好，李清躺在地毯上，手肘支地，撐著腦袋，笑眯眯地看著清風曼妙的身姿。

清風坐到火爐邊，拿起火鉗，將木柴一一架好，讓火勢重新燒旺，回過頭，臉上泛著紅雲，纖纖細足伸出，將李清的衣服踢到他面前，嗔道：「還不起來？」

李清嘿嘿笑著，三兩下套好衣衫，坐到清風身邊，取過酒杯，倒了兩杯酒，遞了一杯給清風，微微啜了一口。

清風把玩著酒杯，出神地看著火光，半晌才幽幽地道：「天啟皇帝的事，當真不知會傾城公主麼？」

李清心知清風不過是想把話題引到傾城身上，封鎖關於天啟的消息，很大一部分原因就是為了不讓傾城知道，以免傾城鬧起來影響定州軍心。

「清風，你我兩人同甘苦，共患難，兩心相知，你不必想得太多，我心裡有數，絕不會讓你吃虧的。」李清真心地道。

清風微微一笑，沒有答話，喝了口酒，道：「巴顏喀拉不太好打吧？將軍是打呢？還是困呢？」

「巴顏喀拉城防堅固，兵力充足，如果硬打，我們會付出很大的代價，這是我不願意看到的，所以，我準備先打後困。」李清道。

清風點點頭，「在這個過程中，室韋人的問題也應當一併解決，平定了蠻族，卻會讓室韋一家獨大，這也不符合我們定州的利益。」

「所以，你去找了富森?!」李清偏過頭看著清風。

「富森是個明白人，蠻族大勢已去，他若不識時務，只怕我們收拾了巴雅爾後，回頭就會去對付他，像這樣的聰明人，怎麼會幹蠢事？所以我去帶回呂大兵將軍，只不過是水到渠成的事。」

李清道：「你還對他說了什麼？」

清風嫣然一笑，「我讓他整頓軍隊，說大帥過不了多久就會用得著他的部隊了。」

李清向清風舉起了酒杯，「清風，可惜你是個女兒身，否則以你的深謀遠慮，必將會成就一番大業！我能得到你，是我的幸運。」

「我的事業就是將軍的事業。將軍的事業就是我奮鬥的動力。」清風一口喝盡杯中的酒。「將軍，天不早了，您該回去了。」

李清默然片刻，站了起來，離去前問：「清風，你什麼時候回定州？」

清風沒有抬頭，盯著熊熊燃燒的火光，幽幽地道：「明天我就回去了。」

身後一陣涼風吹來，清風肩頭微微一縮，似乎不勝寒意，轟地一聲，剛剛架好的柴火又倒下來，濺起蓬蓬火星。

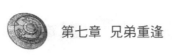

不知什麼時候，鍾靜走進了帳篷，看著清風單薄的背影，眼中滿是憐意。

「鍾靜，今天與虎子比試，是誰贏了？」清風忽然開口。

「啊！」正想著心事的鍾靜驟聞清風發問，一時沒有反應過來，看著清風轉過來的臉龐，方道：「這個夯貨功夫倒是日漸長進，想要贏他還頗費我了一番心思，他挨了我一拳，半邊臉都腫了！」

清風笑著站起來，「鍾靜，陪我出去走走吧！」

「小姐，算了吧，外面冷得很，再說，軍營中又有什麼可看的？」鍾靜不解地道。

「老待在這裡，氣悶得緊，出去走走，呼吸一下新鮮空氣！」清風從地上撿起披風，裹在身上。

天已經黑透了，整齊的營帳前，一支支火把排列得整整齊齊，正燒得畢畢剝剝，在陣陣寒風之下，火焰忽左忽右，地上的人影被拉得老長。除了警衛和巡邏的士兵走動的聲音，整個大營裡極為安靜。

沿著營間的道路，清風毫無目的地轉悠著，鍾靜默默地陪伴在她身側，看著火光掩映下清風忽明忽暗的臉龐，不由一陣心疼。

身後腳步聲響起，鍾靜回頭看，見王琰正急步趕來。

「清風司長！」王琰走到清風跟前，恭敬地行了一禮。

「王將軍，我只不過是隨便走走，你不用陪著我了。」清風淡淡地道。

王琰笑道：「反正這時也沒什麼公務，睡的話又太早了，能陪司長一齊走走，也是我的福分！」

清風微微一笑，王琰對自己有一份感激之心，她自然清楚，不過王琰能有今天的成就，也跟他自己的努力分不開，沒有險死還生的白登山之役，恐怕他到現在也難有出頭之日，即便如此，王琰現在也只不過是暫署常勝營，現在呂大兵回來了，想必仍會回常勝營擔任主官，王琰仍然是只能屈居副手。在尚海波那裡，王琰絕對是被他劃入自己的勢力範圍的，既然如此，倒不必將人往外面推。

三人沉默地在營地中散著步，遠方忽地傳來一陣嘈雜聲，清風微感詫異，回頭看向王琰。

「哦，清風司長，我營裡旁邊是一個奴隸營，裡面都是從草原各地逃出來的奴隸，我們將他們集中在一起，正準備讓他們隨著後勤運輸返回定州呢！」

「奴隸啊！」清風喃喃地道：「我們去看看吧！」

「司長，還是不要去了吧！」王琰阻止道：「那裡面亂得很，條件很差，再說，只不過是些逃出來的奴隸而已，沒什麼好看的。」

清風沒有理會，只管向前走去，王琰還想再勸，卻見鍾靜回頭狠狠瞪了他一眼，王琰霍地醒悟過來，清風司長曾經不就是奴隸麼？身上頓時冒出一身冷汗來，趕緊閉上嘴，緊追著清風的腳步，一路走向奴隸營。

奴隸營只是用些柵欄隨意地釘在一起，上面胡亂地蓋著破爛的布匹、獸皮，和一些紮起來的草把，勉強用來遮擋寒風。

營地裡的冰雪已被鏟走，但太多的人卻讓地面泛起一層泥漿，稍微乾燥些的地方鋪上一層乾草，無數面容枯槁的奴隸擠坐在一起，靠著彼此的體溫來互相取暖。營裡雖然也燒著火堆，但相對於如此多的人，那幾堆小小的火根本就起不到任何作用。

「如此冷的天，這樣的條件，不怕凍死人麼？」清風皺眉道：「既然收留了他們，就要讓他們活下來啊！」

王琰苦笑道：「司長，您不知道，現在近二十萬大軍雲集在此，後勤壓力極大，這些奴隸不斷地從四處湧來，人越來越多，便是讓他們每天能有一碗粥喝，積累下來，也是一個不得了的數目，故而也只能勉強吊著他們的命而已，等到他們返回定州便會好起來的。」

清風停下腳步，看著王琰道：「王將軍，派人給他們再多燒幾堆火，多燒點熱水吧，如果能熬點薑湯就更好了！」

「司長放心，這個是可以辦到的，我馬上讓人去執行！」王琰道。

從那些奴隸中慢慢地穿過，清風心神不由一陣恍惚，時光流轉，似乎回到了數年前的安骨部落，身形一晃，險些摔倒在地。

鍾靜大驚，伸手將清風扶住，「小姐，你怎麼啦？」

清風臉色煞白，定了定神道：「沒什麼，我們回去吧！」

轉過身來，**忽地覺得背後有一雙目光正死死地盯著自己，一種芒刺在背的感覺讓她霍然回頭**，在視線中，一大群奴隸正畏懼地看著她，好幾個奴隸更是垂下頭去，身體微微發抖。

清風眼中露出驚詫之極的神色，轉過頭對鍾靜道：「我們回去！」

鍾靜扶著清風，慢慢地向回走去，王琰小心地陪在身邊，剛才想必是清風司長又想起了以前那些不堪的歲月，受到了刺激。

「王琰！」清風站住腳步。

「司長！」

「剛剛我看的那個方向你注意到了麼？」清風問。

王琰點點頭，「嗯，看到了，不過是一群奴隸而已，司長，有什麼不對麼？」

清風嘴角露出一絲笑意，「遇見了一個熟人，你悄悄派人給我牢牢地盯住他們，嗯，算了，鍾靜，這些事王琰的手下不太擅長，你讓我們的人去做，讓王將軍的手下配合好了。」

「是，小姐，我馬上就去安排！」鍾靜點頭應道。

「司長，出什麼事了，是不是有探子混進了奴隸營？」王琰一下子緊張起來。

清風笑道：「探子嗎？那倒不是，不過這人既然出現，只怕來的人不少，剛剛我沒有叫破，就是怕在這裡動起手來，我們人手不足，沒有一網打盡的把握，而且對方肯定有不少高手。」

「**您是說刺客？**」王琰臉都有些綠了。

「只怕是的，這人倒也膽大，當真是有些異想天開。我去大帳裡等著，你們盯著她，我想用不了多久，他們就會有所行動，目標一定是中軍大營的李大帥，你們只消盯著這條通道就好了！他們一旦潛出奴隸營，就給我全逮起來。記住，為首的那人一定要活捉。」清風吩咐道。

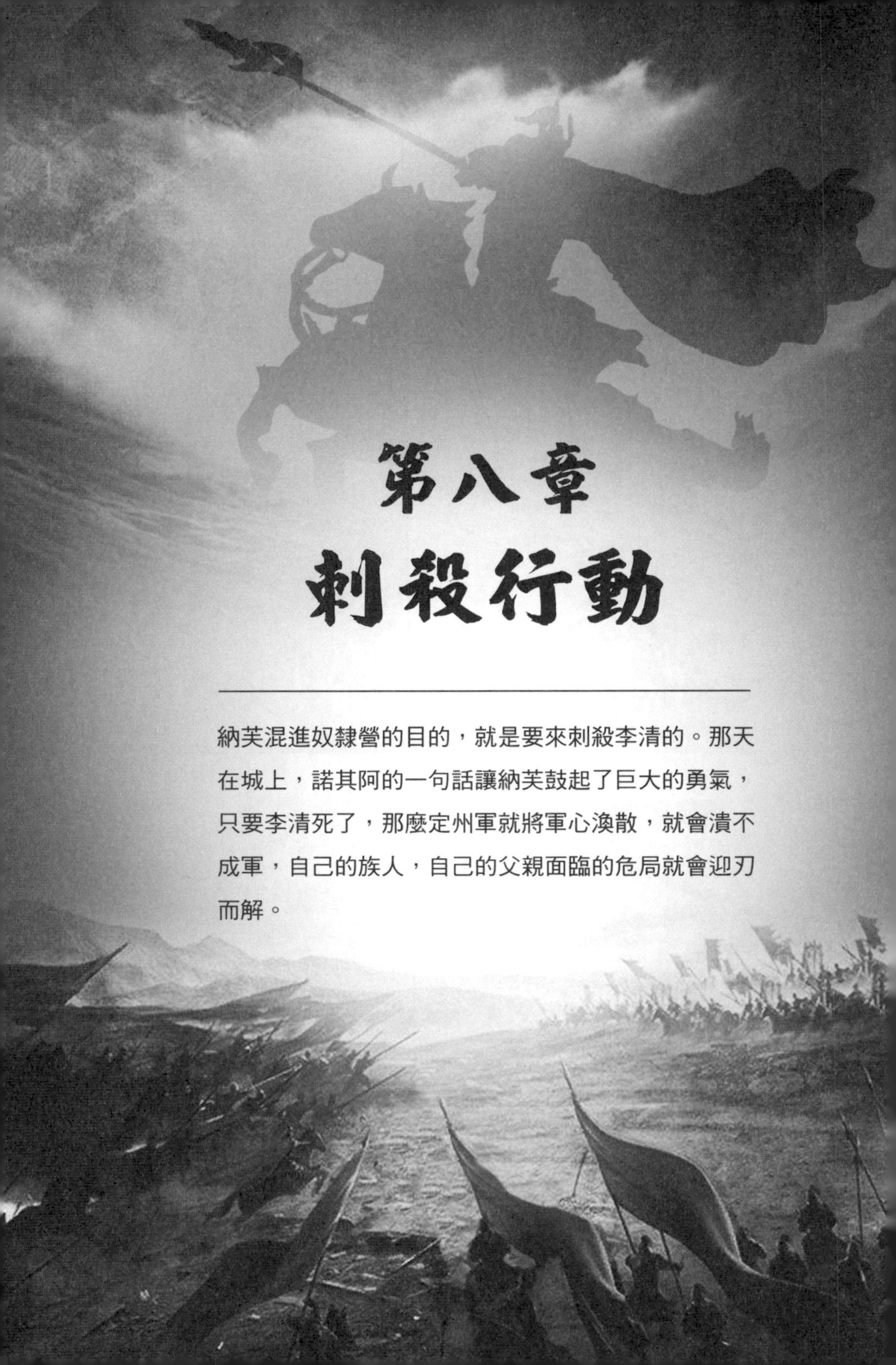

第八章
刺殺行動

納芙混進奴隸營的目的，就是要來刺殺李清的。那天在城上，諾其阿的一句話讓納芙鼓起了巨大的勇氣，只要李清死了，那麼定州軍就將軍心渙散，就會潰不成軍，自己的族人，自己的父親面臨的危局就會迎刃而解。

看著清風一行人走遠，雖然寒風凜冽，納芙仍是渾身出了一身冷汗，自己剛剛不過是抬頭看了她一眼，對方竟然像有神靈附體一般，回頭瞧了過來，要不是自己頭低得快，而且身邊的侍衛不著痕跡地悄悄移動了下身體，將自己擋住大半，說不定清風那個魔鬼就會認出自己。

這個女人太可怕了，納芙此時的心還在砰砰亂跳。

此時的納芙僅就外形來看，和奴隸營中所有的人並沒有什麼區別，蓬亂的頭髮，頭上臉上手上搓滿了黑泥，穿著一件滿是補丁的破爛衣衫，夾雜在一群奴隸之中，絲毫不起眼。

納芙混進奴隸營的目的，就是要來**刺殺李清**的。那天在城上，諾其阿的一句話讓納芙鼓起了巨大的勇氣，**只要李清死了，那麼定州軍就將軍心渙散，就會潰不成軍，自己的族人，自己的父親面臨的危局就會迎刃而解。**

納芙恨李清，最寵愛自己的兩個哥哥先後死在李清手裡，一直像老母雞一般護著她的虎赫叔叔死在李清手裡，**那些愛自己和自己愛的人，一個接一個地在李清面前折戟沉沙，納芙深恨自己是個女子，不能像哥哥們一樣拿起刀槍，走上戰場。**

定州軍收容奴隸的行為讓納芙看到了希望，只要能混進定州軍營，那麼一切便有可能。帶著自己的忠心侍衛，納芙瞞過了城裡所有的人，偷偷地混進了奴營之中，哪怕是將自己折騰成現在這副人不人鬼不鬼的模樣。

李清這個目標實在是太明顯了，站在定州軍營裡任何一個地方，那面高高飄揚的血紅色的李字大旗下，便是李清的中軍大帳，在納芙的眼裡，**那面旗幟是用她的族人的血染紅的**。

今天晚上必須要動手了，因為這批奴隸隨時都有可能啟程去定州，一旦拔營離開，自己就再也沒有機會了。

夜已深，大多的奴隸都擠成一團蜷縮地睡下了，清風走後，王琰又安排士兵們抱來大堆的木柴，將火燒得更旺些，更有火頭兵熬了薑湯，每人發一碗，有了這些打底，凍得發抖的奴隸們勉強可以睡一覺了。

納芙和她的四個侍衛縮在角落裡，破爛的衣衫下，掩藏著他們從定州得來的連弩，這種五發連弩箭全由精鐵打製，數十步內，殺傷效果驚人，即便是鐵甲也可輕易破開，只要李清出現在他們的眼前，納芙相信，在這種強力武器的攢射下，李清絕無倖理。

「玉兒扁，玉兒絳，岩坎燕，哈魯比，我們這一去，有死無生，不論成功與否，都不可能活著回到巴顏喀拉了，你們做好準備了嗎？」納芙壓低聲音，鄭重地問道。

「追隨公主，萬死不辭！」四人伸出手握在一起，凝重地道。

納芙將自己的手放在他們的手上，「好，不愧是我草原好男兒，玉兒扁，你們兩兄弟先摸出去，在外面等我們，我們馬上就到。」

玉兒扁四面觀察了一下，發現周圍的奴隸都睡得很沉，便裝模作樣的伸了個懶腰，手提著褲子，做出一副要去小解的模樣向外摸去，緊接著，玉兒絳也摸了出去。

過了大約半炷香的功夫，納芙和剩下的二人使了個眼色，三人便一前一後地踮著腳，悄沒聲息地溜出了奴隸營。

奴隸營外，通往中軍大營的道路上，被挖出來的積雪東一堆西一堆地如同小山般凌亂地放著，被寒風一吹，凍得極為結實，王琰便靠在一座雪山之後，雖然戴著手套，仍然感到手被寒風吹得發僵。

已是下半夜了，清風司長所說的那些刺客還是影蹤不見，也不知是不是清風司長神經太過敏了，幹這一行的人大都都有些職業病，瞄了眼離自己不遠的鍾靜，清風司長的這位貼身護衛懷抱著刀，瞇著眼似乎正在打瞌睡，神情裡看不出絲毫的不耐。

先前聽到清風的話後，王琰驚出了一身冷汗，奴隸營便在他的營地旁邊，常勝營也負有保護和監管他們的責任，要是讓刺客從這裡混進中軍大營，哪怕他們只是鬧出一點動靜來，自己也要擔上責任，幸虧清風司長今天來了，否則還真不知如何收場。

他挑選了一批得力士卒，自己親自領隊，與鍾靜帶領的一隊統計調查司特勤潛在這裡埋伏，一定要將這批膽大妄為的傢伙生擒活捉！

他掂了掂手裡的流星錘，舔舔嘴角，露出一絲猙獰的笑容。

一直閉著眼的鍾靜霍地睜開了雙眼，微微伸展了下四肢，向王琰打了個手勢，王琰一驚，鍾靜發現了什麼？馬上，他便聽到極為輕微的嚓嚓聲，有人在極小心地向這邊走來，王琰不禁看了眼鍾靜，這女子的武功果然厲害，至少在聽力上，自己甘拜下風。

王琰直起了腰，發出手勢，清風司長要的是活的，要是依著他的意思，亂箭齊發，簡單省事多了。

玉兒扁和玉兒絳二人在前邊開路，貓著腰，小心地在雪地中穿行，在他們身後數十步處，岩坎燕與哈魯比一左一右，將納芙夾在中間。

鍾靜抬起手，向前指了指，又點點自己，指向後方，示意王琰封住去路，自已去後邊包抄，王琰會意地點點頭。

王琰在心裡默數了十個數，長身而起，突然現身在玉兒扁和玉兒絳身前十數步處，冷笑道：「二位，走錯路了吧？」

隨著王琰現身，在他的身側身後，數十名士卒同時閃現。玉兒扁兩人大驚失色，被發現了，兩人下意識地同時抽出連弩，喀的一聲，勾動了扳機。

王琰一眼便看到對方手中的東西，臉色大變，這種弩機他最熟悉不過了，定州生產的這種連弩，第一批裝備的便是當時由他統率的特種大隊。

幾乎在對方兩人的手剛剛抬起的時候，王琰已直挺挺地向前倒下，如同木樁般砸到地上，同時手裡的流星錘已帶著嘯聲飛了出去，砰的一聲，正中玉兒扁的胸口，玉兒扁哼也沒哼一聲，胸膛已被沉重的流星錘砸得向內凹陷進去，巨大的衝擊力將他的身體擊飛，離地數尺重重地摔在地上。

身後傳來士兵的悶哼聲，顯然有士兵中箭了，王琰又驚又怒，這種情況下，居然還讓自己人吃了虧，狂怒之下的王琰單手在地上一撐，騰身而起。

玉兒絳手裡的連弩射空，看到王琰撲來，便將手裡的弩機向王琰砸去，伸手拔出藏在腰間的彎刀，狂吼道：「公主，快跑啊！」

公主！王琰一呆，蠻族公主怎麼會來當刺客？不容他多想，玉兒絳已是撲到了他跟前，王琰冷笑一聲，腳一勾一踢，落在地上的流星錘像被踩了一腳的蛇般驀地昂起頭，一個錘頭直撲玉兒絳，王琰手一伸，握住另一截錘柄，腳步一錯，已是到了玉兒絳身側。

噹的一聲響，玉兒絳手裡的彎刀擊在流星錘的鐵鍊上，將錘頭擊偏，手腕陣陣發麻，不容他閃躲，急衝而來的王琰手一抖，長長的鐵鍊便套在了他的頭上，王琰腳步不停，仍是向前奔去，鐵鍊拉緊，喀喀有聲，玉兒絳臉色漲紫，舌頭吐出，已被生生勒斃。

玉兒絳的驚呼聲響起時，納芙已看到前方一個巨大的身影正在衝過來，攔在他身前的玉家兄弟瞬間便雙雙倒在地上，不等她做出第二個反應，那個巨漢已衝到了他們身前十數步處，手裡的流星錘不住地甩動著，正冷笑著看著他們。

三人猛地轉身，身後，鍾靜懷抱著腰刀，臉露譏刺，在她的身後，十數名黑衣特勤手裡的弩機正對準了他們。

岩坎燕的手正欲抬起，鍾靜已冷笑著道：「如果不想死，就最好不要動。」

納芙臉如死灰，呆呆地道：「我還道我瞞過了她，沒想到那個賤女人還是發現了我們，真是天意啊！天意叫我不成功，如之奈何！」

王琰冷笑道：「即便讓你們進了中軍大營，憑你們也想接近大帥？當真是癡人說夢！想在我們定州大營中搞風搞雨，當真是壽星公上吊，活得不耐煩了！來人，給我將他們捆起來，清風司長還等著見他們呢！」

溫暖的大帳內，清風正端著一杯冒著熱氣的酒，小口小口地品味著，看著被押進來的納芙，微笑道：「納芙公主，定州一別，匆匆數年，想不到今日以這種方式見面。當真是可嘆啊！」

髒兮兮的納芙雙手被反剪捆著，熱氣一熏，身上便散發出一股難聞的味道，清風掩著鼻子，輕笑道：「納芙公主如此精緻的一個可人兒，居然也打扮成這叫化子模樣，難道巴雅爾當真已是窮途末路了嗎？連高貴的公主都出來做刺客了？」

納芙怒目而視，恨恨地道：「只怪我運氣不好，碰見了你這個臭女人，要不是你，現在我已經潛進了中軍大營，說不定李清那個惡賊的頭顱早就被我砍下來了。」

清風噗的一聲笑了出來，「納芙公主麗質天生，貴不可言，雖然打扮成奴隸的模樣，但可惜那分氣質卻怎麼也掩蓋不住，稍加留心便可發現端倪，再說，當年定州一晤，公主給我的印象可深刻得很，我怎麼會不記得公主呢！」

納芙長嘆了口氣：「真是時也命也，誰想到你居然會去奴隸營，又有誰能想到就這麼驚鴻一瞥，你就認出我來了。」

清風搖搖頭，「納芙公主，你應當感到慶幸，碰巧今天我來到巴顏喀拉，住進了常勝營，更碰巧我去了奴隸營，這才誤打誤撞地將你認了出來，是你運氣好，而不是我運氣好。」

納芙呸了一口，「清風，不必得了便宜還賣乖！」

「我難道說錯了麼？」清風反問：「你們知道中軍大營那邊的警戒是如何布置的麼？納芙，不客氣地說，憑你們幾個，就算潛進了中軍大營，只怕連我家將軍的帥帳都看不見就會被射成刺蝟，砍成肉泥，然後被悄無聲息地掩埋起來，我家將軍甚至不會知道有人曾經去行刺過他，堂堂的納芙公主便這樣莫名其妙地失蹤了，玉肌香骨就此做了地上野草的肥料，當真可憐可嘆啊！」

納芙臉色蒼白，清風的話，讓她的身體不由自主地顫抖起來，強打起精神反駁道：「那也不見得，當年你們能在千軍萬馬中殺了哈寧齊，我為什麼不能殺了李清！」

這一次便連王琰、鍾靜也笑了起來。

清風搖頭道：「真是個傻丫頭，你以為刺殺這麼簡單麼？嗯，姐姐今兒便教你一課。當年我們刺殺哈寧齊，前後準備長達一年之久，便是最後的行動計畫也足足準備了一月時間，這才一擊得手，饒是如此，我們一組行動人員也是全軍覆沒，一個也沒有回來，你這樣倉促行事，如果也能成功，當真是見鬼了。」

王琰也笑道：「不說大帥身邊的護衛嚴密之極，現在更加上了大帥夫人傾城公主，可以說連隻蒼蠅沒有得到允許，敢飛入大帥軍帳都會被誅殺，何況你們活生生的幾個人！」

納芙沉默不語，心知此時此地，清風完全沒有必要欺騙自己，此時的她，激情褪去，腦子裡卻想到了另外一個嚴重的問題，以自己的身分，落到了定州人手中，只怕會給父皇帶來很大的麻煩。

清風拍拍手，對王琰道：「王將軍，你命人送幾桶熱水過來。」又轉頭對鍾靜道：「去，叫幾個女侍衛過來。」

片刻功夫，幾大桶冒著熱氣的水送到了帳中，清風揮揮手道：「好了，男人出去！」

王琰躬身告退，臨走時問了一句，「司長，還有兩個活口，怎麼處理？」

「殺了！」清風想也不想地道。

「不，不要！」納芙大叫起來，「清風，不要殺他們，我求你了，他們已經被你們抓起來了，不可能再成為你們的敵人，不要殺他們！」

清風笑意盈盈的臉上卻帶著一股凜冽的寒意，「納芙公主，不殺他們也不是不行，但是你可不要再耍什麼花樣，老老實實地聽話，否則，我馬上就讓人把他們拖出去餵野狗。」

「你，你想我做什麼？」納芙問道。

「嗯，這個嘛，你先洗得乾乾淨淨的，這個樣子，真是又難看又難聞，洗完了，我便帶你去見我家將軍，你今天不就是準備要去見他麼？我如你所願，將你送過去如何？」清風笑嘻嘻地道。

四更的時候，清風與王琰等人押著納芙向中軍大營出發。

洗去了汙垢的納芙，穿著清風的衣衫，清風個子高挑，納芙卻是嬌小身材，衣服穿上去極為寬大，使她看起來頗有楚楚可憐的感覺。

王琰沒有見過納芙公主，此時一看也有些花眼，心道這蠻族公主長得倒挺標緻，雖然比起清風司長來差了點，但也算得上是美人了。

看到清風笑意盈盈，王琰的心裡卻有些打鼓，今天大帥選擇在自己這裡約見清風司長，最大的一個原因，很可能就是不想讓傾城公主知道，當時自己還沾沾自喜，這說明大帥非常信任他，這才選擇自己的營頭，但現在看來，也許要惹禍上身了。

清風司長這樣大模大樣地押著納芙去中軍大營，傾城公主那麼聰慧的人，豈能猜不出大帥今天下午去自己那裡是幹什麼去了?!得罪了傾城公主還無所謂，要是讓大帥覺得自己辦事不力，那可是大大不妙。

但要他勸阻清風不要去李清那兒，他可是萬萬不敢，一路上便一直在心裡打著小鼓。

這時，**在定州軍大營之中心裡打著鼓的，不僅僅是王琰一人，還有另一個身分比他更高的將軍，也在心裡敲著小鼓**，此人正一路奔向李清的中軍大帳，雖然時間已很晚了，但他覺得這件事必須向大帥交代清楚，萬萬延誤不得。

這個人便是李清的三大重將之一，呂大臨。他正將捆得粽子似的弟弟呂大兵押向中軍大帳。

今天本是他們兄弟重逢的日子，原本認為弟弟絕無倖理的他，不知多少次在夜裡暗自垂淚，今天終於看到弟弟活生生地出現在自己面前，心裡的歡喜自是不由言說，兩人回到住處，一邊喝酒慶祝重逢，一邊訴說離別之情。

這一聊便到了三更時分，看來似乎有心事的呂大兵見大哥興致極高，且又有了三分醉意，終於鼓起勇氣，在大哥面前噗通一聲跪了下來，道：「大哥，大兵要向你請罪了！」

呂大臨不明所以地看著他：「大兵，你何罪之有？白登山之役，你非但無過，而且有功，大帥對你念念不忘，為了你，連富森都願意放過，便連我也跟著沾了不少光啊！」

呂大兵抬起頭，看著大哥的面孔，囁嚅地道：「大哥，我成婚了！」

「嗯，成婚了好，男大當婚嘛，什麼？你成婚了！」呂大臨話說到一半才反應過來，一下子跳了起來。

呂大兵嚇得向後一縮，歉疚地說：「是，我成婚了，沒有事先稟告大哥，雖說事出有因，但大兵卻知道有錯。」

呂大臨盯著兄弟，這一年多來，呂大兵一直被富森扣著，雖說沒有受到什麼刁難，甚至隨著定州的節節勝利，待遇也愈來愈好，**但他一階下之囚，怎麼結的婚，和誰結婚**？心裡隱隱有一絲不妙的感覺。

「那女人是誰？」呂大臨吸了口氣問。

呂大兵低著頭道：「是富森的妹妹，叫冬日娜！」

呂大臨咚地一聲坐了回去，呆了半晌才咬牙切齒地道：「富森你個王八蛋，我操你八輩祖宗！」

呂大兵偷偷覷了眼大哥，辯護地道：「大哥，冬日娜雖然是富森的妹妹，但溫柔賢淑，是個好女人！」

呂大臨跳起來一腳蹬了過去，呂大兵被蹬倒，在地上打了個滾，爬起來仍然直挺挺地跪著。

「你個混球，你傻了嗎？你難道不知道這是富森的詭計嗎？你堂堂一位將軍，連富森玩的這點小心眼兒也看不出來？」呂大臨怒吼道。

「我知道！」呂大兵挺起脖子道：「大哥，我知道，但是冬日娜真得很好，所以我雖然知道富森另有所圖，我還是娶了冬日娜！」

「不行！」呂大臨一口回絕，「你我兄弟身分不同，我身為大帥手下三將之下，手中握有超過整個定州軍三分之一的軍隊，你更是大帥欽定的常勝營指揮，**我們怎麼可以與蠻族結親？這等於是通敵大罪啊！**這事別人還不知道吧？馬上退婚，這事我來辦，你不用管了，富森那個王八蛋，我要扒了他的皮！」

呂大兵搖頭道：「不，大哥，這事瞞不住的，清風司長知道我與冬日娜的事，也將她帶了來，現在被她安排回定州了，而且，冬日娜已經懷了我的孩子，你馬上就要有個侄子了。」

呂大臨腿一軟，坐倒在地上，戟指呂大兵，氣急敗壞地道：「你，你這個混蛋！」

兩批人在李清大營的轅門前相遇，一行人看到呂大兵被捆得如粽子一般，又是吃驚又是好笑。

呂大臨見到清風，也顧不得什麼禮節了，逕自把清風拉到一邊，略帶責問地小聲道：「清風司長，你既然早就知道了大兵的荒唐事，為什麼不及早將這事處理了？」

清風故作不解道：「呂將軍，你這話可說得我有些糊塗了，大兵有什麼荒唐事了？還有，他剛回來，你怎麼就將他捆成這般模樣？」

呂大臨跺腳道：「我的司長大人，您就別和我捉迷藏了，您當時知道大兵與富森妹妹成親的事，為什麼不阻止？反而將那個女人安排回定州，現在只怕定州已是滿城皆知了。」

「呂將軍，令弟在紅部一待就是一年多，這段期間，一直是那個冬日娜在照顧大兵，日久生情也很正常嘛，不管富森是不是玩什麼心機，那個冬日娜對大兵倒是一往情深，死心塌地的，呂將軍，我還沒有恭喜你呢，過不了多久你就要當伯父了！」清風安慰道。

呂大臨苦笑道：「清風司長，這當真是喜事麼？我也不諱言了，我與大兵都是定州統兵大將，特別是我，更是位高權重，與蠻子有了這層聯繫，那豈不是瓜田李下……」又重重地嘆了口氣。

「呂將軍過慮了！」清風微笑道。

「清風司長有解？」呂大臨精神一振，清風足智多謀，說不定真有什麼好辦法。

「富森早與我定州結盟，說起來便不算是敵人了，更何況，打下巴顏喀拉後，整個蠻族與草原都將歸於大帥統治之下，定州人也好，草原蠻族也好，都將成為大帥治下的子民，呂將軍，大兵此舉說不定還是他的福分，另有一番際遇也說不定呢！」清風笑道：「你便放寬心吧！大帥絕不會因為此事對你心有芥蒂的。」

「這話卻是怎麼說呢？」呂大臨正待再問時，守護轅門的一名校尉已匆匆地迎了上來。

這個時間突然有兩位大人物來到，肯定是出了什麼大事，於是趕忙派人飛報大帥，自己則上前來打探狀況。

「末將孫壯，見過呂將軍，見過司長大人！」

孫壯一邊向兩人行禮，一邊疑惑地看了眼呂大兵，又看向另一邊押著的漂亮女子，滿頭霧水，不知兩位大人這是搞什麼名堂呢？

呂大臨擺擺手，「罷了，孫校尉，你向大帥稟告我們過來了麼？」

孫壯點頭道：「已經派人去稟報了，二位大人，裡邊請吧！」

聽到呂大臨與清風雙雙來見，李清頓時一驚，是出了什麼事，居然讓他們連袂來見，趕忙穿衣起床。

睡在一旁的傾城也跟著爬了起來，兩人簡單地抹了把臉便來到前帳。

「見過大帥，見過公主！」呂大臨與清風同聲行禮道。

「清風司長，你什麼時候來巴顏喀拉的？本宮怎麼不知道？」傾城盯著清風質問道。

清風一笑：「公主殿下，我今天剛剛趕到，統計調查司有一些緊急公務需要處理，不敢打擾公主，便在常勝營那邊紮營，明天便又要趕回去了。」

傾城臉色頓時有些不好看，清風來了，她一點風聲也沒聽到，但李清下午卻是去了常勝營，他去那裡，肯定是去見清風了。

看到清風那張泰然自若的臉龐，傾城的心情一下子惡劣起來，居然沒有一個人向自己透露清風來的消息，自己在這裡還真是個外人啊。

「哦，這麼急，想必清風司長今天一定很累了，怎麼不好好休息，深更半夜地來擾人清夢呢？」傾城諷刺道。

聽到這句語帶雙關的話，清風臉龐稍稍有些發熱，看著傾城公主，替她感到可憐，又帶著一絲莫名的快意，**一旦她知道洛陽發生的事後，會是怎樣的一個表情？**

李清卻無暇理會兩個女人之間的暗戰，「出什麼事了？」他問道，一邊指著兩邊的椅子，道：「都坐下說吧！」

呂大臨苦笑一聲，道：「大帥，清風司長那邊是公事，還請清風司長先說吧！」

李清疑惑地看著兩人，敢情兩人還不是一道的，**清風的是公事，那呂大臨要說的就是私事囉？自己才剛與清風分手，她還有什麼公事沒有跟自己說，要挑這個時候呢？呂大臨又有什麼私事這麼急？**

清風微笑道：「將軍，今日在奴營中偶遇一個熟人，帶來給將軍瞧瞧！鍾靜！」

在帳外等候的鍾靜將納芙推進門來。

看到納芙公主，李清不敢置信地睜大眼睛：「納芙公主，你怎麼會在奴營裡？」

納芙偏過頭，閉著嘴一言不發。

「這位公主突發奇想，混進我們收容奴隸的奴營，想在晚上潛進大營來行刺您！」清風格格笑道：「不過她運氣不好，我今天恰好睡不著，便去奴營看看，納芙公主與我是老熟人了，在那裡看到她，我也很吃驚。」

李清怔了一下，忽地大笑起來，一是笑納芙異想天開，二是笑她的運氣果真不怎麼樣，居然這樣被逮住，想必納芙也萬萬想不到會是如此結果，軍帳綿延數十里，加上認識她的人並不多，卻偏偏被湊巧來到這裡的清風給逮住，不得不讓人感嘆時也命也了。

李清忍住笑，揮揮手道：「來人，先請納芙公主下去休息。」

李清用腳趾頭都能想到，納芙來行刺，肯定是這位公主的個人舉動，恐怕巴顏喀拉現在正在為這位任性公主的失蹤亂成一團呢！不過**既然捉住了這麼重要的人物，當然得好好利用一下了**。

他轉頭看向呂大臨，道：「呂將軍，你有什麼事啊？咱們先說你的事，納芙公主的事倒不急在一時！」

呂大臨有些尷尬，半晌沒有作聲，倒讓李清有些莫名其妙，一邊的清風笑道：「請呂大兵將軍進來吧！」

帳簾掀開，五花大綁的呂大兵被呂大臨的兩名親兵給提溜進來，李清嚇了一跳，呂大兵立即雙膝跪倒在地。

「這是幹什麼？」李清喝問。

呂大臨噗通一聲跪下，「大帥，末將有罪，末將管教不嚴，教弟無方，這個混帳居然私自與人結親了！」

李清心想：這算什麼事兒?!呂大兵又不是孩子，看上了一個女子，只要兩情相悅，私自結親又有何妨，要是自己……一念及此，不由看向清風，卻見清風別過頭去看向別處。

「可是大帥，這混帳是與蠻子結親啊，他居然與富森的妹妹私訂了終身，現在連娃娃都要生了！」呂大臨低下頭，羞愧地道。

李清先是愕然，看著粽子一般倒在地上的呂大兵，倒看不出這小子居然在當人質期間還能泡上女人，當然，其中肯定也有富森那傢伙居心叵測在其中推波助瀾的關係，不過能讓呂大兵動心，那個女子肯定相當不錯。

「大兵，看不出啊，我以為你在富森那裡水深火熱，度日如年，想不到你卻是有美相伴，怕是樂不思蜀了吧？」李清打趣道。

「末將有罪！」呂大兵滿臉通紅地道。

「請大帥發落！」呂大臨躬身請罪。

「這女子現在身在何處？」李清問。

「將軍，我接呂小將軍回來時，將她順便也帶了回來，她已身懷六甲，我將她安置在定州了！」清風回道。

「嗯，如此……」

李清正想說話，一邊的傾城開口了，「大帥，呂將軍乃是朝廷大將，怎麼能與蠻子結親？如此朝廷顏面何在？再者，我們與蠻族正在打仗，此舉便更是不妥了。」

「那依你的意思？」李清問。

「呂大兵私自結親，並沒有得到其兄允許，他父母都已不在，自然是長兄如父，因此，這門親事本身就算不得數。」傾城道：「呂將軍，我說得對麼？」

呂大臨臉色苦澀，點頭應是。

「但那女子現在已到了定州，又如何處理呢？」李清又問。

「發還給富森！」傾城毫不猶豫地道。

「此舉萬萬不可！」清風站了起來，抗議道：「將軍，就我看來，呂小將軍此舉非但無過，而且有功，這對將軍平定草原將會有莫大的幫助！」

「你！」

傾城霍地站了起來，自己說東，這個女人卻總是說西，一怒之下，一個「滾」字險些脫口而出，話到嘴邊，硬生生地給吞了回去，別說這個女人與自己丈夫間有不尋常的關係，單說她在定州的地位，便不容自己如此輕賤她，因而她按捺住性子，冷冷地道：

「哦，本宮倒想聽聽，這呂大兵倒是如何有功了？」

清風不疾不徐地坐到李清面前，脆聲道：「敢問將軍，您是要滅絕蠻族還是要平定蠻族？」

李清失笑道：「自然是要平定！蠻族丁口眾多，光是這巴顏喀拉就聚居了數十萬人，如果加上散布各處的牧人，整個蠻族恐怕不下百萬，怎麼可能滅絕？」

清風點頭道：「巴顏喀拉支撐不了多久了，攻破巴顏喀拉後，草原政權就灰飛煙滅了，但取而代之的我們想要在草原上立住腳跟，恐怕是件很難的事。」

「不錯，兩家仇恨綿延數百年，不是旦夕之間可以化解，我們或許花上幾年時間就能擊敗蠻族，但真要讓蠻族歸化，恐怕得幾十或上百年時間。」李清深有同感。

「將軍要的是一個穩定的草原，而不是一個在大軍撤退後硝煙四起、盜匪遍地的爛泥淖，**如何對草原實行有效的統治，是接下來幾年我們要面對的最大問題**。」清風嚴肅地道。

傾城不屑地道：「大楚戰馬與弓箭所到之處便是有效的統治，對於蠻族，順我者昌，逆我者亡，有什麼難對付的！」

呂大臨驚詫地看了眼傾城，想不到公主如此殺伐決斷，是個典型的暴力派，作為一名將軍，這話聽了當真令人熱血沸騰，但**做為一個成熟的政治家，殺伐只是手段，不可能解決問題**，李帥必然不會同意這種做法。

果然，李清聽聞此言，眉頭便皺了起來。

如果大楚政局穩定，君明臣賢，做為邊關的統帥當然可以採取粗暴一些的做法來解決問題，但現在大楚卻是群雄並起，如果李清不能迅速穩定草原局勢，將蠻族納入有效統治之下，那麼他的精力必然會有大部分被牽涉進去，還談何進兵中原？

「傾城，你此言不太妥當，還是先聽聽清風怎麼說吧。」李清淡淡地道。

「你……」傾城惱火地瞪了眼李清，氣鼓鼓地說。

「如果按公主所言，那未來的草原必然是處處戰火，日日難安，為了維護我們在草原上的統治，必須在草原上保持大量的兵力，然而，我們不可能這麼做。」清風娓娓分析道：「既然擊敗巴雅爾後，對草原將以安撫為主，那麼如何化解草原與定州數百年的血仇，便成為最大的問題。」

「既然是數百年血仇，又豈是能輕易化解開的？」傾城冷笑道。

清風搖搖頭，「不然，所謂血仇，更多的是利益上的糾葛，只要利益夠大，這些所謂的仇恨便會不值一提。」

李清感興趣地道：「那你說說要怎麼處理與他們的利益關係？」

「首先，我們需要解決的是**蠻族數量巨大的最底層的牧民**，這些人是蠻族軍隊的來源，金字塔的最底層，在蠻族中，這些人只不過比奴隸要強上一些，自己並沒有多少牛羊和財富，相反，他們要交給貴族很多的稅收，即便是戰場所得，也只能留下三分之一，因此這些牧民日子過得很辛苦，如果將來將軍您能給他們比現在得到的東西多得多，他們還會起來反抗麼？很可能在他們看來只不過是換了一個主子而已，而且現在的主子比以前的還要仁慈大方許多。」

「說得有道理，不過老百姓大多是盲從的，長期以來，他們的部落首領、貴族老爺們在他們心中積累了相當的威望，就算我們給他們比以前更好的生活，這些貴族老爺們登高一呼時，對他們仍然有相當的吸引力！」李清質疑道。

「對，這些貴族首領們的影響力絕對不容低估，所以，我們**第二步就是對付這些貴族首領們**。這些人分為幾種，一種是死硬派，這樣的人當然要斬盡殺絕；第二種則是利益派，像富森這樣的，我們要拉攏，封官許願又有何妨！

「**第三種是騎牆派**，這一種人數最多，他們可左可右，不過這些人都有一個共同的特點，那就是**貪圖享樂**，**好逸惡勞**，**這些人是最好對付的**，一旦見識到定州成熟的商業體系，知道不用通過戰爭也可以賺取更多的錢財，只要坐在家裡就可以獲得巨額財富的時候，他們還會跨上戰馬拿起武器嗎？大帥將他們遷居定州，把他們放在這個比草原不知繁華了多少倍的安樂窩裡生活上幾年，我懷疑這些人還能不能爬得上馬去！」清風笑道。

李清鼓起掌來，讚道：「說得好，清風，你的意思便是，這些騎牆派們在戰爭結束後，我們必須要讓他們仍然擁有以前的財富，這樣，在他們遷居定州以後，才有資本融入到整個大楚的商業文明中去，是嗎？」

清風點頭道：「是，將軍，雖然奪取他們的財產可以短時間內讓定州軍擁有大量的財富，但讓他們繼續保有財產更符合定州的遠期利益。這些人我們統計調查司都有詳細的資料，回頭便呈給將軍！」

「好，看來你對這個問題思考了很久，連相應的資料都準備齊全了，這是兩著好棋，那麼要做到這兩點，首先便得讓蠻族對我們有基本的信任，我們做這些事也要有一個切入點，那就是讓蠻族，不論是貴族還是普通百姓都明白，我們並不會斬盡殺絕，更不會像他們對我們一樣對待他們，這個時候，呂大兵與蠻族的聯姻的重要性就體現出來了，是吧？」李清笑道。

「正是！」清風微笑。

「呂小將軍是您的愛將，其兄更是定州重要的統兵將領，他與蠻族的聯姻，便代表了我們定州對蠻族在戰後處理的承諾！」清風兩眼炯炯發光，「戰事結束後，我們要對呂小將軍的婚事大辦特辦，邀請所有的蠻族貴族、酋長、首領們出席。」

李清道：「只是如此倒是便宜富森這個混蛋了！」

清風笑道：「富森是大帥以後統治草原的一枚重要棋子，便宜他，也就是便宜我們自己！」

李清哈哈大笑，「呂將軍，你應當聽清楚了吧，大兵的婚事不但無過而且有功，你還不給他鬆綁？等戰事結束，我們便在巴顏喀拉給他們大辦婚禮，我來當這個主婚人，哈哈哈！」

呂大臨又驚又喜，立馬解開繩子，呂大兵翻身跪倒在李清面前，連聲道：

「多謝大帥，多謝大帥，大兵必肝腦塗地，以報大帥之恩！」

「起來吧！」李清笑道：「嗯，既是這樣，大兵，你就不用回常勝營了，我另有任務給你。」

「是！」呂大兵恭敬地道。

「好了，這事就暫時議到這兒，清風你既然做了如此多的功課，回定州後，便與尚路二位大人商量出一個可行的具體方案來。」

「是，將軍！」清風微微頷首。

「好了，現在來說說這個納芙公主吧！」李清道。

呂大臨道：「大帥，明天我們便要開始掃蕩巴顏喀拉周邊陣地了，這個納芙身分貴重，何不明天將她帶上戰場，蠻軍見了她，一則投鼠忌器，二則必然士氣大跌，對我軍的進攻大大有利啊！」呂大臨這是想用納芙來威脅蠻軍了。

「不行！」傾城大聲道。

「不可！」一邊的清風也斷然反對。

兩個女人難得地取得了一致的意見，對望一眼，都是頗感意外。

「為什麼不行？傾城，你說說你的意見。」李清道。

傾城斥責道：「如此行徑太也無恥，以弱女子威脅對方，盡失大楚顏面，呂將軍，你也是讀過書的，怎麼會想出這麼一個餿主意？」

呂大臨被當眾指責，頓時滿面通紅。

「清風，你也是這樣看嗎？」李清問。

「**只要能達成目標的手段，並不存在無恥一說**，如果呂將軍此舉能起到作用，我當然支持，但我認為，**此舉卻是適得其反**。將軍也知道，巴雅爾何等人物，豈會因此事而受我們脅制？明日果真這麼做，我敢斷言，蠻族的第一支箭必然便是射死納芙，如此，**敵軍挾悲憤之情，氣勢必漲，我軍必敗**。此其一！其二，巴顏喀拉城內尚有十數萬奴隸，這都是我們的同袍，**今天我們能用納芙出來做擋箭牌，明天對方亦可以綁出數萬奴隸來做擋箭牌**。」

「說得不錯，此舉的確不妥，不過納芙卻可以好好地利用一番。」李清饒有深意地道。

「將軍的意思是？」呂大臨問。

「剛剛清風的話提醒了我，將納芙關在這裡，什麼用處也沒有，將她放回去，對我們也沒有什麼威脅，**何不用她來換回奴隸**？堂堂一個公主總能值不少奴隸吧？呂將軍，你派人去告訴巴雅爾，用一萬個奴隸來換回他的愛女吧！」

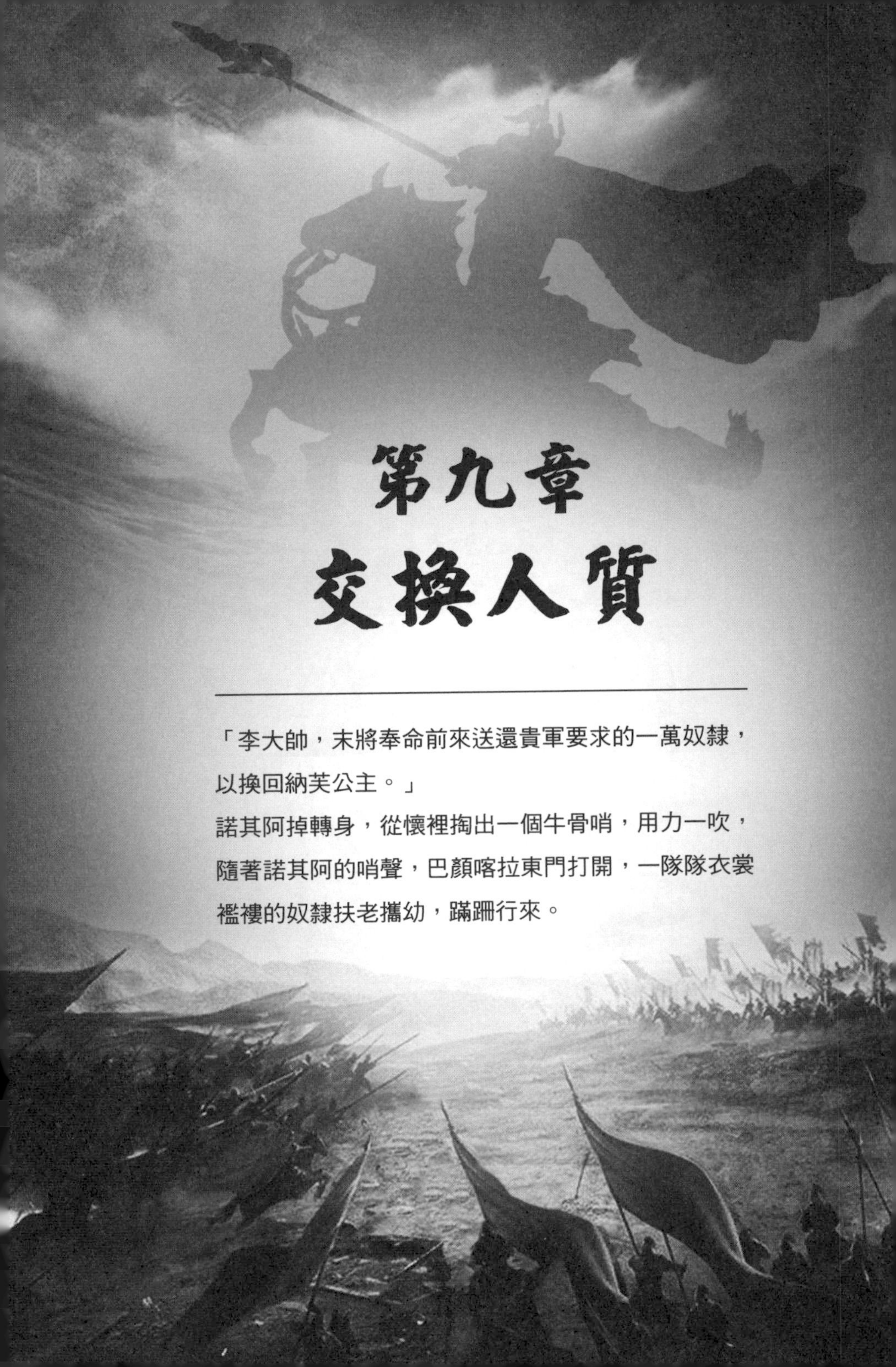

第九章
交換人質

「李大帥，末將奉命前來送還貴軍要求的一萬奴隸，以換回納芙公主。」

諾其阿掉轉身，從懷裡掏出一個牛骨哨，用力一吹，隨著諾其阿的哨聲，巴顏喀拉東門打開，一隊隊衣裳襤褸的奴隸扶老攜幼，蹣跚行來。

納芙的失蹤在巴顏喀拉城中引起了軒然大波，各種傳言甚囂塵上，有的說納芙被城裡的定州間諜捉了去，也有的說納芙是被一些小部族綁架，準備以此為見面禮向李清投誠，更有甚者，說納芙作為皇帝陛下唯一的骨肉，被秘密送出城去了，等等不一而足。

就在眾人臆測紛紛的時候，定州來使讓所有人都閉上了嘴巴，原來膽大包天的納芙居然僅帶著幾名侍衛便想去刺殺李清，結果落到一個被生擒活捉的下場。一萬名奴隸換回公主，在巴雅爾看來並不吃虧，讓這些奴隸繼續待在巴顏喀拉，只會浪費糧食，倒不如趕快送走，將納芙換回來。

伯顏卻猶豫道：「陛下，既然李清那賊子如此在意這些奴隸，我們在防守時還有大文章可做！」

巴雅爾道：「伯顏，你想在守城時用這些奴隸們去當肉盾嗎？恐怕此舉起不到什麼效用，你忘了當時在定遠，李清是怎麼誘殺代善紅部和藍部精銳的？明知道這兩部要來，他硬是一聲不吭，任由紅藍兩部在定遠等地燒殺搶掠，才讓這兩部上了大當，全軍覆沒，李清乃梟雄也，豈會受人威脅！」

「陛下，李清當然不會受人威脅，但不代表他的部下不動心啊，定州兵大多是定州本地人，這些奴隸裡面說不定就有這些士兵的親人家屬啊！」伯顏堅持道。

「困獸之鬥耳，你想做就去做吧！誰去將納芙接回來？」巴雅爾這句話卻是看向了其他人。

諾其阿向前一步道：「陛下，公主出城源自我之過，請陛下讓我去接公主回家。」

翌日，巴顏喀拉東門，定州軍軍陣森嚴，列隊而立，在軍陣的前列，納芙公主孤零零地騎坐在馬上，岩坎燕與哈魯比站在馬的兩側，替納芙挽著馬韁，身後一步處，數名士兵手持弩機，瞄準著她的背心。

巴顏喀拉東門打開了一道縫隙，幾匹馬彎彎繞繞地沿著城外的防禦陣地向著這裡奔來，看到對方行走的路線，王啟年笑顧李清道：

「大帥，當年我們在撫遠的防禦體系當真被他們研究透了，這以後打起來，大帥你可得多想想辦法，這防禦體系太難打了。」

李清笑道：「難打的不是防禦體系，而是守陣地的人，你不要什麼事都想要走捷徑，這仗還是要靠你們自己來打的。」

王啟年嘿嘿一笑，「以前跟著大帥，反正大帥指哪我們打哪，叫怎麼幹我就怎麼幹，現在還真有些不習慣呢！」

「這就是為將和為帥的區別，鬍子，你要想成為一方統帥，就必須擺脫這種舊習，要有自己的一套思路和風格，老是跟著別人的模式，你永遠也成不了一代名將的！」

「是，大帥！」王啟年拱手道：「多謝大帥指教，咦，大帥，您看，那邊來的又是老熟人呢，諾其阿那小子與我們還真是有緣！」王啟年哈哈大笑了起來。

諾其阿飛馬奔過兩軍陣前，一直到了納芙公主面前，翻身下馬，小跑到納芙面前，單膝跪地：「公主，你受苦了！」

納芙眼圈一紅，「諾將軍，玉兒扁兄弟都沒有了！」

諾其阿嘆了口氣，站起來，徑直走向李清：「李大帥，末將奉命前來送還貴軍要求的一萬奴隸，以換回納芙公主。」

李清點點頭，諾其阿掉轉身，從懷裡掏出一個牛骨哨，用力一吹，發出一陣極其古怪的聲音，隨著諾其阿的哨聲，巴顏喀拉東門打開，一隊隊衣裳襤褸的奴隸扶老攜幼，蹣跚行來。

「巴雅爾果然有英雄之風，居然先放奴隸出來，也不怕我反悔。」李清拍手道。

諾其阿回頭冷冷道：「我主雖然現在龍困淺灘，但雄心猶在，焉肯做無信無義之輩，便如李大帥你也不會趁此機會來奪我東門，否則你也不會有今日的成就了！」

李清哈哈大笑，「諾將軍，你這一說，我本來的一點小心思也不好意思再用了，罷了罷了，今日我與巴雅爾就做一對謙謙君子吧！」

趁換俘之機奪取東門陣地，不是沒有將軍們對李清提起過，不過遭到李清與清風的一致否決，清風作何想，別人不得而知，但李清卻斷然道：

「此時發動攻擊的確大大有利於我方，但那一萬奴隸就絕無倖理，哪怕我們趁此機會掃蕩了東門外的防禦陣地，但我相信此舉對我們的士氣絕對是一種打擊。各位將軍，要知道這些奴隸大多都是定州人，我們的士兵也多是定州人，**物傷其類，兔死狐悲，我們今天會為了這一塊陣地放棄這一萬奴隸，來日會不會為了另一塊陣地放棄他們？**士兵們肯定會這樣想的！**以小利而壞大義，吾不取也！**」

聞聽此言，帳內眾多大將皆嘆服不已，唯有傾城面露不豫之色，私下對秦明道：「這些奴隸都是我大楚子民，為了儘早結束戰鬥，取得勝利，他們付出一些犧牲也是應該的，而且他們被蠻子擄去，這麼多年，也不知做了多少資敵助敵之事，駙馬如此做法，簡直是婦人之仁！」

秦明趕忙阻止道：「公主慎言啊，駙馬麾下大將不說呂大臨兄弟，便是王啟年、姜奎等，哪一個不是定州土生土長的人，這話要是讓他們聽見了，會對公主離心離德的。」

傾城冷笑一聲：「難道要我去巴結他們嗎？看那些人一個個對清風俯首貼耳的樣子，便叫我氣不打一處來，你說說，那個叫什麼王琰的，清風來了，居然藏在他的營中，還將駙馬勾過去，這裡面有什麼勾當一想便知，當真以為我是死人麼？」

秦明尷尬地閉上嘴，涉及到大帥與公主的家事，他可不敢亂說，多說便是禍。

傾城拔出刀來一陣亂砍，口中恨恨地道：「總有一天，我要讓清風知道我的厲害！」

此時，萬餘名老弱婦孺相互扶持著，成一字長蛇從東城外綿延數里的防禦陣地中穿過，看著九彎八拐的隊形，唐虎獨眼放光，咧開大嘴道：「饒是他們奸似鬼，也要喝大帥的洗腳水，這萬餘人一穿過來，可把敵人的防禦陣地全都露光光，再打起來，我們一打一個準！」

李清不動聲色地道：「鬍子，你說呢？」

王啟年笑道：「大帥，這條路線一夜之間便會面目全非，若是明天我們按這個路線打進去，鐵定吃虧。」

李清笑著提起馬鞭抽了抽唐虎的鐵盔，道：「虎子，要按你說的去做，明天就是大帥我喝別人的洗腳水了。」

唐虎不好意思地吐了吐舌。

「百足之蟲，死而不僵，這個時候還不忘給我下套，可惜了，巴顏喀拉之戰，我要以堂堂正正之師正面取勝，巴雅爾注定白費心機！」

李清策馬走到納芙公主身邊，道：「納芙公主，非常抱歉，又讓你受委屈了，你現在可以跟諾將軍走了，希望下一次見面，你不再是我的俘虜！」

納芙氣得直哆嗦，一雙丹鳳眼盯著李清，恨恨地道：「李清，你聽好了，總有一天我會讓你後悔的！**我納芙一定會成為你的惡夢，讓你為我的兩個哥哥償命！**」

李清淡然一笑，馬鞭揚了起來，指著正絡驛不絕走過來的奴隸，道：「納芙，你看到了沒有，這些老百姓何曾與你們有怨有仇，但他們落在你們手裡，下場何其淒慘，你的兩個哥哥既然走上戰場，便當有戰死的覺悟，**你心痛他們的死，可曾想過這萬多名奴隸又有多少親人死在你們的族人手中？**」

諾其阿不願在這個時候與李清辯論什麼，翻身上馬，伸手牽住納芙的馬韁道：「李大帥，就此別過，他日戰場相遇，諾某必奮勇向前取你人頭！」

唐虎大怒，「諾蠻子，好不知恥，你三番五次落到我們手中，大帥饒你不死，居然如此大言不慚，來來來，唐虎領教你幾招！」拔刀便欲上前。

李清馬鞭揚起，攔住唐虎，道：「諾將軍雖然英武非常，但眼下局面，你可有機會殺到我面前？回去勸巴雅爾一句，為了你們巴顏喀拉滿城生靈，早早投降吧！」

「自古只有戰死的雄鷹，沒有苟活的英雄！」諾其阿憤然道，兩腳一叩馬腹，帶著納芙便走。

看著不斷遠去的納芙猶自回頭瞪視自己，李清聳聳肩，「這丫頭的眼神看得人心裡發毛！」

上萬名奴隸步履艱難地通過了東門前的防線，出現在兩軍陣前，守軍的陣地上，寒光閃爍，馬蹄陣陣，步履匆匆，顯然正在進行緊急的兵力調動，而這裡，王啟年的幾個步卒營也邁著整齊的步伐向前推進百多米，以戰車為前導，迅速組成防線，將剛剛得脫牢籠的奴隸們護在身後。

奴隸們先是相互扶持著大步向前走，慢慢地變成了小跑，最後變成了狂奔。

看到此景，李清眉頭不由大皺，命令道：「讓開兩條通道，讓這些同胞過去，小心不要讓他們衝亂軍陣！」

此時諾其阿並沒有離去，站在防禦陣地中間，正目光炯炯地盯著這邊。

「停步，停步！」幾名大嗓子士兵齊聲高吼，隨著士兵們長矛架起，奴隸們的前路上出現了一座槍林，「全部停下，否則殺無赦！」

士兵的喊聲起了作用，狂奔而來的奴隸終於放緩了腳步，趁此機會，一批定州士卒過去對奴隸們整頓編隊，同時也趁機探查有無奸細混雜在內。

「多謝大帥活命之恩！」不知是那個奴隸開了嗓子喊道，所有的奴隸都一齊轉頭，看向遠處那面鮮紅的李字大旗下，端坐在馬上的那個威武的將軍。

「多謝大帥活命之恩！」無數人跟著喊了起來，第一排人跪了下去，連連叩頭，後面的人有樣學樣，一排排齊刷刷地倒下，向著大旗叩頭如搗蒜。

看著這些衣不蔽體，形容枯槁的奴隸們臉上縱橫的淚水和眼裡狂熱的感激，李清不由感慨萬分，**這些人流落異鄉**，**受盡荼毒**，**說到底**，**還是自己這些當權者當年的無所作為造成的啊**，現在僅僅是救了他們一命，他們的青春、健康、財富都已化作飛灰，但這些樸實的百姓仍是感激萬分。

李清策馬欲行，想要到這些奴隸中間，唐虎馬上挽住了他的馬韁，「大帥，您不能過去！」

「為什麼？」李清怒道：「沒看到我的子民們在向我叩頭麼，我要去和他們說幾句話！」

「不行！」唐虎說不出什麼大道理，只是死死地挽住馬轡，「您不能過去。」一邊的王啟年也道：「大帥，你不能過去，這些奴隸裡面說不定藏著蠻子的刺客，大帥，您忘了當年哈寧齊是怎麼被清風司長派人暗殺的麼？」

李清長吁了口氣，「我說幾句話，你讓士兵們一齊喊。」

「是，大帥！」王啟年馬上招來一批大嗓門士兵。

「同胞們，你們受苦了！」李清大聲道。數十名士兵立馬當起了傳聲筒，將李清的話大聲地吼了出去。

「我們來了，你們得救了！不用擔心你們以後的生活，定州會給你們土地，給你們耕牛，給你們房屋，可以幫你們找到你們的親人！」

李清每說一句，士兵們便大聲重複一遍。

「感謝你們能活著堅持到我們的到來，你們對定州非常重要！你們的親人需要你們，我李清也需要你們，定州更需要你們去貢獻自己的力量，讓我們一齊把定州建設得無比強大，讓任何人也不可能再來掠奪你們，奴役你們！」

「大帥萬歲！」奴隸們狂喜大呼，能活著回來已出乎了他們的意外，現在大帥居然還承諾幫他們重建家園，還有比這更高興的事情麼！

不知是誰，這句萬歲一出口，緊接著的便是海嘯般的萬歲聲。

「定州軍威武！定州軍萬勝！」李清振臂高呼！

頃刻間，萬歲的呼聲便在李清的帶領下變成了呼嘯。

「傳令，有秩序通過軍陣，後面接應奴隸的準備做好了麼？」李清問道。

「大帥放心，都已準備好了，這一批奴隸今天稍事修整，明天就與前期到達的奴隸們隨後勤運輸一齊返回定州！」王啟年道。

看著一批批的奴隸順著通道井然有序地離開戰場，李清臉上不由露出了笑意，回望東門敵人陣地，諾其阿已消失得無影無蹤。

「爹，真的是你麼？」森嚴的軍陣中，一個聲音突兀地傳了出來，一名青年士兵忽地大聲嚎哭起來，丟掉手中的長槍，越眾而出，一把抱住一個骨瘦如柴的老頭，跪倒在地，放聲大哭。

老頭睜開渾濁的眼睛，只看一眼，兩眼便放出光來，一把摟住眼前披甲的士兵，「小豹子，真是你啊，你沒有死，還活著啊！天可憐見啊，小豹子，你再也看不到你娘啦！」

父子兩人抱頭痛哭，與此同時，在兩條通道間，便發生了數十起親人相認的事。

「鐵豹，歸隊！」一名校尉怒喝道。鐵豹抱著老爹痛哭，絲毫沒有理會校尉的命令。

「鐵豹，亂我軍陣，該當何罪！拿下！」兩名士兵應聲而出，雖然紅著眼睛，但仍是毫不猶豫地將鐵豹俐落地反剪雙臂，扭倒在地。

「軍爺，軍爺，你饒了我家豹子吧！」老頭驚慌地看著那名校尉，跪倒在地哭求道。

「大爺，國有國法，軍有軍規，鐵豹違反軍法，亂我軍陣，不治其罪，何能肅我定州軍紀，請大爺迅速過去吧！」

李清目視著通道內發生的人間悲喜劇，低聲問道：「鬍子，這些人該當如何處罰？」

王啟年道：「大帥，這還是您當年訂下的規矩啊，戰前亂我軍陣，不聽號令者，殺無赦！」

李清沉吟片刻，「今天大喜的日子，殺人不祥，將他們帶來！」

「是！」王啟年傳下號令，片刻間，數十名違反軍紀的士兵便被扭送到李清的面前，隨行而來的數十名奴隸大概便是他們的親人了。

「見過大帥！」

數十名士兵被按在地上，軍法官大步走向前，向李清鞠了一躬，「大帥，三十二名違反軍紀的士兵已帶到。」

「嗯，軍法官，他們的罪，依律如何？」李清問。

「回大帥，大戰前擅自出列，亂我軍陣，依律當斬！」軍法官面無表情道。

此言一出，剛剛找到親人，喜悅萬分的幾十名奴隸頓時雙膝一軟，跪倒在地，「大帥饒命啊！」

「你們有何話說？」李清看向幾十名犯兵。大都面色如土，剛剛經歷了找到親人的大喜，頃刻之間便是大悲，一時間天堂地獄便走了一遍。

「大帥，大帥！」鐵豹強掙著抬起頭：「鐵豹違反了軍紀，不敢求大帥饒命，但請大帥讓我第一個衝上去殺蠻子，死在戰場上，鐵豹雖死無憾！」

「倒是一條好漢子！」李清拍拍手，轉頭問軍法官，「軍法官，這批人其罪當誅，其情可憫，能否網開一面？」

軍法軍躬身一揖，「大帥，恩自上出，大帥要赦免他們，末將也無話可說，只是有此一例，日後不免有人效法，於我定州軍紀不利！」

李清點點頭，躍下馬來，霍地拔出腰刀，大聲道：「弟兄們，這些士兵雖然犯了軍紀，論罪當誅，但其情可憫，今日我李清便替他們討個情！」

他伸手揪住自己的一縷頭髮，猛的揮刀，刀過髮斷，將斷髮灑在空中，「我割刀以代他們一死，容其代罪立功，可否？」

「大帥慈悲！」士兵們一齊喊道。

「但僅今日一例，再有犯者，絕不輕饒，爾等可有異議？」李清森然道。

「全憑大帥吩咐，我等毫無異議！」

「很好！」李清嗆啷一聲，將刀還鞘，道：「死罪可免，活罪難逃，來人，一人打二十鞭子，以儆效尤！」

跪伏在地的犯兵們死裡逃生，驚喜交加之下，不由涕淚交流，其親人們更是號啕痛哭，早有士兵們兩個服侍一個，三兩下剝光犯兵們的上衣，喝道：「跪下！」

犯兵直挺挺地跪在雪地上，挺直了脊梁，在他們身後，執行官手執長長的馬鞭，喝道：「兄弟，挺住了！」手腕一抖，啪的一聲脆響，這些人的背脊上立馬多出了一條血痕，身子一抖，旋即又挺得筆直。

「願為大帥效死！」鐵豹咬牙忍住痛，大聲喊道。

啪的又是一聲鞭響。

等到二十鞭打完，數十名犯兵早已成了血葫蘆，一邊的醫務兵趕緊上來給他們上藥，裹傷。

李清縱馬來到一行人面前，看著打頭的鐵豹，道：「嗯，不錯，這一戰如果能活下來，你就到我身邊來做個親衛吧！」

清風離開的那一天，正是定州對巴顏喀拉開始發動攻擊的時間。

唐虎代表李清前來送行，這讓清風很是開心，唐虎雖然只是一個侍衛統領，但在定州所有人看來，唐虎就是李清的影子，唐虎在李清親臨戰場指揮全軍作戰的要緊時刻，還被李清派出來為清風送行，**說明了清風在李清心中的地位**。雖說定州有了主母，但看起來**清風司長在大帥那裡仍是榮寵不衰啊**！

「虎子，你回去吧！」

唐虎帶著侍衛送了十數里後，清風坐在馬車上，對唐虎道：「將軍那裡，你要多加小心留意，要是將軍少根汗毛，我會剝了你的皮的！」

雖然知道清風是玩笑話，但唐虎仍是覺得心裡涼颼颼的。

「小姐放心，便是虎子死了，也不會讓大帥受到一點傷害！」唐虎拍拍胸脯。

「去吧！」清風笑著揮揮手，關上了馬車門。

唐虎撥轉馬頭，對馬車後垂頭喪氣的呂大兵一拱手，「小呂將軍，後會有期了！」

呂大兵有氣無力地道：「虎兄，後會有期，幫我多殺幾個蠻子吧。」

唐虎咧嘴道：「小呂將軍，誰叫你娶了個蠻子媳婦，哈哈哈，這下你只能看著弟兄們上陣殺敵了，英雄難過美人關，古人誠不欺我！」

一陣狂笑讓呂大兵面如土色，仰天長嘆，「冬日娜誤我！」

坐在車轅上的鍾靜一聽這話，不由柳眉倒豎，喝道：「唐虎，你這個夯貨，懂什麼，又想討打麼？」向唐虎揮舞著粉拳。

唐虎縮了下脖子，與鍾靜的比鬥，他是屢戰屢敗，因而兩腿一夾馬腹，嗖的一下去得遠了，這才回頭道：「鍾雌虎，等爺打完這一仗再來與你比武，看我下一次不打得你媽媽都認不得你！」

鍾靜氣得跳下車來，唐虎狂笑著催馬狂奔而去。

眼見追之不及，鍾靜氣得以腳跺地，罵道：「下一次不將你打成豬頭，誓不為人！」

馬車上的清風笑著打開窗戶，道：「阿靜，虎子便是這樣一個人，沒有壞心，你們兩人切磋我不管，可不能真將他打壞了，將軍面上不好看！」

鍾靜諾諾應是，心裡卻仍是恨得牙癢。

一眼看到垂頭喪氣的呂大兵，清風嘴角勾起一道弧線，道：「小呂將軍，你上馬車來！」

啊！呂大兵茫然地抬起頭，魂不守舍，顯然沒有聽清楚清風在說什麼。

「小呂將軍，小姐讓你上車去！」鍾靜在一邊提醒道。

「不敢！」呂大兵連連搖手道：「末將皮糙肉厚，經得起風吹！」

清風與鍾靜都咯咯笑了起來。

「小呂將軍，你難道娶了冬日娜做老婆後，腦子也變得與唐虎一樣了麼？小姐是有話對你說，有事吩咐你做，不然你以為將軍把你發配到小姐這裡來做什麼？當保鏢麼？那可太屈才了！」鍾靜笑得捂著肚子，直不起腰來。

呂大兵這時會過意來，訕訕地道：「鍾姑娘見笑了，便是做保鏢，也是不及姑娘遠甚。」

鍾靜板起面孔道：「那你是說你當將軍帶兵打仗便比我強多囉？」

「不敢，不敢！」呂大兵狼狽地爬上車，與女兒家鬥口，他自然不是對手，被打得落荒而逃。

鍾靜抿著嘴偷樂，從唐虎那裡受的一肚子氣總算找了點回來。

車內溫暖如春，陡然從冷峭的冰天雪地中坐到車裡來，呂大兵不由大大地打了個噴嚏，看著微笑的清風，意識到自己的失禮，呂大兵臉上瞬間變得通紅。

車廂很是寬敞，一股淡淡的清香在車廂內繚繞，煞是好聞，想到對面女子的身分，呂大兵戰戰兢兢，十分拘束。

清風不知在哪裡伸手一按，一陣格格輕響，她與呂大兵中間一張小几升了起來，几上還燒著炭火，煨著開水。一套茶具固定在小几上。

清風擺好茶具，沖好茶，看著呂大兵道：「小呂將軍，你很緊張？」

「緊張？不……不緊張！」呂大兵坐得筆直，道。

清風輕笑出聲，搖搖頭道：「小呂將軍還在為不能上前陣殺敵而苦惱？」

「是，司長大人，大兵自白登山一役被縛後，已錯過了太多的戰役，眼見這是平蠻的最後一戰，大兵卻不能參與，實是生平憾事！」

清風將茶推到呂大兵面前，自己兩根手指捻起一杯，明若秋水的眼睛看著對方，「小呂將軍，你是軍事上的行家，你說說巴顏喀啦這一仗我們勝算幾何？」

呂大兵自豪地道：「大帥算無遺策，一步一步將巴雅爾逼到了牆角，這一仗，我們十成十的穩勝無疑，只不過是所用時間的多少，付出代價的大小罷了。」

「是啊，是啊！」清風道：「不僅是你，便是我這個外行也看出來了，巴雅爾就是一頭死老虎了。」

呂大兵笑道：「司長可不是外行，匠作營外一戰，全殲納吉三千狼奔精銳，已被列入定州軍官教材，作為經典案例了呢。」

清風自謙道：「以有心算無心，那怎麼算得上經典，只是我運氣好罷了。哦，小呂將軍，喝茶啊！」

呂大兵看著那小小的茶杯，小心地伸手捧了起來，生怕一使勁，便把這秀氣的杯子給捏碎了，看著那點綠茶，心道這還不夠我潤喉的，可看清風已是連喝幾口了猶未喝完，也只能裝模作樣地濕了下唇，又放了下來。

「巴雅爾是死老虎了，打一頭死老虎有什麼好神氣的，大帥將你扔到我這兒，**是另有重要任務交給你，你接下來的一仗可就不是打死老虎了！**」清風笑道。

呂大兵眼前一亮，「大帥又要向哪裡用兵，是進兵中原嗎？我聽哥哥講了！」

清風瞟了他一眼，警告道：「大兵將軍，這話你在這裡說說就罷了，出去任何地方也不要講，**關於中原的問題，是絕對機密**，所知者只有三五人而已，大臨將軍講給你聽已是不該，你絕不能再說出去！」

呂大兵背心裡滲出汗來，心道這下慘了，竟將大哥也栽了進去，好在清風沒有追究的意思。

「不是進兵中原，那，清風大人，目前定州哪裡還有仗打？」

清風又端了一小杯茶放在呂大兵面前，示意他一下，才道：「大兵，我已派人將冬日娜從定州接來了，你接下來將**與冬日娜一齊返回富森那裡去**，尚先生那裡配了一百名親衛保護你的安全。」

「又要我回去？」呂大兵險些跳了起來。

清風點點頭，「富森現在手裡有多少可用之兵？」

呂大兵想了想，「全族動員的話，約有四五萬人的樣子。」

「我說的是精銳之兵。」

「那也足足有兩萬之眾。」呂大兵道。

「你回到富森那裡後，利用你現在的身分，多多結交這些紅部將領，不管你用什麼辦法，儘量多拉一些人到你身邊，使你能夠在這兩萬精銳中有一定的發言權。」清風面授機宜道。

「大帥是準備慢慢架空富森？」呂大兵問。

清風微微一笑，「這可不是簡單的事，我們現在只要你能有效地指揮這支軍隊而已，回到紅部之後，你與富森率領這兩萬精銳，秘密運動到和林格爾，時間在二月底三月初，記住，**是秘密，不能讓任何人知道**，包括定州軍在內！」

「這是為什麼？」呂大兵驚道。

清風意味深長地一笑，「大兵，到了那一天你會明白的，大帥當時會有命令發到和林格爾的，**那裡才是大帥鼎定草原，將草原真正納入麾下的最後一戰！**」

「是嗎？」呂大兵半信半疑。

清風不再說話，舉起茶杯，「來，小呂將軍，我以茶代酒，敬你一杯。」

「多謝司長！」呂大兵忙不迭地舉起茶杯。

巴顏喀拉的首戰並不是在定州精銳雲集的東城開始的，率先發動進攻的，是西城方向的過山風與鐵尼格聯軍。

鐵尼格終於見到了傳說中的定州主帥李清，那個在過山風嘴裡英明神武、戰無不勝、攻無不克，數年間便將壓制得他們室韋人數百年抬不起頭來的蠻族打到如今苟延殘喘的大帥。

首先讓他震驚的不是李清，因為最先出現在他面前的不是李清，而是一排排鐵甲的海洋，看到連胯下坐騎都披著鐵甲的重騎軍，鐵尼格覺得呼吸有些困難，那些高頭大馬在他們室韋人那裡雖然不算是罕見，但要一次找到這麼多來裝備軍隊，也是不太可能的。

「這不是大帥的親軍，是大帥夫人傾城公主的衛隊！」過山風低聲向他介紹。

「這還只是夫人衛隊，那大帥的親軍又該是什麼規模啊！」

鐵尼格咽了口唾沫，過山風笑而不答。

其實宮衛軍的這種重騎，李清倒一直想搞一支，但委實太費錢了，而且想要湊齊這麼多能承重的戰馬也不是件容易事，此事便作罷了，翻遍整個定州軍，也只有傾城帶來的這一千人而已，還有五百人此時還在定州跟著燕南飛與許雲峰等復州官員打擂臺呢。

重騎慢慢分開，兩騎越眾而出，鐵尼格不由看直了眼睛，見眾人眾星拱月般地護衛著兩人過來，一人全身披掛鐵甲，連面目也與其他人一般罩在鐵甲之後，而另一人卻是輕袍緩帶，穿著一襲青衣，一頭長長的黑髮只是用一根布帶束在腦後，唇上鬍鬚修剪得十分整齊，自有一股不怒自威的氣勢，馬背上掛著一柄戰刀，不過，怎麼看也不像是在戰場上應有的裝束。

從過山風那裡，鐵尼格聽說李清是馬上將軍，功夫過人，照理應當是那個全身披掛的將軍才對，可那個書生模樣的人卻是氣勢逼人，一下子讓鐵尼格有些傻眼，不知道該跟誰打招呼。

身旁的過山風卻是搶下馬來，單膝著地，道：「移山師過山風，參見大帥、夫人！」

過山風這一動，鐵尼格立刻分辨出誰是李清了，不過那個一身鐵甲的居然是李清的夫人傾城公主，倒是意想不到，與李清的適意形成了鮮明的對比。

甩鞍下馬，鐵尼格左手撫胸，道：「李大帥，您的朋友鐵尼格給您見禮了！」

李清大笑著躍下馬來，搶上前去，雙手拉住鐵尼格道：「鐵尼格王子，久聞大名，今日終能得見，幸甚幸甚！」

傾城公主卻是端坐馬上，只是微微點了點頭，連面具也沒有拉起來，她身為上國公主，對一個蠻邦小國的王子自然是不用假以辭色。

被李清一拉，剛施了一半禮的鐵尼格順勢便站直了身子，看著李清，讚道：「泰山崩於前而色不變，大戰當前，大帥還能如此輕鬆寫意，鐵尼格遠不如矣。」

李清笑道：「算不上什麼大戰，巴雅爾已是日薄西山，不堪一擊了，巴顏喀拉一戰，吾只是來看看手下兒郎們是怎麼打下這座城的，又用不著我親自上陣，自然不用那麼緊張了。」

鐵尼格一聽這話，臉上有些不自然起來，心道：你不用親自上陣，我可是還準備去搏殺的，聽起來倒像我也成了你的兒郎士兵了，不由打定主意，這今後的戰鬥自己也不必去親自上陣了，笑道：「大帥手下人才濟濟，鐵尼格麾下也有十萬虎賁，願陪大帥共觀兒郎們破敵！」

李清身後傳來一聲冷哼，傾城已很是不耐了，鐵尼格居然把自己放在與李清等同的位置上，讓她聽了極其不爽，呸！什麼十萬虎賁，大多數都是拉來騙定州裝備的，李清也不知是如何想的，居然還肯為他裝備齊全，即便是定州軍淘汰下來的舊甲，也不能如此便宜了這蠻子，你看看，餵飽了他，馬上便是另外一番嘴臉了。

李清卻是不以為忤，牽著鐵尼格的手，道：「正要看一看室韋男兒的勇武。聽聞室韋人英雄善戰，馬上功夫比起蠻子們有過之而無不及，今日可以讓李清大飽眼福。」

「李帥且看室韋男兒破敵！」鐵尼格也是豪氣干雲，二人三言兩語就敲定了出戰順序，由室韋軍隊率先發動攻擊，一邊的過山風心裡暗笑，鐵尼格比起大帥嫩得太多了。

巴顏喀拉的防禦體系雖然完整地複製了撫遠的防禦，但又有些許不同，在這些工事之間，還有上萬騎兵依託其掩護列陣而戰，打起來比之撫遠更為困難；即使巴顏喀拉已窮途末路，卻不缺兵勇，這仗還有得打！大帥的策略是先打再困，不會與之硬拼，現在大帥三言兩語就敲定了讓室韋人打頭炮，看來是打定主意要消耗室韋人的實力。

看著志得意滿的鐵尼格，過山風在心裡嘆了口氣，**草原是大帥心中的後花園，豈會擊敗了蠻子之後，又讓室韋人一家坐大？那豈不是前門驅狼後門進虎麼？**鐵尼格要是聰明，就該老老實實地臣服在李清的面前，如今如此托大，自以為手下有十萬兵馬，便想與大帥分庭抗禮，真是壽星公上吊，嫌命長了！

誇下海口的鐵尼格自然不會在初此見面的李清面前丟了面子，奉命出戰的皆是他本部精銳，兩萬鐵騎呼嘯聲中，在數里的扇面上鋪開了戰線，在震天的喊殺聲中向著蠻族衝去。

西線防守的蠻族大將是巴雅爾的左膀右臂，戰爭經驗極其豐富的伯顏；列陣而戰的是他手下的黃部精銳，也是一群打老了仗的好手，一萬人在室韋人發動進攻之後，極短的時間內便形成了三個錐形攻擊群，呼嘯聲中迎擊而上。

三個攻擊群一頭扎入漫山遍野而來的室韋騎兵之中。

「鑿穿！」領兵大將狂呼。

室韋人控馬之術的確不在蠻族之下，兩軍相隔百步，紛紛在馬上引弓放箭，一時之間，戰場上箭如雨下，雙方不時有人栽倒下馬，淹沒在馬群之中。

遠遠看去，黃部騎兵凝而不散，室韋人卻猶如剝洋蔥一般，雖然將黃部的陣形一層層削薄，但始終不能打散其陣形，雙方的戰損比也一直維持在一比一的比例上。

「擂鼓！」看到激戰半個時辰仍舊不能打開局面，自己的陣形倒險險幾次被敵人洞穿，鐵尼格臉上有些掛不住了，大聲下令。

數十面牛皮大鼓隆隆敲將起來，聽聞鼓聲的室韋人狂呼亂叫，鼓起餘勇，黃部似乎抵擋不住，開始圈轉馬頭，繞出一道弧線，且戰且走，退向防禦陣地，臨近陣地數百米時，三股黃部騎兵剩餘數千人馬彙集在一起，如風一般地狂奔向自己的陣地。

鼓聲愈高，鐵尼格臉上露出喜色，終於打退了敵軍。

兩百步，蠻軍陣地上嘩啦一聲響，忽地豎起上百臺投石弩、八牛弩，陣地中修建的簡易堡壘上，蠻兵一排排站起來，引弓向上，一聲令下，箭如飛蝗，石如雨下，緊追黃部而來的室韋騎兵猝不及防，頓時吃了大虧，隊形被掃空了一大片，前後軍頓時脫節，驚惶之餘，剛剛飛退的黃部騎兵又勒馬衝殺而回，一頭扎進了散亂的室韋騎兵之中一通亂殺。

在室韋人好不容易整頓好隊形，準備重新迎戰的時候，黃部騎兵卻又退得飛快，這一次室韋人學了乖，不敢追得離陣地太近了。

一萬黃部騎兵利用防禦陣地的掩護，竟然硬生生地扛住了兩萬實力強勁的室韋騎兵，雙方戰損一比一，誰也沒有占到便宜。

「伯顏學得很快啊！」李清笑道。

鐵尼格自覺顏面大損，臉色鐵青，一伸手搶過鼓槌，欲再次發動進攻。

李清一把拉住他，道：「鐵兄，小挫而已，這些蠻子狡猾得緊，根本不會同你硬碰硬的，室韋騎兵已彰顯了他們的勇氣，接下來讓定州軍打吧，讓你的騎兵撤下來積蓄力量，下次定會給他們一個狠狠的教訓。」

鐵尼格感激地點點頭，「多謝李帥體諒。便讓移山師的兄弟們先打打，我們休整一下，一定替大帥掃了前面這些防禦陣地。」

接到將命的過山風開始布署軍隊，與室韋騎兵不同，過山風派出去的卻是步卒，統兵營官熊德武。

一列列的戰車前引，每三百人排成一個整齊的方陣緩步推進，士兵喊著整齊的口號，前後錯落有致開始向前壓迫，攻城雲車隨著步卒前進，雲車上，十數臺強弩、投石弩已準備就緒。

熊德武，定州移山師麾下海陵營營指揮，鹽工出身，好勇鬥狠，過山風的嫡系心腹，麾下海陵營五千營兵盡皆為海陵人，大都是鹽工，過山風喬裝入復州收編這支鹽工隊伍後，這支從鹽工中精選出來的悍卒便受到過山風的大力栽培，如今在移山師中，戰鬥力比起姜黑牛的健銳營有過之而無不及，原因就是因為他們有一個悍勇無比的營將。

熊德武初入軍隊時，最喜歡做的事便是脫掉上衣，赤膊上陣，領著一群亡命之徒衝殺在前，作為全軍的箭頭鋒矢，因此，作為熊德武的親兵傷亡率是最高的，但在營中卻也是最受尊敬的，因為非勇武過人之輩根本不可能站在熊德武的身邊，成為全軍的箭頭。

仗越打越多，熊德武身邊的親衛換了一波又一波，他自己身上的傷疤也是層層疊疊，但在移山師中的名氣也越來越大，也越來越受到過山風的重用，凡有攻堅之戰，過山風第一個想到的就是他。

今天大帥與夫人親臨戰場，之前鐵尼格雖說沒吃什麼虧，但著實也沒有占到啥便宜，眼下輪到自己移山師了，過山風自然是想露一手，要不是李清嚴厲禁止主將不到最後關頭不得親自上陣廝殺，他真想提著狼牙棒去打前鋒了，不過派上熊德武，也應當能順利實現自己的作戰意圖。

海陵營頂在最前頭的一個方陣，便是以熊德武為首，嚴密的方陣外層是戰車兵、長矛手和盾牌手，內裡是刀斧手和弓弩手，在哨官的口令聲中，踏著整齊的步伐向前推進。

作為營指揮官的熊德武，一手提著一柄大斧，另一隻手提著一面打磨得極為鋒利的盾牌，步履堅定地向前推進，在他的身邊，跟著一個腰裡別著數面顏色不一小旗的信號兵，熊德武需要通過他，來對全營進行必要的協調指揮。

在蠻族與李清的定州軍的作戰中，最讓蠻族頭痛的，便是如何以騎兵擊破對方密集的步兵戰鬥隊形，特別是在定州軍將裝載有百發弩的戰車裝備到步兵隊列中後，定州步卒更是成了他們的惡夢。

如果擁有像大楚宮衛軍那樣的重騎，當可以擊破對方陣式，但以大楚的富庶，也只組建了區區數千人的重騎兵，這玩意就是一個燒錢的貨，豈是蠻族能玩得起的。

「牙力思！」伯顏招來一員將領，指著正在步步逼近的定州軍，「你看到對方那些攻城雲車了嗎？我給你五千騎兵，你衝出去毀掉他們，記住，不要試圖去擊破他們的步兵方陣，因為那不是能短時間能啃下來的，而且一旦給他們糾纏住便很難脫身，你要做的，便是竭盡所能地在他們的步兵衝到我們的第一道防線之前時，讓他們的攻城雲車所剩無幾，這樣在接下來的攻防戰中，我們可以利用胸牆、要塞、壕溝給予對方痛擊，要是對方還有足夠的雲車，居高臨下對我們進行壓制的話，我們的損失會很大，你明白我的意思了嗎？」

年約四十，一臉絡腮鬍子的牙力思重重地點頭道：「大人，我明白了，毀掉雲車。」

伯顏滿意地說：「毀掉雲車後，帶領你的部隊從左邊繞過正面戰場回來。」

蠻族陣地上隱藏的遠端投石車開始發射石彈，八牛弩也帶著尖嘯聲破空而至，更多的強弩、弩炮也咆哮起來。海陵營發一聲喊，盾牌手們高高地舉起盾牌，鐵盾在空中組成了一道屏風，周邊的戰車兵盡力將身體縮到戰車之後，貼緊車壁，長槍手們則舉起長槍，不停地在空中搖動。

對方的投石車一動，雲車上的定州兵立刻便鎖定了對方的位置，安置在雲車上的經過改良之後的四發八牛弩迅速調整角度，瞄準，格格聲中，一支支長矛般的八牛弩箭便電射而出，以對對方進行壓制。與此同時，強弩、弩炮也開始從雲車上猛力的向對方射擊。

海陵營不停出現傷亡，卻絲毫沒有停下腳步。

「出擊！」牙力思拔出了彎刀，反手一鞭擊打在馬股上，五千騎兵從陣地中狂瀉而出，此時他們距海陵營尚有五百步距離，恰好讓他們能在這段路程上將馬速提到最高。

用強勁的馬力衝擊對方的戰車，用填人命的方式殺出一條血路，這是蠻族對付這種烏龜殼似的步兵隊列最無可奈何的一招。

如果對手不是定州軍，或者說如果對方的甲冑很差，那蠻族騎兵還可以採取奔射之術，在周邊不停地用弓箭對敵人進行殺傷，但現在對手的士兵已普遍裝備了鐵甲，騎兵的弓箭射在他們身上，造成的殺傷力極其有限。

在遠距離的對射上，定州軍弓弩對蠻族造成的傷害更大，其一是因為定州兵大量地採用了破甲箭，其二當然是蠻兵不可能像定州那樣大規模地給士兵裝備鐵甲，很多士兵只能穿上皮甲，兩相對比，擅長騎射的蠻兵們居然發現，自己高超的射術在對方精良的裝備面前赫然成了笑話。

像讓蠻兵們聞風喪膽的百發弩，哪有什麼準頭可言，純粹就是大片大片地覆蓋性打擊，利用超高的射速，恐怖的力道，將擋在前面的活物掃蕩得乾乾淨淨，你苦練十數年射藝，在它的面前根本沒有表演的機會，因為其一射就是上百發，而蠻族最高明的射手能在閃電間連射三發已是罕見的高手了。

在陣地的火力掩護之下，牙力思的五千騎兵排成數條長龍奔騰而來，如此的隊形當然是防備定州恐怖的百發弩了，儘量地縮小攻擊面，使對方的打擊面縮小，讓百發弩的威脅降到最低。

百步之內，嗡的一聲，車載百發弩開始發射，烏雲一般的短弩平射而出，瞬息間，人眼之前皆是這種短弩，饒是鐵尼格曾多次在前段時間的戰鬥中見識過百發弩的威力，但每一次看到，仍是讓他膽戰心驚。這種武器雖然他朝思暮想，但定州卻沒有給他配備。

牙力思的前鋒們儘量地伏低身體，舉起盾牌，竭力地護住自己和馬匹，雖然知道這只不過是盡人事聽天命罷了，在如此密度的射擊之下，除了上蒼保佑之外，不被射中的機率並不高。不管是中人還是中馬，都足以讓他們在如此速度的衝鋒中喪命。

好在百發弩裝填麻煩，在騎兵的快速衝擊之下，基本上只有一次的發射機會，然後便成了對方步卒一道簡易的城牆。

前鋒紛紛摔倒在塵埃，但他們用自己的身體消耗掉了對方最為凌厲的一輪打擊，在這輪射擊過後，牙力思的騎兵迅速地變成了散兵隊形，前隊揮舞著重武器，後頭的騎兵則彎弓搭箭，向上仰射。

海陵營的身後，李字大旗下，李清微微皺起眉頭，蠻族果然不乏精通兵法的大將，應對得法，將損失降到了最低。

第十章
暗潮激蕩

「我蕭向方三氏聯手，眼下看似控制中樞，其實是危機重重，寧王用意昭然若揭，起兵造反是旦夕間的事，北方東方兩大豪強虎視眈眈，一旦覷著良機，他們是絕不會猶豫的，定會大舉進犯；稍有不慎便是萬劫不復的下場。」

迫近了！海陵營方陣迅速合攏，戰車靠攏到一起，車後的矛兵支起了手中丈餘長的長矛，戰車兵們拔出了短刀，準備掩護長矛手，在他們身後，弓弩手們開始與對手對射。

砰砰的巨響，奔到戰車前方的蠻兵們揮出手中的重武器，或砸在戰車上，或飛入到長矛隊形之中，將海陵營士兵砸倒，而自己也不停地倒在戰車之後射出的弓弩之下。

這些飛出手中重武器的蠻兵們，並沒有像以往那樣策馬向兩邊繞行，而是在狂吼聲中猛的提馬高躍，飛奔的戰馬雖然畏懼前方鋒利的刀刃，但在背上騎士的強迫之下，仍不得不高高躍起，連人帶馬衝向前方的死亡地獄。

人在空中，騎士們拔出了腰中的彎刀，紅著眼睛落下來，只要不被在空中扎死，落下來，他們便還有揮出一刀的機會。

亡命的打法讓戰鬥在一開始便進入到了最殘酷的時候，鮮血從空中一蓬蓬灑落下來，大多飛到空中的蠻兵等不到落下來，在半空中便被長長的尖矛凌空刺死，甩出陣外，僥倖落下來的，也僅僅只有揮出一刀的機會，便被等候已久的刀盾兵們亂刀砍死，但重重摔落下來的戰馬卻讓海陵營出現了不少的傷亡。

戰車上下前後，不多時便被人馬的屍體填起了厚厚的一層，密集的陣形出現了空白。

熊德武大怒，眼見對方奔馬的速度已降了下來，立刻下令，合攏在一起的海陵營霍地分開成數十個小方陣，衝進對方的隊列之中，熊德武怪叫著舞盾提斧殺了出去。

攻城雲車上，士兵們穩穩地壓制著後方仍在向前飛奔的騎兵後隊。

熊德武在過山風的數次斥責之後，終於改掉了臨戰便興奮過度、喜歡赤膊上陣的習慣，現在的他，身上披著定州專門為營以上軍官特製的板甲，這套甲具打造起來耗時耗力，不過防護能力比一般士兵們身上披的普通鐵甲要好上許多，而且重量更輕，更利於將軍們在接戰時，能有更多的體力來保證自己的戰鬥力。

數千人的海陵營突然裂開，分成了數十個百人單位的小方陣，看似各自為戰，卻又相互聯繫緊密，交替掩護，一旦發現有敵人騎兵提速的徵兆，兩邊頓時便有幾個方陣圍上來，竭力將馬速限制下來，甚至讓對手寸步難行，迫使對方不能倚仗馬力，而定州兵們上刺敵軍，下砍馬腿，忙得不亦樂乎，更有弩手們利用配備的手弩，時不時地便是甩手一弩，失去衝擊力的騎兵陷入到步兵的方陣中，便是惡夢的開始。

熊德武吆喝著，鋒利的盾牌揮舞，削馬腿，剖馬腹，舞得風車一般，另一隻手的大斧每一個起落，帶起的血水便一串串飛起，儼然是一個大殺神。

牙力思咬緊牙關，任由大部騎兵陷入步兵的汪洋中，他在悄悄地準備對定州的雲車施以致命一擊，在他的手中，還握有一支秘密部隊。眼見著雙方已絞在一起，牙力思準備發力了。

最為精銳的騎兵被他組織在了一起，在他的帶領下，猶如一柄尖刀，嗖地一聲從定州兵最薄弱的地帶插了進去，一路毫不戀戰，只奔雲車所在。

這一股騎兵的戰鬥力明顯比其他人要高出一大截，裝備、馬力都要強上許多，這一次衝擊，立刻在戰場上殺出一條血胡同。

遠遠的，李清看到牙力思的隊伍，臉上不由變色，嘴裡不由地吐出了三個字：「**潑喜軍！**」

一邊的過山風沒有聽清楚，奇怪地問道：「大帥，您說什麼？」

李清苦笑一下，戰爭果然能極大地激發人的智慧，在他的印象中，潑喜軍出現在宋朝時期，這支軍隊是當時西夏的一支強軍，其實更應說這是一支技術兵種，他們將一種名為「旋風炮」的石炮架設在馬上，對敵軍進行轟擊，威力極大。

自從來到大楚，李清與蠻族打了數年的仗，還從來沒有見過這種旋風炮的出現，現在他居然看見了。

「對方的目標是我們的雲車！」李清道，熊德武猝不及防之下肯定會吃虧，這些雲車很有可能保不住了。

說話間，牙力思已是突到了定州軍的中央，馬上的旋風炮開始發威，四五斤重的石頭如雨一般地砸向高大的雲車，雲車的支柱雖然粗大結實，但只要關鍵部位挨上幾枚石彈，整個雲車便搖搖欲墜了。

一輛輛攻城雲車發出格格的響聲，眼見便要傾覆，上面的士兵不由慌了神，放棄了重型弩箭，攜著隨身武器便沿著樓梯向下跑，梯窄人多，更多的是抱著立柱向下滑行。

轟隆隆的巨響聲響起，數輛攻城雲車終於不堪重擊轟然倒塌，下面的敵我雙方士兵可就慘了，這麼一個龐然大物倒下來，不算它那巨大的木柱，便是上面載著的石彈、八牛弩砸下來就會要人命。

慘叫聲此起彼落，雲車倒下，濺起巨大的雪霧。

完成任務的牙力思看著已十去七八的攻城雲車，嘴角露出一絲微笑，口中發出尖嘯，猛的向左側突圍。

激戰中的熊德武猛的回頭，看到身後的攻城雲車倒下，不禁大怒，一個返身又衝殺而回。

雲車沒有了，但進攻還要繼續，損失如巨大，不拿下幾條防線，回去自己怎麼見人，喝令傳令官揮舞令旗，海陵營重振旗鼓，不理會向左突圍的牙力思，而是大步向敵人的第一道防線挺進。

此時，打完了旋風炮的蠻騎卻成了被屠宰的目標，由於要負載這些石彈和旋風炮，他們隨身的武器少得可憐，被緩過勁來的定州兵狂砍亂殺。

「這個熊德武腦子很清楚嘛！」遠處，李清看到熊德武及時反應過來，調整了策略，不由大讚一聲。

在李清的想法，損失幾架雲車沒有什麼，定州軍大營裡多的是能工巧匠，用不了幾天，這些損失就會被補回來，而**能不能達成事先制定的戰略目標，則更為李清所看重**。

「熊德武不錯！」過山風附和道：「就是性子還有點燥，再磨練幾年，當可鎮守一方！」

「那蠻子要逃了！」一邊的傾城突然驚道。

過山風瞄了眼，道：「我讓姜黑牛率騎營去堵截。讓我軍吃這麼大一個虧，這麼輕鬆就想跑，也太便宜他們了！」

「我去！」傾城自告奮勇道。

「啊！」過山風傻了眼，開口的如果是別人，他一定會怒斥對方不遵軍令，但說這話的是大帥夫人，他只能以求助的目光看向李清。

李清微微一笑，傾城的宮衛軍戰力強勁，但一直以來以未能上過真正的戰場為恥，在定州，為這事還與李鋒的翼州營打了一架，想必傾城這是想要為宮衛軍們正名了。

「秦明可以去，你不能去！」李清道。

「為什麼？」傾城拉起面甲，這時候，鐵尼格終於看到了傾城的真面目。

「不為什麼！」李清淡然道：「在定州軍，我連過山風這樣的主將都嚴禁親自出戰，何況你是我的夫人，定州主母，豈能親身犯險！」

「這些蠻子還不放在我的眼裡，能有什麼危險！」傾城怒道。

「戰爭不是演習！」李清不肯讓步，「這裡也不是皇家校場！」

眼見再不出兵，那股蠻騎就要破圍而去了，傾城恨恨地一揮手，「不去便不去，秦明，去，給我將這股蠻子斬盡殺絕！」

秦明大聲應諾，圈馬便走，一千名宮衛軍發出興奮的吼聲，狂濤般地向前捲去。見識到先前的兩場廝殺，這些軍漢身上的熱血亦被點燃了。

牙力思終於鬆了口氣，回看身後尚有三千餘人突圍而出，只要突出對手的步兵泥淖，便算是勝利了。

「回去！」他大聲喝道，話音未落，地面忽然震顫起來，牙力思大驚，轉頭看到自己側面千餘步外，一彪騎兵正風一般捲來。

看著那連馬也披上鐵甲的軍隊，牙力思臉有些發白，他想起了這是號稱大楚第一軍的宮衛軍。

「見鬼了，這裡怎麼會有宮衛軍？」在心裡痛罵數聲，此時如果快馬奔逃，極有可能被宮衛軍從中軍一截兩斷，而對方雖然來勢極猛，但人數卻不多，不是沒有一戰的機會。

「散開！」牙力思大聲下令，眼下集體衝鋒、大股對決已經變成了對手的長項了，自己儘量散開部隊，希望對手也將陣形拉得開一些，這樣自己便可以盡情發揮人數上的優勢，慢慢地磨死對手。

他聰明，但秦明也不傻，不管對手如何變換隊形，宮衛軍只是同犁庭掃穴一般，將擋在面前的敵人一掃而空，凡是對上他們的蠻騎，無不是人仰馬翻，遠處，傾城臉露得意之色，這天下第一軍可不是白叫的。

一輪衝殺，一千宮衛軍一分為二，每隊五百人，繞了一個圈子，一左一右兜了過來，竟是想將所有的敵人都圈進這個圈子。

經過第一輪衝撞，牙力思已明白，自己這幾千騎兵根本不夠對手玩的，更何況眼下自己的部隊已是強弩之末，與海陵營的對戰已消耗了太多的體力。

「撤回去！」牙力思下令，當下打馬飛逃，蠻騎軍心消散。

與這種人形怪獸對抗，簡直就是自尋死路，當下僥倖沒有被圈進去的蠻兵們緊緊地隨著牙力思拼命打馬飛逃，至於被一千宮衛軍圍起來的蠻兵，除了絕望地揮動手裡的武器，在對手的鐵甲上留下一道道白印後，便被高高地挑起或者撞飛，然後摔倒在雪地上，殷紅的血跡很快便將積雪滲透。幾輪衝刺後，宮衛軍的周圍再也沒有任何對手。

先前與熊德武激戰近一個時辰也只損失不到兩千人的牙力思，這一次僅僅數息之間，就將兩千部下扔在了冰冷的雪地之上。

「駙馬，我的宮衛軍戰力如何？」傾城驕傲地問李清。

「很厲害！」李清豎起大拇指。「不愧為天下第一軍！」

得到李清的稱讚，傾城心花怒放，像隻驕傲的公雞，高高地昂起了頭，看著秦明等人緩緩策馬而回。

此時，熊德武的海陵營已迫近蠻族第一道防線，展開了激烈的攻防戰。

熊德武魁武的身影分外顯眼，李清看過去的時候，他正躍上一道胸牆，揮舞盾牌將刺來的長槍格開，緊跟著舉起大斧，吼叫著跳了下去。在他的身後，一排排的海陵營士兵緊隨著湧了上去。

巴顏喀拉之戰正式拉開了帷幕，此時的定州，也開始了一年的忙碌，路一鳴成了整個定州最為忙碌的官員。

一年之季在於春，馬上春耕就要開始了，所需的種籽、畜力等等都需要馬上預備，定復兩州都算不上糧食產區，這春耕就顯得更為重要。整個定州的政府機關都付出了極大的精力在這上面，**人誤地一時，地誤人一年**，由不得路一鳴不提起十二萬分的小心。

如果僅僅是春耕也就罷了，偏偏此時巴顏喀拉之戰也打響，聚集在巴顏喀拉的數十萬軍隊的一應所需也要兩州供應，這就更是雪上加霜了。

每天軍隊的消耗，人吃馬嚼，哪一樣都需要千里迢迢的從定州運送過去，大量的青壯勞力被抽走，加入到浩浩蕩蕩的運輸大隊中去，更加劇了春耕的緊張性。

兩州在地裡忙於耕作的勞力基本上都是老弱婦孺，好在這兩州經過幾年的新政實施，以及互助組的建設，在當地官府、鄉老的協調下，尚能勉強應付。

復州的知州許雲峰甚至號召所有的官員在政務之餘，都要下鄉幫助百姓耕種，為了以身作則，他第一個捲起褲腿，挽起袖子，扶著耕犁下田耕種。

此舉不僅帶動了整個復州官員的勞動之風，也讓許雲峰在復州的號召力如日中天，聲望一時無兩。

上有所好，下必效焉，有了許雲峰的身體力行，各級衙門裡的官員們也只能丟掉斯文，不管是不是心甘情願，或者是做做樣子，都只能照此辦理。

這也讓公主行轅的燕南飛等一行京城幕僚們目瞪口呆，大嘆斯文掃地之餘，拉攏工作開展得愈發艱難起來，不僅百姓們不買他們的帳，連官員們也沒有精力與他們說東道西，陰奉陽違了。

話說今天在公門裡幹了一天活，本來明天可以小休一下，又得下鄉去與百姓一起犁田插苗，誰還有精力與他們談論風月，共論朝政呢！眼下兩州的官員都只能瞪大眼睛，卯足了勁完成上級分派的任務。

要知道，定復兩州的官員審察可是一年一次，每到冬閒時期，便是官員們的生死關口，一旦被評為不合格，為下等，你的仕途便基本到頭了，即便勉強保住官位，面子上也是大大下不來，**讀書人哪一個不好面子呢**。

燕南飛一籌莫展，復州官員的運作體系與他所熟知的大楚官僚體系完全不同，**他以往的經驗在這裡寸步難行**；更讓他鬱悶的是，每當他好不容易找到幾個支持者的時候，還沒來得及深入地進行合作，這些人便琅璫入獄，有的進了州府的大牢，有的更慘，直接被復州的統計調查司帶走。

州府的大牢裡，燕南飛還可以進去看看，他甚至找到許雲峰去說情，但當許雲峰將這些人的罪狀一條條擺放在他的面前的時候，看到那厚厚的卷宗，燕南飛只能頹然而返，更不用說涉及到統計調查司了，他可不願意去招惹他們。

這種日子一長，所有的復州士紳們算是瞭解到**公主行轅便是一個黑洞**，**而行轅的主事燕南飛則不折不扣是一個掃把星**，只要沾上了他，鐵定會倒楣，於是乎，燕南飛立刻成了復州最不受歡迎的人，公主行轅門可羅雀，只要燕南飛起意去拜訪某位士紳，這位士紳不是出門了，便是病得很重，總之一句話，不能接客啊！

足智多謀，曾被大楚首輔陳西言寄予厚望的燕南飛龍困淺灘，每日只能與同伴們長吁短嘆，借酒澆愁。

將燕南飛丟到復州的路一鳴，早已將這位大人物忘到了腦後，他除了春耕，還要與尚海波合作，為巴顏喀拉的大軍籌措到足夠的糧食，雖說在定州建立的常平、安平、安濟、廣濟四座大倉都是滿滿的，但路一鳴知道，如果每天沒有足夠的糧食流入復州，這四座大倉將會支持不了一個月的時間。

「路大人，路大人！」

剛剛升任定州同知的原債券發行司的司長付正清，一臉慌張地跑進了路一鳴的辦公廂房內，一手提著袍子，一手不停地擦著臉上的汗水。

大冷天的，能流如此多汗，便說明了事情不小。抬頭看到付正清狼狽之相的路一鳴，心立刻一沉。

「正清，出了什麼事？不要急，坐下喝口水，慢慢說！」

路一鳴站了起來，見慣了大事的他，已經養成泰山崩於前而色不變的城府，雖然心裡感到不妙，仍是一臉鎮定。

「唉呀，路大人，出大事了，我哪有心思喝水！」付正清一臉的氣急敗壞，**「我們的購糧車隊出事了。」**

果然，怕什麼來什麼，路一鳴心裡一跳，「出什麼事了，是買不到糧食還是別的什麼？」

給付正清倒了一杯水，路一鳴問道。

「都不是！」付正清接過杯子道：「購糧隊買到了糧食，但**在奇霞關被扣住了**。」

「你說什麼？」路一路有些不相信自己的耳朵，「奇霞關扣住了我們的糧食？」

奇霞關是定州通外大楚腹地的要道，也是大楚扼住定州的咽喉所在，隸屬於並州，以往定州從外部購來的大批糧食一直都是通過這裡運進定州的，從來沒有出過什麼岔子，**怎麼在這麼要命的關頭，會扣住了定州的糧食？**

「吳則成什麼意思？想要與定州翻臉麼？」路一鳴不解。

吳則成是並州大帥，雖然與蕭家交好，但與定州也不交惡，屬於左右逢源、八面玲瓏的人物。

「不知道！出面扣住我們糧隊的奇霞關守將李善斌，負責糧隊的商貿司一位官員與對方講理，被他一頓棍子打出來，眼下正在養傷呢！」付正清終於喘勻了氣。

沒有什麼理由就扣住定州急需的糧食，這就不妙了，因為這**明顯是在拿定州的軟肋開刀**，路一鳴的臉沉了下來，**吳則成難道完全投靠了蕭家，準備與定州交惡麼？**

這件事是不是**蕭家主使，想利用糧食，讓定州陷入草原之戰的泥淖中拔不出腳來？**如果真是這樣，就大大不妙了。奇霞關是進出定州的咽喉要道，卡住了這裡，要想進入定州，便只餘下翻山越嶺一途，且不說這一路的艱難，光是人進來都困難，何況是大隊的糧車。

「來人，速速去請尚大人與清風司長議事！」路一鳴道。

「正清，你速速將這個情況通報給復州的許大人，如果奇霞關受阻，我們便只能依靠他那兒了。」

「是，大人，我馬上去辦！」付正清應道。

不多時，尚海波與清風一前一後來到。付正清將事情向兩人報告了一番，尚海波與清風立即意識到事情的嚴重性。

「這件事情必須馬上解決。」尚海波道：「如果不能保證糧食的充足供應，大帥制定的平定草原計畫便難以實現，這對定州軍來說是極大的不利，」

「清風司長，你那邊可曾有吳則成為何這樣做的蛛絲馬跡？」路一鳴問。

清風困惑地搖搖頭，「完全沒有，各種跡象都表明吳則成並沒有與我們為敵的心思。」

「怎麼會這樣？」路一鳴大惑不解，「**難道是奇霞關守將李善斌自作主張？**」

「很有可能！」尚海波道：「清風司長，我看問題很可能便出在這個李善斌身上，你馬上去查查這個李善斌的根腳，看看他有什麼特別的背景。」

「我馬上去辦！」清風點頭。

尚海波嘆了口氣，道：「我們大意了，奇霞關如此重要，完全是定州的命門，我們以前都忽視了。」

「這事要稟告大帥麼？」路一鳴道。

尚海波點點頭，「八百里加急速報大帥，同時告訴大帥，我們會盡可能地解決這件事，如果事有不諧，便只能讓大帥啟動第二套方案了。」

三人都是面有憂色，**第二套方案便是速戰速絕**，而這，**是他們誰都不想看到的。**

奇霞關，城高二十米，長約五里，雖然比定州城小，但因為地勢險要，西扼定州進入中原腹地的咽喉要地，歷來為大楚朝廷所重視。

這裡是阻擋草原蠻族東進的最後一道險關，歷史上，定州數次失陷，但都受阻於奇霞關而無法進入中原。跨過奇霞關後，便是一展無垠的大平原，再也無險可守，是以大楚歷朝歷代在經營定州的同時，也不忘加強奇霞關的防護，數代經營，奇霞關已堪稱銅牆鐵壁。

但自天啟皇帝開始，先是蕭遠山經略定州，穩定了與草原的戰略形勢，形成了戰略均勢，後定州落入李清之手，三年經營，更是將草原打得毫無還手之力，至今日，草原已是日薄西山，不僅無力東犯，連自保都已無力，奇霞關的險關之阻便成了雞肋，駐守在這裡的重兵因為南方的叛亂開始慢慢地南調，最後，奇霞關便只剩下並州本地的兵馬駐守，維持著一支約五千餘人的守備部隊，隸屬於並州大帥吳則成統帥，奇霞關守將李善斌即是吳則成的大將。

奇霞關失去了中原腹地的屏障作用之後，其地位大為削減，如今已劃歸為並州屬地長豐縣，並作為長豐縣的縣治所在，約有居民萬餘戶。

雖然奇霞關已日漸沒落，但昔日的繁華仍然沒有遠去，長豐縣是產糧大縣，地方富饒，而且奇霞關又是緊扼定州的關口，很多商戶在這裡設立分號，與定州及草原交易，流動人口極多，商稅便是極大的一筆收入。

從這裡出關的大多是一些奢侈品，價值昂貴，定州與草原大戰之後，更多的物資從這裡源源不絕地流入定州，光是這些收入便足以讓其他的並州縣府眼紅。在這裡當縣令或者是守備將軍，可是令人眼紅的肥差。

肥差之一的奇霞關守備府，位於城南，這裡原先是軍隊的將領駐所所在，道路不僅寬敞，而且都鋪上了整齊的石板，街兩邊的房屋統一規劃，樣式統一，軍隊撤走後，留下的空房大都被新來的商戶所買走，一家接著一家的商號開始在這裡開業，原先的森嚴漸漸地被琳琅滿目的各類商品所取代，一些酒樓、飯莊、青樓也開始在這裡駐紮下來。

在這些商鋪的中間，一間門口安放著兩隻巨大石獅子的八扇朱紅色大門，顯示著與其他地方不同的威嚴，站得筆挺的士兵分兩排肅立在大門兩側，這裡便是奇霞關守備府。

走進大門，繞過照壁，便可看見頗有軍隊風格的建築，簡單，高大，結實耐用，三進三出的院落稍加改裝布置，便可化身為堡壘，高高的哨樓上，持戈的衛兵俯視著整個院子。不時有挎刀的士兵列隊巡邏走過，軍紀森嚴。

從這一點也可以看出，守備府將軍李善斌是一員難得的良將，雖然沒有任何打仗的可能，但他的這些親兵仍然保持著士兵應有的風貌。

李善斌今年剛過四十，作為一位沒有打過仗的將軍，在這個年紀就晉升到這個位置算是官運亨通了，他駐守奇霞關多年，從一名校尉幹起，一步一步走到副將這個位置上，奇霞關算是他的福地。

在這裡，他不僅實現了他的理想，更娶妻生子，開枝散葉，除了美貌可人、溫柔嫻靜的妻子，更有一兒一女聰慧可人，這一切讓他感到很滿意，很幸福，人生如此，夫復何求。

但他的好運，**隨著一個人的到來而走到了盡頭**。看到那個人出現在自己的面前，他便知道，**自己將踏入前途難測之地**。

領著那人進了自己的書房，關好房門，李善斌一揖到地，「善斌見過鍾大人！」

那人赫然是寧王面前的重臣：青狼鍾子期。

鍾子期扶起李善斌，笑道：「李大人，快快請起，這可要折煞鍾某了，你現在可是堂堂的副將。」

李善斌拱手道：「不敢，善斌在鍾大人面前，永遠是當年的那員小兵。」

兩人客氣一番，分賓主坐下，看著鍾子期，李善斌知道他是無事不登三寶殿，現在上門，肯定是有大事要發生了。

「鍾大人，不知寧王殿下有什麼吩咐？」李善斌開門見山地問。

鍾子期笑道：「我臨來之前，寧王殿下還擔心李將軍如今高官顯爵，可能不記得故主了，現在看來，倒是寧王殿下多心了。」

李善斌連道不敢，心裡卻是苦笑，如果自己真如寧王所說那般，只怕轉眼間，自己不是突遭橫死，便是身敗名裂，隨著他地位的提高，對青狼的手段厲害便也知道的越多。

「李將軍既然還心繫舊主，那麼我便開門見山了，李將軍，你也應當知道，這些年來，你一個毫無背景的小校尉，能平步青雲，步步高升，寧王殿下在其中可是出了不少力的，雖然這些事都說不出口，但李將軍可不能忘了。」

李善斌道：「善斌不敢或忘，一直銘記在心。」

「那好，現在寧王有事需要你效勞了，將軍可有此心？」鍾子期正色道。

「寧王但有差遣，李某萬死不辭。」李善斌趕忙表態。

「很好！」鍾子期拍手道：「李將軍果然是忠義無雙，李將軍，你可知如今天下大勢？」

李善斌點頭，「略知一二！」

「蕭家倒行逆施，謀害先王，挾天子以令諸侯，**寧王殿下已決定起義兵，清君側，誅除蕭向方等逆賊了**。」鍾子期輕描淡寫地說著足以令大楚山河變色的話。

李善斌心跳如鼓擂，「殿下可是要善斌起兵呼應追隨？」

「非也非也！」鍾子期笑道：「李將軍，非是我小看你，以你所處之地，如果奇霞關仍舊如以前那般有數萬駐軍，尚可撼動大局，但你現在兵不過數千，而且據我所知，除了你的親營之外，其餘的士兵戰力乏善可陳，你身處蕭家勢力範圍之內，一旦起兵，旦夕之間便會粉身碎骨。」

一聽不是要自己起兵，李善斌不禁鬆了口氣，「那殿下是要我……？」

鍾子期微笑著，手往西方指了一下，「殿下要起兵，卻有些擔心西方那隻猛虎。」

「殿下是指李清李大帥！」李善斌恍然大悟。

「不錯，李清正在圍攻巴顏喀拉，寧王分析他的戰略，肯定是要活生生地困死巴雅爾，從而**在平定草原之後，便拔劍東顧，加入到中原戰局**，寧王的意思便是要**將他拖在草原上，讓他無力東顧！**」

李善斌聽了，一頭霧水地道：「鍾大人，可我這點人馬，又如何牽制得了李大帥？」

鍾子期大笑，「李將軍，你是身在寶山而不自知啊，殊不知李清雖然兵精將猛，但命門要害卻被你捏在手中啊！」

「大人是指？」

「**鎖關！**」鍾子期道：「**不讓一粒糧食進入定州**，定州的糧食都靠從外地進口，而其中百分之七十都是從你這奇霞關出去的，只要你鎖關，便可讓李清睡不安寢，食而無味。」

李善斌懼然驚道：「大人，如此一來，我若使李帥兵敗，讓蠻族獲勝，豈不成了大楚罪人?!只怕死後會下阿鼻地獄，活著亦受世人唾棄。」

鍾子期豎起手指搖了搖，道：「李大人多慮了，你太小看李清，此時，蠻族已成了沒牙老虎，李清想要獲勝是極容易的，但他卻想不費吹灰之力困死巴雅爾，你鎖關，只會迫使李清速戰速決，從而在與巴雅爾的對決中受到損失，**李清獲勝是毫無疑問的，但必將是慘勝，獲勝後的李清將再也無力東顧中原，等他元氣恢復，中原大局已定。**」

李善斌倒吸一口涼氣，這條計策也太過毒辣，如果自己照此辦理，只怕立刻便會成為李清及定州勢力的眼中釘，肉中刺，更會與他們結下不可解的怨仇。

「大人，我只是奇霞關的一個守備將軍，在這裡，還有長豐縣令，上面還有並州吳則成大帥，鎖關能鎖得幾日？」

鍾子期笑道：「吳則成已被蕭浩然召到洛陽議事，來回再快也要一月有餘，你只要鎖關一個月便已足夠，沒了吳大帥，小小的長豐縣令能奈你何?!你有大把的理由說服他同意你鎖關。」

李善斌默然無語，鍾子期把什麼都算盡了，只是**自己鎖關之後，不僅成了李清的大敵，而且吳大帥必然也無法再容得了自己；但拒絕麼，自己只怕馬上就會**

變成死人一個，對鍾子期，他太瞭解了，鍾子期背後的寧王更不是什麼善男信女，如果違逆了他的意思，不僅自己難保，更會禍及家人，怎麼算都是死路一條。

李善斌沉默半晌道：「既然如此，我便鎖關一月，只是有一事想請大人幫忙。」

聽到李善斌答應，鍾子期大喜，「李將軍請講。」

「大人此次離去，請將李某家小帶去寧王那邊，如果李某有個三長兩短，還請鍾先生多多照顧我妻小。」

鍾子期安撫道：「李將軍放心，你的退路，我自然已安排好了，但既然你說了，我就將你的老婆孩子都帶到寧王那兒，你放心，寧王絕不會虧待他們的。」

「那我就多謝先生和寧王殿下了！」李善斌站了起來。事已至此，也只能在鎖關後投靠到寧王那裡了。

三天後，在路一鳴日常處理公務的知州府廂房中，駐留定州的三大巨頭再次齊聚，臉色都是相當的難看。

這三天來，又有兩支運糧隊在奇霞關被阻截，已接連三天，定州沒有糧食入庫，這讓路一鳴感到了相當的壓力，每日啟運前往巴顏喀拉的運輸隊是容不得拖延的，他只能硬著頭皮從四大倉中調集糧食。

復州已啟動了緊急方案，但短時間內也很難籌措到這麼多的糧食，而外面所購的糧食繞道復州的話，所需時日太長，根本遠水救不了近火。

「昨天，我司特勤在奇霞關發現了鍾子期。」清風後悔不已，當初的遲疑終於留下了巨大的後患。

「寧王！」路一鳴與尚海波都被驚到了，「李善斌是寧王的人？」

「我的手下在奇霞關發現鍾子期離開，隨行的還有十多輛馬車，跟蹤一天之後，在晚上終於確認馬車裡的是李善斌的夫人與他的一子一女，他們的目標是南方。」

這就確鑿無疑了，如果李善斌是寧王的人，那寧王的布局何其早，謀劃何等深遠！三人都感到有些不寒而慄。

「有沒有可能是寧王許以重利，收買了李善斌？」路一鳴試探地問。

清風搖搖頭，「經過統計調查司多方察實，李善斌本身便是南方人，從他一連串的表現來看，毫無疑問**他是寧王早就埋下的釘子**，此人能一步一步爬到如今這個位置，可能連寧王本身也沒有想到，現在卻成了**懸在我們頭上的一柄利刃**。」

「咽喉命門操於他人之手，可恨之極！」尚海波猛拍桌子。

「李善斌既然是寧王的人，有沒有可能我們馬上知會吳則成，通過他拿掉李善斌，打通這條生命線？」路一鳴道。

「吳則成奉詔去洛陽了，至少一個月之後方能返回，一個月，黃花菜都涼了！」清風嘆道。

路一鳴如同熱鍋上的螞蟻在廂房內轉來轉去，「那怎麼辦？三天我們被阻截在奇霞關的糧食已多達十萬斤，要是時間再拖長，四大糧倉就會捉襟見肘了。」抬頭看著清風與尚海波，急道：「你們能想出什麼辦法？」

尚海波沉著臉，眼睛閃爍。

清風臉色變幻幾次之後，霍地站了起來，脆聲道：「尚先生，**我們將這個險關納入手掌之中**，如何？」

尚海波還沒有答話，路一鳴已跳了起來，「清風司長，你說什麼胡話？且不說並州與我們並無敵對，吳則成雖然與蕭氏交好，但對我們也從沒有留難之舉，你在此時妄啟戰端，不是將定州引入水深火熱之中嗎？」

清風冷笑道：「何以見得就將定州引入水深火熱之中？」

「這還不明擺著嗎？」路一鳴大聲道：「大帥統帶大軍尚在草原，我們與並州打了起來，並州大軍來襲，如何抵擋，怎麼抵擋？」

清風嘿嘿一笑，「只怕吳則成不敢與我們打。」

尚海波在房中踱了幾個圈子，忽地站定，道：「清風司長說得有理，拿下奇霞關！」

看到尚海波竟然會同意清風這個匪夷所思的主意，路一鳴張口結舌道：「你們都瘋了麼？」

尚海波分析道：「老路，你想過沒有，當大帥率軍回定州，我們要劍指中原的時候，**奇霞關會成我們前進道路上的一塊巨大的絆腳石**，現在吳則成還沒有意識到這一點，奇霞關僅有五千守軍，這是難得的機會，更何況，這一次可是他們先啟戰端，我們師出有名，我估計吳則成這一次被蕭浩然叫去洛陽，就是在商量這件事。」

「可是吳則成對我們一直沒有惡意。」路一鳴掙扎道。

「現在沒有惡意，但當蕭浩然給了他足夠利益的時候，惡意就來了，當他有了惡意，我們再想有所動作的時候就晚了，不說別的，如果奇霞關有了防備，只需有一兩萬士兵駐守，守城器械充足，我們便是出動十萬大軍，倉促之間也很難打下來，趁現在他們沒有防備，正是**天賜良機，天賜不取，必受天譴**！」清風厲聲道。

「不錯，假如吳則成從蕭浩然那裡得到了足夠的利益，回來後在奇霞關整兵備武，擴充軍隊，我們以後行動便難了。」尚海波道：「趁這個機會將奇霞關掌握在我們手中，我們**進可攻，退可守，主動權皆操之在我**，輪到吳則成與蕭浩然寢食難安，到那個時候，嘿嘿，**寧王發難，蕭浩然必然要安撫我們，寧王也必得拉攏我們，我們大可以兩邊要價，左右逢源，從中謀取最大利益。**」

尚海波眼中閃動著狡詐的光芒，第一次他和清風取得了一致的意見，兩人相視一笑。

「就算你們說得都對，但兵呢，兵從哪裡來，你們難道要調馮國的磐石營嗎？整個定州便只有馮國的這個營六千人了，還分駐各地，如此大規模的調軍，豈會不引人注意?!」路一鳴憂心道。

「馮國的這個營不能動！」尚海波斷然道。

「那哪裡還有兵馬，難道讓我定州的衙役捕快們去攻打奇霞關麼？」路一鳴怒道。

「老路，你是急糊塗了還是怎麼的？難道你忘了剛剛從巴顏喀拉護送奴隸回來的翼州營了嗎？」

「那是騎兵，騎兵怎麼可能去攻打如此堅固的城牆？而且關內還有五千守軍，李善斌可不是善男信女，他是一個精通兵法的大將！」路一鳴抗聲道。

清風嫣然一笑：「路大人，**我們不是去攻打，我們是去偷襲**。」

尚海波看著清風，「清風司長，還要勞駕你統計調查司大力配合。」

清風道：「同為定州大業，何來勞駕一說，此乃本分之事，尚先生，統計調查司倉促間能集合起來的有戰鬥力的行動隊，最多不過兩百人，只能偷襲一座城門，並頂住對手一炷香的進攻時間，你能在一炷香的時間內率軍趕到，攻進城內麼？」

尚海波鄭重地道：「我保證。」

「那就好，只要騎兵進了城，奇霞關便成了我們的天下，然後迅速調馮國的磐石營主力入駐關內，預防並州軍的反撲。其他的事，路大人，就有勞你了。」清風笑道。

路一鳴眼見二人已定下了調子，心裡卻總是不踏實，悶悶地道：「城你們都占了，還有我什麼事?!」

尚海波大笑，「當然有你的事，而且還是**重頭戲**，老路，占了城，我們可沒準備還給吳則成，但現在我們又不想與他們打，這扯皮打嘴仗的事，自然是交給你老路了。」

路一鳴大怒，脫口罵道：「你們都爽死了，卻讓我去替你們擦屁股，真正豈有此理！」

難得路一鳴一個謙謙書生說起了粗話，清風羞紅了臉，瞪了眼路一鳴，快步離去。

尚海波哈哈大笑，指著路一鳴的鼻子點了點，亦是揚長而去，此時路一鳴才發現這話說得有點過了，懊惱也來不及了。

剛剛返回定州，屁股還沒有坐熱的李鋒立即被尚海波召見。

一聽有大仗要打，不由樂壞了，近一年邊關作戰的磨練，李鋒不復當初的稚嫩，聽尚海波詳細地說明情況後，登時覺得這仗不那麼簡單。

「尚參軍，這仗不好打啊，五千騎兵向奇霞關運動，不可能不引起對手的注意，特別是在這個敏感的時期，而且時間上，早了不行，晚了也不行，這很難啊！」李鋒面露難色。

尚海波深深地凝視著他，道：「李將軍，我跟大帥很久了，**大帥從來都只考慮事情能不能做，怎樣做，卻從來不說難不難。**」

李鋒的臉登時紅了，霍地站起來道：「尚參軍，我明白了，我不會丟大哥的臉，我下去之後，馬上擬定方案，上報給您定奪。」

尚海波欣慰地點點頭，提醒道：「此事有兩個關鍵點，**一個是保密，一個是時間上的突然性與準確性，二者缺一不可**，清風司長的統計調查司奪取城門後，守不了多長時間，他們畢竟不是正規軍。」

與此同時，統計調查司內，鍾靜、行動署署長王琦、紀思塵、外情署署長周偉等人坐在清風的下首，聽到清風平靜的話後，三人都被這個大膽的計畫驚得目瞪口呆。

「王琦，你選出最精銳、最擅長行動的隊員準備這次特種作戰；周偉，你率領一批外勤潛入奇霞關，在戰鬥打響之後，便在城內四處縱火，製造混亂。」

王琦，周偉兩人大聲應諾。

「鍾靜，你這次隨著王琦一齊行動，確保這次行動的成功。」清風吩咐道。

「不用勞動鍾大人大駕！」王琦道：「司長，您身邊不能缺了鍾大人，您放心，我一定會圓滿地完成任務，保證堅守到尚大人騎兵到來的時刻。」

清風笑道：「我坐在統計調查司內，鍾靜在與不在有什麼相干？阿靜武功高強，有她相助，你們成功的可能性更大，此事關乎我定州生死成敗，不用再爭了，就這麼定了。記住，這件事除了我們幾人之外，嚴禁外洩，行動隊員也必須等到最後時刻才能告訴他們要幹什麼，明白了嗎？」

「明白！」房內幾人都知道這件事的重要性，異口同聲地回道。

「思塵，這幾天你做一個預備方案，如果此事失敗，我們統計調查司要如何應對！」清風又道。

紀思塵一驚，「司長，怎麼會失敗？」

「**凡事豫則立，不豫則廢**，我寧可事先將一切可能都想到，也不想事到臨頭手忙腳亂。」清風仰靠在椅子上，有些疲乏地道。

李善斌站在奇霞關城門樓上，看到又一批剛剛趕到的定州運糧隊被扣，浩浩蕩蕩的運糧車被勒令駛入城內的大倉，默然無語。

作為一名大楚將軍，雖然他長駐在奇霞關，對於蠻族入侵沒有定州人的那種切膚之痛，但長期以來，大楚人對蠻族的痛恨也影響到了他，對於自己所做的一切，他亦是無可奈何，**身處不同的陣營，勢必要做一些身不由己的事，他只能遙望西方，嘆息一聲：對不起了，李大帥**。

李善斌知道從自己鎖關之後，長豐縣令便派人去洛陽向大帥稟告，算算時間，也快趕到洛陽了，等到大帥明確下令放行定州糧隊的時候，估計一切都已塵埃落定了，那時，自己大概也離開這座雄關，身處南方寧王殿下清君側的軍隊中了。

此時李善斌不知道的是，長豐縣令派出去的信使剛剛走出並州不久，便被鍾子期預先埋伏下的殺手給截殺，那封信是永遠也到不了吳則成的手中了。

當然，鍾子期不指望這消息能隱瞞多久，相信過不了多長時間，洛陽便會從不同的管道知道這件事，但這有什麼關係呢，**他要的就是這個時間差**，一來一去，等洛陽的反應到達奇霞關，差不多會過去一月時光，如果再稍加拖延，時間還會更長，有這麼久的時間，足夠達成寧王的戰略目標了。

鍾子期帶著愉快的心情，和李善斌的妻兒老小離開了奇霞關，向著南方寧王的地盤前進。

齊國公蕭浩然是在事發後第十天得到這個消息的，看著手裡的情報，先是愕然，接著便是大笑，直笑得樂不可支，鬍鬚亂顫，揮舞著手裡的情報，對蕭遠山道：「遠山，去請吳大帥過來。」

吳則成看完情報後，臉色鐵青，情報很短，但裡面透露出來的訊息卻很多，李清的死活對於他而言，並不是什麼大事，但自己信任倚重的大將居然是寧王埋下的釘子，卻讓他顏面盡失，讓他在齊國公面前丟盡了面子。

「我要剝了他的皮！」吳則成鬚髮賁張，青筋畢露。血氣猛然上衝，險些一頭栽倒在地上。

「吳大帥少安勿躁！」蕭浩然安慰道：「這於我們而言，不是什麼壞事。」

吳則成不滿地看著蕭浩然，對於定州兵勢，與定州相鄰的他，有著切身的體會，**與這樣的強者為鄰，最佳的辦法便是保持良好的關係，不要讓對手找到任何可以對付自己的理由**，吳則成不認為自己比蠻族更強。對於蕭浩然的輕描淡寫，他的理解是蕭浩然是飽漢不知餓漢饑，真要惹惱了李清，夠自己喝一壺的。

「吳大帥，先息怒！」蕭浩然撫著鬍鬚，道：「李善斌此舉於我們有百利而無一害，吳大帥何必如此動氣。」

「何來此說？」吳則成強按著怒氣，「我馬上傳令回奇霞關，對定州的糧草予以放行。」

「吳帥，此事已發生了十餘天，等你的信使趕回奇霞關，也差不多一個月了，一個月的時間，足夠做很多的事情，若說得罪李清，這一個月的時間已是得罪得乾乾淨淨了，又何必在乎這一點時間?!」

「亡羊補牢，為時未晚啊！」吳則成嘆道。

蕭浩然笑道：「吳帥，此次回並州，你是不是馬上就會著手整軍備武，加強奇霞關的防守，以防備李清？」

「不錯！」吳則成道。

「既然如此，李善斌此舉等於是幫助你我大大減輕了來自李清的壓力，讓你有更多的時間來準備，吳帥又為何如此動氣呢？」

「這……」吳則成不由語塞。說到底，還是自己的面子上下不來，換誰碰到了這種事也難以冷靜。

「吳帥，話說回來，我們蕭家與李清之間的仇怨比你可大多了！」蕭浩然瞄了眼蕭遠山，蕭遠山微赧，低下了頭。

「不僅是我們，方家在李清手裡不僅折了兩員大將，經濟上更是損失慘重，向氏不僅向顯鶴命喪黃泉，更是丟掉了復州，**哪一家與李清不是仇深似海？**說到底，**李清便是踩著我們這些家族的頭頂爬上來的。**

「我蕭向方三氏聯手，共舉大事，看似控制中樞，一舉掌控著大楚的腹心，坐擁富庶之地，兵強馬壯，非我居安思危，其實眼下是**危機重重**，寧王用意昭然若揭，**起兵造反是旦夕間的事**，北方東方兩大豪強虎視眈眈，一旦覷著良機，他們是絕不會猶豫的，定會大舉進犯；西方李清崛起，百戰之兵更是讓人憂心，說句實話，我蕭某是戰戰兢兢，如履薄冰，稍有不慎便是萬劫不復的下場。」蕭浩然森然道。

吳則成倒吸一口冷氣，想不到如今權傾天下的齊國公蕭浩然居然如此悲觀。

「寧王此舉，**給了我們一個解決西方危機的機會**，哪怕是暫時的。」蕭浩然繼續道。

「願聞其詳。」吳則成拱手請道。

「我原先非常擔心李清平定草原後便大舉進兵中原，此時如果寧王也同時起兵的話，那東方北方雙雄豈不同機而行，那才真是讓我們四面受敵！」

蕭浩然搖頭道：「但不知寧王是如何想的，居然想到在這個時候對李清下手，嘿嘿，大概是他覺得勝券在握，不想李清進關攪局吧。」

蕭遠山點頭道：「多半如是，族長，依我看來，**寧王此舉，便是想讓李清與蠻族兩敗俱傷，無力東進**，只能躲在定州舔食傷口，等到李清恢復了元氣，中原大局已定，李清也是無可奈何了。」

「正是此意！」蕭浩然道：「寧王認為他一出馬，我等皆會束手就縛，嘿嘿，他當我等皆是土雞瓦狗麼？」

「可是李清知道這件事是寧王暗中下手麼？」吳則成擔心地道：「如果他將這筆帳算在我們身上，而與寧王結盟怎麼辦？」

蕭浩然冷笑道：「你當李清是傻瓜麼，我們都查出了李善斌的來歷，他焉會不知道？寧王此舉，算是**打著了李清的死穴，也將李清往死裡得罪了，這就給了我們與李清結盟的機會。**」

「與李清結盟？」吳則成震驚地道：「國公，蕭向方三氏與李清如此大仇，他豈會輕易與我們結盟？」

蕭浩然搖頭道：「吳帥，**國家大事焉有解不開的仇恨？只要利益存在，再大的仇恨也可放下**，至少在雙方利益相同，有共同目標的時候，這個仇恨便可以暫時放在一邊，這世上本就**沒有永遠的朋友，也沒有永遠的敵人，只有永遠的利益。**」

「**寧王便成了雙方共同的目標！**」吳則成道。

「不錯，這一階段，寧王便成了我們共同的目標。」蕭浩然點頭道：「李清實力大損對寧王有利，但對我們更有利，寧王多了一個敵人，而我們則暫時獲得了一個盟友，以李清的個性，焉有不報復之理！至於打敗寧王後我們之間如何，那便是以後的事了。」

吳則成笑了起來，「擊敗寧王後，以中原膏腴之地，李清兵鋒再利，卻苦於定州苦寒，資源有限，也無力對國公形成威脅了。」

「正是此理！」蕭浩然笑道：「所以，吳帥，你回並州之後，仍需不斷加強奇霞關的兵備，以奇霞關對定州重要的戰略地位，擁有此地，我們進可攻退可守，牢牢地將李清鎖在關外，便暫時讓他當一個關外王又如何！看牢了定州，李清想要出關的話，就必須繞道復州，復州那頭可是寧王的勢力範圍，便讓他們碰一碰，我們豈不樂哉?!」

吳則成恍然大悟，「既如此，我倒不忙著回並州了，就讓李善斌多給李清添點亂子吧！」他呵呵地笑了起來。

「正是此意，吳帥，今天晚間，你隨我一齊去拜訪一下安國公李懷遠吧！」蕭浩然笑道。

「拜訪安國公？」吳則成一怔。

「怎麼，你的屬下給他的孫子添了這麼大的亂子，去給他賠賠禮，道道歉不應該麼？順便談談與李氏結盟的事。」蕭浩然笑道：「老李頭雖然老了，但仍是老謀深算，以他在軍中的影響力，如果能旗幟鮮明地加入我們，那可是讓我們如虎添翼啊！」

「只怕沒那麼簡單，」吳則成憂道：「安國公可不是一般人。」

蕭浩然大笑，「那是自然，今天皇帝賞了我幾個宮女，我借花獻佛，給老李頭送幾個過去，聊表寸心，你回去後，也好好地準備一份禮物吧！」

吳則成大笑起來，「安國公都老成那樣了，您送幾個如花似玉的美女過去，豈不是存心為難安國公麼？光看卻吃不下，豈不讓人難受！」

蕭浩然賊笑起來，「我送宮女給他的意思，他自會明白。」

洛陽城裡，蕭浩然有他的打算，而此時的奇霞關下，在夜色的掩護下，一支身著夜行服的隊伍，正悄無聲息地靠近關口，摸到了護城河下。

領頭之人，正是統計調查司行動署王琦，與清風的貼身護衛鍾靜，**定州奇襲奇霞關的計畫已正式拉開了帷幕。**

請續看《馬踏天下》8 十面埋伏

馬踏天下 卷7 暗潮激蕩

作者：槍手一號
發行人：陳曉林
出版所：風雲時代出版股份有限公司
地址：10576台北市民生東路五段178號7樓之3
電話：(02) 2756-0949
傳真：(02) 2765-3799
執行主編：朱墨菲
美術設計：吳宗潔
行銷企劃：林安莉
業務總監：張瑋鳳

初版日期：2021年1月
版權授權：閱文集團
ISBN：978-986-352-889-0

風雲書網：http://www.eastbooks.com.tw
官方部落格：http://eastbooks.pixnet.net/blog
Facebook：http://www.facebook.com/h7560949
E-mail：h7560949@ms15.hinet.net
劃撥帳號：12043291
戶名：風雲時代出版股份有限公司

風雲發行所：33373桃園市龜山區公西村2鄰復興街304巷96號
電話：(03) 318-1378
傳真：(03) 318-1378
法律顧問：永然法律事務所 李永然律師
北辰著作權事務所 蕭雄淋律師

行政院新聞局局版台業字第3595號 營利事業統一編號22759935

定價：270元

國家圖書館出版品預行編目資料

馬踏天下 / 槍手一號著. -- 初版. -- 臺北市：
風雲時代, 2020.07-2020.08 冊； 公分

ISBN 978-986-352-889-0（第7冊：平裝）--

857.7 109007434